ランドスケープと夏の定理

高島雄哉

史上最高の天才物理学者である気の強い姉に、なにかにつけて振りまわされるぼく。大学四年生だった夏に日本でおこなわれた“あの実験”以来、ぼくは三年ぶりに姉に呼び出された。彼女がいまいるのは遠い宇宙空間——月をはるかに越えた先、ラグランジュポイントＬ２に浮かぶ国際研究施設だ。そこで姉は、同僚研究者とふたりきりで“別の宇宙”を探索する途轍もない実験にとりかかろうとしていた。第５回創元ＳＦ短編賞を受賞した表題作にはじまる全３話。巻末に文庫版ボーナストラックの掌編を収めた。星雲賞候補となった、新時代のハードＳＦ。

登場人物

ネルス・リンデンクローネ……語り手。専門は数学。知性定理を証明
ウアスラ・リンデンクローネ……ネルスの双子の妹
テア・リンデンクローネ……ネルスの姉。
史上最高の天才と名高い物理学者
楊青花（ヤン・ティンファ）……姉の共同研究者
ベアトリス・ダールクヴィスト……北極圏大学自然科学部准教授。姉の友人
イェスパー・ヘーガード……北極圏大学の学部生
アウスゲイル・ステインソン……北極圏共同体軍の軍人

ランドスケープと夏の定理

高　島　雄　哉

創元ＳＦ文庫

SUMMER THEOREM
AND THE COSMIC LANDSCAPE

by

Yuya Takashima

2018

本文扉裏挿画=加藤直之

目次

ランドスケープと夏の定理

ランドスケープと夏の定理

Summer Theorem and the Cosmic Landscape

1　ペイル・ブルー・ドット

五十年前、地球表面から月軌道まで行くのに十時間かかっていたという。

今は同じ時間でL2まで行くことができる。太陽から地球方向に延ばした直線の延長上にあるラグランジュポイントで、地球から月までよりも四倍遠い。

この重力平衡点に二〇二一年、ハッブル宇宙望遠鏡の後継機ジェイムズ・ウェッブが設置されて以来、居住機能をはじめ実験観測設備に通信機能が、さらに食用植物生産ラインと一体の酸素供給系と水循環系が追加され、今やL2は巨大な長期滞在型研究施設となっている。

〈地球とL2の中間地点を通過〉とメガネに表示された。

ぼくはあわてて、後方カメラの映像を呼び出した。打ち上げ時に噴射口を監視するためのカメラだが、慣性航行中は搭乗者が操作してもよい。

子供の頃から見てきたはずの星空のなかに、見慣れない青い星が見える。地球だ。

ペイル・ブルー・ドット、淡く青い一点。ボイジャー1号がここより七千倍以上も遠方から撮影した地球の写真のことだ。一世紀も前の技術でよくも撮影できたものだと思わずにはいられない、消え入りそうな青い点。当時とは比べものにならない感度と解像度で今、地球が映し出されている。

その言葉を教えてくれたアルマ社の同僚は天文マニアで、どこから聞きつけたのか、ぼくの部署をわざわざ訪れ、必ずＬ２との中間地点で地球を見るように念押しした。

太陽—地球—Ｌ２は一直線に並んでいるため、Ｌ２からは地球の夜側しか見えない。ただ、打ち上げから二時間は地球の昼側を観測できる。連絡艇は主に方向変更と省エネのために月スイングバイを実行するから、Ｌ２に真っ直ぐ向かうのではなく、Ｌ２方向とほぼ直角をなす位置に来た月に向かって、地球の昼半球から打ち上げられるからだ。今回は北極圏唯一の発射場だった。

連絡艇は月をかすめて大きく曲がってＬ２を目指す、釣り針のような軌道をとるために、地球はしばらく逆光の位置から外れている。そして現在通過している中間地点は、青い地球を見られる最遠の場所なのだった。

地球は細長い三日月形だった。画面の左端には太陽の輝きが映り込んでいて、もうすぐ地球と完全に重なってしまう。

しかし同僚には悪いが、大気圏を抜けた直後に見た巨大な地球のほうが遙(はる)かに感動的だった。上昇するにつれ地平線がゆるやかに曲がっていき、やがて球面となった地球が現れ、生まれ育った北極圏全域を見渡すこともできた。

「ウアスラを呼んで」

数秒して、〈通話開始〉とメガネに表示された。対話者の顔は映らない。

――ネルス、どうしたの。まだL2までは時間があるけど。

「なんとなく緊張してて。きみと話したくなったんだ」

――緊張って、宇宙にいることに？　それとも久しぶりにテアお姉ちゃんと会うことに？

「両方かな。宇宙は初めてだし、姉さんとはあれから話もしていない」

彼女とは素直に話せる。取り繕（つくろ）っても意味がない。それは彼女も同じだ。

――この三年間ずっと？　姉弟（きょうだい）なんだよ。ネルス、わたしとは毎日話すくせに。

「だって姉さんからは、先月のメールまで何の音沙汰もなかったし」

ぼくの姉は宇宙物理学者だ。十年前、十七歳のときから大学で研究者として勤務している。博士号を取得する少し前に助教として採用されたのだ。

ぼくより三つ上の姉は幼い頃からまわりとは比べようもなく優秀で、十二歳で日本の大学へ進み、そこでも飛び級をしながら、様々な理論を発表していった。だから姉が研究者になったときも、ぼくを含めた家族は祝福しこそすれ驚くことはなかった。日本は英米や中国、インドと並んで宇宙物理学の最前線となっており、世界中から優秀な若手研究者が集まっていた。

姉は二十二歳で教授になったあたりから、新しい研究テーマに取り組み始めた。それは、宇宙空間での研究を容易にするために——連絡艇のようにせいぜい光速の数千分の一でしか動けない、現状ではいまだ相対論的というよりも航空宇宙工学上の限界を超えるために——研究者の人格、つまり脳内の記憶情報だけを切り出して転送する技術だ。肉体なしの記憶情報だけなら光速で送って、転送先の計算機内で思考できるし、作業機械も操作できる。そうなれば肉体は地球に残し、魂(たましい)だけが宇宙で活動することになる。

だが、そのためには記憶転送と同時に、脳の停止が不可欠だ。脳の状態が一定以上変化してしまうと、転送後に戻ってきた記憶情報を接続できなくなるからだ。

ここで姉が選んだ脳の停止方法が、量子ゼノン効果だった。理論的には前世紀のうちに存在を予言され、電子数個といった極(きわ)めて単純な系(システム)では実験的に確認もされていた。ごくごく弱い光を照射して量子論的な状態をかき乱すことで、状態の時間変化を停止させられる。飛んでいる矢は——その瞬間ごとには止まっているのだから——動かないというゼノンの逆説(パラドックス)のように。姉はこの量子現象を、脳という突出して複雑な系に適用しようとしたのだった。

——お姉ちゃん、自信たっぷりだったのに。

「姉さんはいつだって自信に満ち溢(あふ)れているよ。それに失敗は仕方ない。問題はそのあとだ。姉さんは何の断りもなく、ぼくときみを……」

ぼくは言葉に詰まる。この件で姉に文句を言うのは、ウアスラを否定することにもなりかねない。

——だけど、あの夏あなたは知性定理を発見した。お姉ちゃんはそれを形にするのを手伝ってくれたじゃない。

「ぼくの記憶とは細部が違うけど、きみが言うならそうなのかもね」

姉は終始ダメ出しをするだけだったし、論文を手伝う代わりに、量子ゼノン転送の被験者になるようにぼくに命令したのだった。

——そして今あなたは、せっかく証明した定理を反証しようとしている。

「反証できたら定理とは呼べなくなる。ぼくはただ、ずっと考えているだけだよ。自分があの夏、何を証明しようとしていたのかを。そして実際は何を証明したのかを」

艇の操縦はすべて地球の管制が行っていて、ぼくは後部キャビン内の荷物と変わらない。もはや逆光で地球も見えなくなって、ぼくは彼女と話すくらいしかすることがなかった。

三年前、大学四年生に上がる前の夏休みに姉から呼び出しメールが届いた。実験の手伝いをしろというのだ。ご丁寧に姉の大学までの旅券コードも添付されていた。

姉と違って、ぼくは一度も北極圏を出たことがなく、迷ったすえに行くことにした。そのときも姉はこちらが断るかもしれないなんて考えもせず、あるいは断らせないつもりで、高価な旅券を送りつけてきたのだ。

実験の手伝いといっても、ぼくのすべきことは毎日の身体情報採取を除けば最後の局面にしかなく、基本的には自由だった。姉は休みなく実験の準備をしていて、合間（あいま）には研究室の大学院生たちの指導もしていた。

しかしぼくのほうにも、大学のある東京を観光してまわる余裕はなかった。そろそろ着手しなければならない卒論の、テーマすら決められずにいたのだ。ぼくは数学専攻で、せっかく姉が間近で最先端の研究をしているというのに、姉の専門である物理学は当然のことながらさっぱり理解できない。数学も使われているとはいえ極めて高度なもので、とても手を出せる代物ではなかった。

それでもヒントは得られた。姉の研究室では、記憶転送技術開発の準備として人工知能を研究しているために、最上位の人工知能ソフトが十以上もあって、ぼくはそれらを自由に使うことができたのだ。

各種ソフトに、大学初年度レベルの積分方程式の問題を解かせてみる。すると、解答時間は数秒から数分のあいだに収まる一方で、解答の質には明らかな差が生じた。素直で無理のない解答から技巧的な別解までが出揃（でそろ）うなか、ひどく迂遠（うえん）なアプローチで、数学的に新しいというほどではないがこれまで試されたことのない解法もあった。

同水準のソフトでもこれくらいの差異は当たり前のようにあるのだ。ましてや人間の知性と人工知能のあいだの様々な差異は、量的にも質的にも無限に存在する。

たとえば論理の飛躍というのは人間に特有の現象だ。確率的選択生成プログラムなどを用いてその独特の飛躍の仕方——単なる論理の破綻なのだけれど——を再現しようとしても、どうしても人工知能は論理を繋げてしまう。これは人工知能が持つ知的特徴であり、人工的論理架橋現象と呼ばれる。

人間同士を見ても、人間と人工知能、さらには異なる生物同士を比べても、知性には明確に差異があるように思われる。というより、個々の知性はどれ一つとして同じではない、と言ってしまったほうが余程すっきりする。

しかし、にもかかわらず、たとえば数学という場において、昆虫も人間もソフトも、ぼくも姉も、会話することができるのだ。より厳密に言えば、会話を通じて相互理解が形成されていると考えられる。

水飲み場へ向かうとき、外敵を追い払うとき、配偶者を求めるとき、どんな生物も数学的に最短の距離を計算している。生物ごとに環境や事情は違っていても、生物ごとに異なる数学というものは存在しない。生物ごとに決まった容量の脳があり、個体レベルでも神経細胞の繋がり方はまるで違うはずなのに、数学という場を介して、会話はしばしば成立する。猫が巣の卵を狙うにしろ親鳥の攻撃を避けたいだけにしろ、猫と鳥双方の行動には数学的意図が内在している。それは互いの命を賭けた会話であり、最も根源的な数学だと言ってもいい。

卒論のテーマを早く決めたかったぼくは、人工知能ソフトであれこれ試しながら、そうした〝数学する生物〟について——その生態が何らかの数学的構造を有している生物について——既になされた研究を無難にまとめた論文を提出しようと考えた。研究者になる気はなく、さっさと就職活動を始めるつもりだったからだ。

　でも、もしあのままの調子で書いていたら、論文とは名ばかりの退屈な感想文になっていたに違いない。たぶん「ミツバチの巣とビーバーの巣のトポロジカルな類似性」みたいなタイトルになっていたはずだ。

　〝数学する生物〟なんて、細菌一個から鯨の群れまで、数理生物学で調べ尽くされている。入門書も多い。それらを切り貼りして、飾りとして数式を差し込んで、それすらも書き写すだけで、文末にわかったような今後の展望でも書き添えて完成させるつもりだったのだ。自然科学の分野では、卒業論文はもちろんのこと修士論文であっても最先端に辿り着くのがやっとで、新たな知見を提示できることは極めて稀なのだから。

　だが、姉を見ているうちに、自分も研究らしいことをしてみたくなった。姉ならば小学生の時点で知っていたに違いない事柄を、小賢しい数式や科学用語で飾りたてて論文らしく仕立てたところで、ぼくはカブトムシと数学的会話ができるようにはならないだろうし、何より姉にバカにされるのは確実だった。

　——そして知性定理を考えついたと。

「卒論のテーマとしては重すぎだったけど」

――異なる知性同士が会話をするための辞書を作るための定理、という理解でいい?

「辞書という比喩を使うなら、知性定理っていうのは〝すべての異なる知性の会話を成立させる完全辞書が存在することを示した定理〟なんだ。完全辞書はある。でもその辞書を具体的にどう作ればいいのかはわかっていない。研究している人はいるみたいだけど」

――存在定理ということね。解が存在することだけを数学的に保証している。

知性間の差異は、どんなに大きいと思われても、脳内外にあるアクセス可能な情報量に起因するものでしかなく、質的な断絶があるわけではない――ということは、主に量子脳科学や情報教育学の分野で推測されてきた。そうであってほしいという人間的な願望も混じっているのかもしれない。会話によって共通理解が成立する、あるいは成立しているように見えるのだから、その会話を支える知性もまた共通しているに違いない、という楽観的な予想だ。

ぼくはこの予想を数学的に証明できないだろうかと考えたのだった。姉のアシスタントをしていた院生に手伝ってもらいながら、二種類の人工知能が共通して持っていた幾何学的な対称性を見出すことに成功した。

その二つの人工知能は、構造設計の基本方針も機械学習の方法論も大きく異なっていたが、与えた数学上の課題に対して示したそれぞれの論理パターンは――数論幾何的手続きによって図形化してみると――幾何学上の双対性によって結びついており、同一視することが可能だった。一見すると帰納と演繹ほどの違いがあった二つの論理パターンから図形を描き出してみると、二つの図形のあいだには互いに移り変わる操作が存在し、同一の位相空間に配置することができたのだ。

そこから先は驚くほど順調だった。個々の問題から見えてくる、様々な論理パターンを大量に図形化することによって――このあたりはアシスタントの院生に自動化処理を教わりながら――ついには人工知能全体をも図形化することに成功した。そして二つの人工知能のあいだのレベルにも双対性があって、その繋がりもまた数学的に定式化が可能なのだった。紐をどれほど複雑に結んだところで、有限回の手続きで元に戻すことができるように。

帰国後に一人で調べた人間の思考パターンについては、計算論的分子脳科学などの研究の蓄積があり、むしろ人工知能のときよりも容易に図形化することができた。図形化された人間の知性は、人工知能と同一の位相空間にきれいに当てはまった。

そしてその複数の知性が含まれる空間は――あらゆる知性を表現しうる一本の紐のごとき――メタ知性と見なすことができる。

逆方向に見ると、まず原初に存在したメタ知性の対称性が破れた結果、現実にあるそれぞれの知性が生まれたとも言えるのだった。

人工知能も人間の知能も、すべての思考は幾何学的操作によって翻訳可能であり、すべての知性は同一のメタ知性の局所的な一部なのだ。このメタ知性の全容が解明されれば、あらゆる知性を翻訳しうる完全辞書としても使えるはずだ。

しかしメタ知性の存在を示すだけで、ぼくの論文は終わっている。

本当なら、もっと大量の知性を図形化してメタ知性の幾何的性質を明らかにすべきだったし、メタ知性から未知の思考パターンを導出できる可能性も思いついてはいたのだが、ぼくはそこに辿り着くずいぶん手前で疲れ果ててしまった。日本での実験の最後に、姉と喧嘩別れしたこととは関係ないだろうけれど。

年が明け、春の終わりにやっと完成した卒業論文を、ぼくは大学のウェブサイトに公開した。単位認定の条件だったからだ。しばらくは何の反響もなかったが、第二執筆者に姉の名前があったことも大きかったのだろう、徐々に大学外の人々にも読まれ始め、科学雑誌のみならず、一般誌にも関連記事が載るようになった。そこでは初めから論文の真意は無視されて、知性定理という名前と浅薄な理解だけが先行して報道されていった。

——人間と人工知能は同じ能力、なんて見出しの記事もあったよね。

「どちらも同じメタ知性を母型としているというだけで、人間知性と人工知能がまるで別物なのは明らかだ。扱える知識量は桁違いだし、質的な方向性も違う。だけど、そういうことは些事として省略されて、名前だけが知られていったんだ」

人工知能が人間を超越することをあんなに恐れていた人々が、今度は人間と異なる知性が存在しないことを嘆き、新手の虚無主義に陥り始めたようだった。人間の知性も学問も、これからも留まることなく進展するのだとネットラジオのインタビューで答えたこともあったが、急速に強まりつつあった虚無主義的な空気の前では、まったく無意味だった。そのうえ、論文が読まれ始めた頃には姉は地球からＬ２へ飛び去っていて、ぼく一人の力では誤解を是正する記事の一つも科学雑誌に載せてもらえなかった。

就職活動に忙しくなったぼくは、この騒動から距離をおくことにしたのだった。幸い、北半球は北極圏を中心に好景気で、先輩の紹介もあって、卒業前に就職先は決まった。

——嘆きたい人には嘆かせておけばいい。どうせ何かにつけて学ばない言い訳をしているだけなんだから。学ばないし、何もしない。世界が虚無であることとは無関係に。

彼女はぼくよりも口が悪い。

「自分がまったく違う知性を持てるかもしれないという物語は魅力的だと思うよ」

——本を読んだり、映画を見たりすれば、知性は変わっていくでしょう？

「広い意味での学習による変化は、とても穏やかな連続的変化だから」

——破壊的と言ってもいいほどの断絶的変化の可能性、つまり革命を求めていたのに、それがネルスの知性定理で否定されたと思っているのかな。人工知能が、人間とはまるで異なる発展をして、人間の知性に対して革命を起こしてほしかった？

「虚無主義者にとっての理想の革命家が、人間なのか人工知能なのか、わからないけどね」

——虚無主義の次は英雄待望論って、知的怠慢としか思えない。革命なんて、連続的な変化の最終段階に名前をつけただけのものでしょう。虚無主義だって、おそらくは知性が生まれた瞬間から変わらずにある、知性の基本モードだろうし。

「ぼくも知性定理のせいで虚無主義が強まったとは思っていない。相対性理論が相対主義に影響を与えたはずもないのと同じように。相対主義は古代ギリシアよりもずっと前からあったに違いないからね」

――だからネルスは知性定理への文句なんて無視すればいいの。

彼女はそう言ってくれるが、どうしても気にはなる。知性定理が知性の可能性の限界を示すものであるのは確かなのだ。知性定理は裏を返せば、ぼくたちがいくら勉強しても、あるいは脳をどのように拡張しても、現状の知性から連続的にしか変化できないという定理だ。つまり、ぼくたちに理解できることは人工知能でも――原理的には粘菌（ねんきん）でも――理解できるし、ぼくたちに理解できないようなトカゲの数理的行動というものはありえない。

――可能性を肯定すれば、不可能性は否定される。すべてを肯定するなんてことは、論理的にできない。

「誰にでもいい顔をするような言説は存在しないということかな」

――日本語ではハッポウビジンって言うんだよ。

「八ですべてを象徴しているのかな。八は物理学における魔法数だ」

――もしも、あなたとわたしがまったく違う知性なんてものを持ったら、こういう他愛（たわい）ない話もできなくなるのかな。

「そもそも互いの言葉を言葉として認識できないと思うよ」

ぼくたちが使う概念と、異なる知性が使う概念のあいだに、論理的な連絡の回路を一つも作れないとしたら、話し合うことはおろか、相手が言葉を使っていると認識することさえできない。

反対に、二者の知性が使っている概念を結ぶ一対一の写像を作ることができるなら、それは今のぼくたちと連続的に繋がった知性だということになる。

そして双方の知性が一部でも重なれば、どれほど環境上の違いや科学革命によるパラダイムシフトの回数の差があったとしても、あるいは持つ知識の多寡に依らず、二つの知性は根源的には繋がっているということだ。写像の構成あるいは完全辞書の編纂は困難を極めるだろうが、いずれ会話は成立する。そうした、知性のあいだの連絡を保証するのが知性定理なのだ。

——誰とでも会話できるということが気に入らないのかな。宇宙人と会話ができるなんて素敵なのに。

「虚無主義に囚われて知的に閉塞している知性にとって、不可解さは魅力的なんだよ。未知や不可知というだけで可能性を感じてしまう」

もし宇宙空間で知性を持つとおぼしき生命体に出会ったら、初歩的な幾何学や数論が会話の足がかりとなるだろう。ピタゴラスの定理や素数の概念を知らないまま第二宇宙速度を突破できるはずもない。会えているという時点で、どちらも生物生存可能圏——ハビタブル・ゾーン内の惑星出身で、そこでは数学や物理学がある程度以上発展していて、似通った知性を持った生物であることは推測できるのだ。

——わかり合える宇宙人よりも、得体の知れない隣人のほうが想像力をかき立てる？　それって、戦争が科学を進展させるみたいなデタラメにそっくりじゃない？　因果関係の根拠が希薄すぎる。

「根拠のないほうが納得できるという人は少なくない。誰しもが議論の根拠を確かめ始めたら、誤解も戦争もなくなると思うよ」

——あ、ネルス。あと一時間で到着。

ウアスラに遅れて、メガネにも同じことが表示された。

「またあとで連絡する」

——うん。待ってる。

2　テア

会話が終わり、再びぼくは宇宙空間で一人になる。

地上からの打ち上げの衝撃に耐えうる限界まで軽く作られた連絡艇の外壁は、最も薄いところでは五センチにも満たない。五センチの外の世界も物理法則に支配されているし、数学のすべての定理は成り立っているが、そこでは誰も話したり計算したりはしない。

宇宙のあるなしにかかわらず素数は存在するのだと、数学科の教授は語っていた。三年前の夏、実験の合間にこのことを姉に話した。またネルスの思弁が始まったと笑い飛ばされるかもしれないというぼくの予想に反して、姉は真顔で答えたのだった。

「物理法則なしに、数学的構造が発生するわけないでしょう?」

それは物理学帝国主義——物事が今よりもシンプルだった時代の、すべてが物理学で説明できるという楽天主義——とも違う、姉の信念であったのだろう。

ぼくは連絡艇前方の窓に顔を寄せた。ほんの鼻先にある真空は、これまでの知的営為の積み重ねがなければ、こんなに身近に感じられるはずのなかったものだ。太古から人々が、いや地球の多くの生命体が見上げていた宇宙の漆黒(しっこく)が、すぐそこにある。

X字に伸びる巨大な太陽光パネルが見えてきた。中心付近には白い立方体のL2本体も確認できる。周辺部には——ここは重力の不安定平衡点だから——軌道補正のための孤立型スラスターがいくつも配備されている。

ドッキングはパネルの反対面で行われる。そこからさらに数千メートル離れたところには、L2と弾性係留索(けいりゅうさく)で結ばれた人類史上三代目の宇宙望遠鏡も浮かんでいる。

最後の逆噴射があって、幾度かの振動ののち、L2との相対速度がゼロになった。
L2基地の構成単位は、単純立方格子状に配された直径九メートルの球状モジュールと、それらを連結する直径八メートル全長十五メートルの円筒モジュールだ。モジュール外壁は多重レイヤー構造になっていて、厚さは平均一メートル弱あるが、モジュールの内部空間は充分に広い。百四十四の円筒モジュールと六十四の球状モジュールは、世界各国で製造され、地球のあちこちから打ち上げられ、百五十万キロメートルも曳航されて、このラグランジュ点で九年の歳月をかけて構築された。

立方体の一辺に並ぶ四つの球状モジュールすべてから、細い銀色の蔦が数本伸びてくる。人工知能制御のロボットアームだ。それらが連絡艇を把持し、位置や姿勢を調整する。その後、別のアームたちが協力して、半透明の硬化ゴムパイプをL2から引き出して連絡艇に繋ぎ、接続過程が終わる。

通行用のこのパイプは与圧されるが、万が一のために宇宙服を装着しなければならない。スペースシャトルの頃に比べれば、と出発前の速習プログラムでは何度も言われたが、十枚のセーターを重ね着したような感覚になる現行の宇宙服でも充分わずらわしい。しかも安全のため——宇宙開発史において事故が最も多発したのはドッキング時だから——到着一時間前からはヘルメットを装着しての待機が義務付けられている。地球で飛行機に乗るようにはいかない。

地球―L2連絡艇はL2を利用する各国でシェアされていて、一日に平均一隻はL2にやってくる。ぼくが乗ってきた船は、これから資材と廃棄物を非予圧区画でロボットによって積み替えられたあと、月面基地を経由して地球に戻る予定だ。長期滞在型研究施設のため人を輸送することは少ない。

月面とL2双方の管制から承認が出て、シートベルトを外した。二座席だけの名ばかりのコクピットを出て、エアロックを兼ねた小さな搭乗口で待機する。

パイプ内の与圧完了がメガネに告げられ、連絡艇のハッチが開いた。パイプの奥に、L2基地側の入り口が見える。

無重力での十メートルの直進に数分をかけて、ぼくはL2外壁のハッチに辿り着いた。丸いハッチは通行可能を示す緑色のライトで縁取られている。

ハッチのハンドルに手をかけたとき、向こう側から同時に回す力を感じ、ハッチはそのまま勢いよく開かれた。

突き出してきたヘルメットのバイザー越しに、久しぶりの顔が透けて見える。

姉はぼくの手をとった。それで接触回線が確立する。姉はそのままぼくを球状モジュール側のエアロックに引っ張り込んだ。一度に三人までしか入れない狭い空間だ。

「ネルス！　よく来たね！」

ぼくより数センチ背が低いだけの姉が、バイザーをがんがんぶつけてくる。

「宇宙行きのチケットを用意して、ぼくの会社にまで手を回したのは姉さんだろ」

子供の頃から冒険に付き合わせたり、泣かせたり、たまにやさしくしたり、すべてが姉の気分次第だった。姉が日本の大学へ進んでからはとても気楽だったことをあらためて思い出す。

「思いついたんだから仕方ないでしょ。ネルス、宇宙飛行士の速習プログラムはちゃんとクリアした？」

そして姉の思いつきほどぼくが恐れるものはない。必ずひどい目に遭ってきたし、三年前も姉の思いつきが事態を悪化させたのだった。

「クリアしたからここにいるんだよ」

ぼくたちはエアロックを抜けてモジュール内部に入った。発着専用らしく、壁面には通信機器や空調設備が詰め込まれ、中心を通るように太い移動用ロープが何本か渡してある。どのモジュールも同気圧に保たれているが、主に防疫と防火の観点から、接続箇所はすべてハッチとエアロックで閉ざされており、空気の共有はされていない。

内壁カメラで両目の虹彩を生体認証することで、Ｌ２の管理ＡＩにぼくの到着と滞在が認められた。ヘルメットを脱ごうとしたぼくを姉が制した。

「じゃあ宇宙遊泳の初等資格はもらったんだよね。外から行くよ。私たちの区画はこちらの面だけど、対角の頂点なの」

「資格があるのと資格を使うのは別問題だ」

「モジュールのなかを通っていくよりも、宇宙遊泳したほうが早いから」

　姉はぼくを引っ張って、隣のエアロックに向かう。外壁点検用と表示がある。

「無理だよ。絶対無理」今こうしてモジュール内を動くのもままならないのに。

「うるさい。私とへその緒で結んでおくし、宇宙論的には動いていないも同然だから」

　言い終わらないうちに、姉は自分の腰から命綱のワイヤーを引き出して、端のカラビナをぼくの腰に繋いだ。〈へその緒という名称は、初期の宇宙服にあった通信ライン兼エネルギー供給ケーブルに由来する〉と、メガネの制御知能が補足情報を流した。

　ぼくがカラビナのロックを確認しているうちに、姉は宇宙側のハッチを開けてしまった。剝き出しの宇宙空間が姉の肩越しに広がっている。

「ゆっくり動いてくれよな」

「それでこそ私の弟だ」

　姉は躊躇いなく外に出ていく。続いて、ぼくはエアロックから恐る恐る頭を出した。そこは立方体の内側で、格子状に並ぶモジュール群は、空気がないために遠くのものもくっきり見えて、かえって遠近感をつかめない。規則的な構造も相まって、まるで数学上の直交座標そのものの中にいるかのようだ。その向こうでは、地球を回り込んだ太陽光に照らされたXパネルの輪郭だけが輝いている。

ぼくは開いたハッチにつかまりながら、そろそろと体全体を宇宙空間に曝した。

断熱塗料で全面灰白色のモジュール外壁には、配管や実験観測機器などに加えて、ぼくの腰ほどの高さまである可変式排熱板が壁に垂直に設置されており、それらの隙間を縫うように、作業用の一メートル間隔のハンドレールが網目状に張り巡らされている。

姉は、ぼくの目の前のレールに足首をひっかけて、ふわふわと立っていた。ぼくは訓練どおり、そばのレールに腕を絡ませながらハッチを閉じるボタンを押した。

「ネルス、手を離さないと移動できない」

「わかってるよ」

ぼくは姉の足元のレールへ手を伸ばした。

姉は握手をするようにぼくの手を摑む。ぼくが見上げると、姉はニッと笑い、空いた手でぼくの背中を摑んで、モジュールの格子の外へと放った。

「ちょっ！　姉さん！」

「宇宙遊泳しておいで！」

ぼくの体はかなりの高速で回転していた。しかも天と地が回る回転軸で。姉はこうなるように意図して投げたに違いない。

ヘルメット内に警告音が鳴り始めた。外壁と離れすぎたからだ。しかし習ったはずの対処法が思い出せない。

「そろそろ落ち着いて指示に従って。への緒は無限長じゃないんだから」

不愉快きわまる姉の言葉が警告音にかぶさり、目の端に赤い文字列の指示があることに気づいた。〈空間磁気固定具を使用のこと〉。

地球で教わったとおり、宇宙服内蔵の制御知能に対して超伝導コイルの作動を大声で命令すると、ぼくの体は一瞬で静止した。両手両足首、それに背中にあるコイルがL2周辺に張られている磁力線(じりょくせん)を捕(つか)まえたのだ。

このコイルは数年前に実用化されたばかりだ。摂氏(せっし)三十度以下で電気抵抗がゼロになる超高温超伝導物質に不純物を混ぜ合わせて作られているが、大量生産が困難なためにまだまだ高価で、五つもあれば最新の一人乗りのジェット機が買える。

電気を通していないコイルには、その内部までL2からの磁力線が入り込んでいる。そこでコイルに電気を流すと、コイルは超伝導電磁石になり、磁力線を摑む。超伝導状態が続くかぎり、コイルとL2の相対位置関係は保たれ、空間の一点に静止することができる。

L2を背にしたぼくの視界いっぱいに星空が広がっていた。無限に深い虚無の海の中心に浮かんでいるようだ。もう基地から遠ざかる心配はないのだが、心拍数は跳ね上がったままだ。

「こっちを向きなさい」

言われるまでもない。ぼくは左手を右へ回して、そこで手をピン止めする。次に左足、右手、と動かし続ける。宇宙服の制御知能が筋肉の動きを感知して、ぼくが次にどの手足を動かしたいのかを判定して超伝導のON／OFFを決めているのだ。

しばらく虚空で手足を振り回して、体を基地側へ向ける。

ぼくが悪戦苦闘しているあいだに、姉はL2の立方体の角に移動して手を振っている。

「ほら、近道になったでしょう」

「姉さんは黙っていてくれないか」

姉がレールを握っているのを確認してから、ぼくは電動巻き取り機を作動させた。姉と繋がっているワイヤーのたるみが徐々になくなり、ぐっと体が引っ張られた。モジュール外壁にいる姉がずいぶんと遠くに見えて、ぼくは巻き取り速度を大きくした。数秒後、姉が叫んだ。

「ネルス！　速すぎる！」

あわてて巻き取り機を止めるが、慣性のために接近速度は減じない。まずい、これも講習中にさんざん言われたんだった。〈宇宙空間ではなるべくゆっくり動くこと〉。

ぼくのような初心者のためにこそ宇宙服は分厚い緩衝材で包まれている。ぼくは目を閉じて体を丸めた。緩んだワイヤーが何度もヘルメットに当たって、内側に振動が伝わってくる。

「怖がり」

首と腰にわずかな衝撃があり、くるりと回され、おもむろに立たされた。目を開けると

――まだ目が回ってふらついていたが――姉がぼくの両肩を摑んでいた。

「姉さんが受け止めた？」

「アイキドウでね」

「なにそれ」

メガネには漢字で〈合気道〉と表示されたが、ぼくは漢字が読めない。

「日本の古い武道。大学で習ったの。すごいでしょ」

つい礼を言いそうになったが、元はといえば姉が原因だ。ぼくが文句を言いかけたのを察知したらしく、姉はさっと身を翻(ひるがえ)した。

「ほら、どんどん行くよ。一人、待たせてるんだから」

「誰？」

「私の共同研究者。行けばわかる」

姉は泳ぐように先へ行くのだが、ぼくはワイヤーをたぐりながら、手近のハンドレールを順々に摑んで進むしかなかった。

「ネルス遅い。顔を上げて」

立方体の角にあたる球状モジュールには、三本の円筒モジュールが接続している。姉は早早にそのうちの一本の中程にあるエアロックに到達しており、開いたハッチから首を出していた。ぼくは返事をせず、外壁にへばりつきながら時間をかけて姉のもとに辿り着いた。

非常時脱出用エアロックはひどく狭かった。ハッチを閉め、姉と体をぶつけ合いながら向きを入れ替えた。

与圧が終わり、姉が手動で内側のハッチを開けると、そこは居住区画だった。微小重力下だが、上下の方向が定められていて、床にはテーブルや椅子が磁石でくっついていた。その奥の左右の壁には二つずつ個室が埋め込まれている。トレーニングルームやロッカーもある。さらに奥には隣の球状モジュールに続くハッチが見えるが、〈他グループ使用のため緊急時以外開閉禁止〉という注意書きが貼ってあった。

子供の頃からお馴染(なじ)みの、色々なものが脱ぎ散らされた姉の部屋にそっくりだ。昔と違うのは、ものが空間的に散らかっていることだ。

姉はぼくがいるのも気にせずに宇宙服を脱いで下着姿になる。姉は地球でも宇宙でもどこまでも姉なのだった。

ぼくは姉に背を向けて、ヘルメットや宇宙服を脱いでいく。円筒の反対方向にはキッチンとシャワー室とトイレが配置されていた。

「ネルスはここね」

浮いていた服を拾って身につけた姉が、ぼくの肩につかまりながら奥の個室を指差した。

ブラインドが閉まっている他の二つは、姉と共同研究者が使っているようだ。

ぼくの個室のなかには、空(から)になった宇宙食のパッケージや姉の衣服が押し込まれて浮かんでいる。

「なんかゴミが」

「自分で片付けて。さあ、こっち」

姉は個室とは反対側の奥へ進み、ハッチを開けた。

球状モジュールにあったのは一個の巨大な岩石だった。

3　青花（ティンファ）

直径五メートルほどの灰黒色の岩石は、まわりの壁面じゅうから延びるワイヤーで中央に固定されている。ゴツゴツとした表面で、握りこぶしに似ている。

「大きいな。隕石（いんせき）？」

「隕石は地球に落ちたものの総称。これはアステロイドベルトから引っ張ってきた小惑星」

「え、姉さん、行ったの？」小惑星帯は火星軌道と木星軌道のあいだにあるはずだ。

「まさか。ここの宇宙望遠鏡で観測して見つけたの。ドメインボールの太陽系内分布を計算して、アステロイドベルトに狙いを絞って、あそこの小惑星を全部調べて、推定からズレた挙動をする――重力異常を示すものをいくつか見つけたの。重力異常には岩石の組成とか空洞とか色々な理由があるんだけど、私たちが計算した理論値に最も近いものがこれだった。月面基地から八百五十個の推進機を送り込んで、ここまで牽引してきたの」

ドメインボール？

姉がぼくのメガネにファイル名を勝手に音声入力すると、データがＬ２のサーバーから送られてきた。

ドメインボールというのは姉による造語で、今年になって論文として発表したのだという。姉が数式によって存在を予言した、純粋に理論的な天体だ。続いて小惑星の固有速度の解析グラフや、姉の半分ほどの背丈の〈イカ型推進機〉が十本の足を広げて月面から発射される写真などが表示され、さらに、他グループの協力を得てこの球状モジュールをいったん外し、半球二つに分解してから小惑星を搬入する動画が流れた。そして最後に国際宇宙開発機構のロゴが表示される。実験報告書の添付資料だったのだ。

「Ｌ２の宇宙望遠鏡の使用権は秒単位で決められていて、地球の研究者も順番を予約してるから、私がこの二年間で使えたのはたったの二十万秒」

それがどれほど短いのか、いつも大袈裟（おおげさ）な姉の言葉だけでは判断できないが、数百万個の小惑星のなかから目当てのものを見つけることが難しいことくらいはぼくにも察しがつく。

「幸運だった？」

「まぐれって言いたいの？　私が偶然に賭けたりするわけないでしょう。ドメインウォールが湾曲して自らと交わるときに膨大なドメインボールが生じることを定量的に示したのは私だよ」

ドメインウォールにドメインボール？　何のことだかよくわからないが、姉の激しい語気に、ぼくはあわてて話題を変える。

「こんな大きなものをL2内に持ち込んで、よく大丈夫だったね。重力異常ってことは、すごく重たいんだろう？」

「逆の意味の重力異常だから。この大きさなら最低でも数百トンはあるはずなのに、その一パーセント以下しかない」

「なかに空洞がある？」

ぼくは表面を軽く叩いてみるが、見た目どおりの重く鈍い音が響くだけだ。

「空洞だとしても、まだ軽すぎる。内側にある何かが重力波を吸収して、あたかも負の質量のように振る舞っている。内部をスキャンして、岩石層の内側には電子層があって巨視的なスキルミオンがブラウン運動をしていることまでは観測できたから、その何かの磁場を量子ピン止めして固定する」

姉はぼくの知識量など気にかけていないようだ。

「スキルミオン？」

「細かいことはあとで。とにかくこのなかには宇宙論的な位相欠陥がある」

「なにそれ」

姉は遠慮なしにため息をつき、

「ネルス。昔から言っているでしょう。現象論にも興味を持ちなさい」

そして姉は宇宙の開闢から話し始めた。

真の始まりについては諸説あるが、ともかく宇宙は生まれてすぐインフレーションと呼ばれる急膨張をしたのち、徐々に冷えていった。その際、広大な時空がムラなく均一に冷えたとは考えにくい。ある広さの領域の境目では、温度差やエネルギー密度差など、様々なギャップが生じたはずだ。

物質レベルの不均一さは宇宙の大規模構造に発展し、真空の幾何構造の対称性が破れた境界では宇宙論的位相欠陥が生じたと考えられている。点状の欠陥はモノポール、線状の欠陥は宇宙紐と呼ばれる。

モノポールは様々な理論から確実にあるとされており、観測が続けられているが、いまだ見つかっていない。初期宇宙でインフレーションが起きたとき、大量に発生したはずのモノポールの個数密度が薄まってしまったからだと考えられている。こうした否定的な観測事実が、逆にインフレーション宇宙論の傍証となっているのだった。現象よりも理論にどうしても目の行くぼくとしては、そういう推論の仕方のほうを面白く感じてしまう。

「宇宙紐はタイムマシンに応用できるんだっけ」

「発見できれば使えるかもという話ね。そして、点状でも線状でもない、面状の宇宙論的位相欠陥であるドメインウォールがこの小惑星内部にあって、異なる宇宙を包み込んだドメインボールを形成していると私は考えている」

面状の何かがボールになって宇宙を？

ぼくは小惑星にそっと触れた。

このなかに別の宇宙があるなんて想像もできない。

「自分で予言して自分で見つけるなんて。奇跡的な存在確率だろう？」

「説明めんどくさいな。これ見て」

メガネに今度は、姉の理論を映像化したものが流れ始めた。

宇宙誕生直後、何度目かの真空の相転移のあと、ドメインウォールは大規模構造と同程度の広大な領域に広がっていたという。ドメインウォールは超高密度のエネルギー膜であり、自身の強い張力によって縮まり、自らの表面上に精妙で美しい幾重もの襞構造を生み出す。襞は次第に丸まっていき——その張力はインフレーションでさらに強くなって——近傍宇宙を包み込み、一つ二つとウォールから離脱していく。これがドメインボールだ。次の瞬間、全体が裂けて泡立った。莫大な数のドメインボールは重力に従って、物質やダークエネルギーと共に離散集合しながら、銀河のなかへと混ざり込んでいく。このようなボールが一つの銀河に数千から数千億個ある、というのが姉の概算だった。

一つのドメインボールが作る重力の形も異質だった。ボール表面近傍では核力のような強い引力を示すのだが、少し離れると負の重力として周囲の重力を打ち消してしまう。この奇妙な重力勾配（こうばい）のため——姉は余剰次元への重力波の流出と考えている——ボールは宇宙塵（じん）を集めて小惑星とし、それを外殻のように纏（まと）って安定的に存在していたのだ。

あらゆる波長で小惑星の内部を調べてみても、ドメインボールの表面は異なる物理法則の境界だからなのか、温度の測定もままならないという。

「面白いとは思うけど、ぼくに何かを手伝えるとは思えないな」

「私を手伝ってほしい」

それは聞き覚えのある声だった。

「青花（ティンファ）」

姉とぼくは小惑星とモジュール内壁のあいだを通って、研究区画用の円筒モジュールに入った。小惑星のある球状モジュールに接続する三方の円筒のうち、一つはさっきの居住区画で、一つは連絡用通路に、そしてもう一つが研究区画に使われている。

「共同研究者というのはきみだったのか」

中国出身の楊（ヤン）青花とは三年前、姉の日本の研究室で出会った。彼女は博士課程の院生として、教授である姉のアシスタントをしていて、ぼくにいろいろ教えてくれたのだった。L2に来る直前、青花は助教に採用されたのだと姉が付け加えた。

「それはおめでとう」

青花は壁面から突き出したデスク型のコントロールパネルの前に座ったまま、片方の眉をわずかに動かして返答した。彼女は以前もこんな感じだった。すべきことをする。余計なことはしない。ぼくはこの二人と過ごした三年前の夏を思い出す。

「今のきみの研究テーマは？」

「あのときと同じ、量子ゼノン技術と、それを応用した記憶転送技術」

彼女には子供たちと夫がいると以前姉から聞いた。彼女は単身赴任でここに来ていて、家族は地球にいる。

十二歳で北極圏を出て以来一度も帰省せず、それをまったく気にしていない姉などよりも切実に、彼女は記憶情報の転送を成功させたいと思っていることだろう。

「ということは、もう一度ぼくは量子ゼノン転送機の被験者になるのかな」

彼女には悪いけど、あまり気は進まない。

「あなたにどこまでお願いするかはテアも私も迷っている。少なくとも、あなたの身体情報の採取はどうしてもさせてほしい。量子ゼノン停止の脳への長期的影響を調べたいから」

量子ゼノン技術による記憶の取り出しとそれへの演算機能の付与については、三年前ぼくが日本にいるあいだに姉たちは何度も成功し、技術としても充分に確立できていた。失敗したのは脳の量子ゼノン停止それ自体だ。当然、その後に行われる、脳への記憶情報の接続も果たせていない。

記憶に演算機能を加えて自己再帰型プログラムとして成形した情報体を、姉は情報＝演算対(つい)と名付けた。これを量子エンタングルメント状態の光子として構成して、光速度で転送しようというのだ。

姉たちはその段階に留まらず、情報＝演算対が転送先で新たに得た記憶情報をもともとの脳の記憶と接続することを目的としている。それができないなら、研究者が——魂だけになって——宇宙で活動して戻ってくることにならない。

自律的に活動できるというだけなら、人工知能にまかせればいい。姉たちはあくまでも人間の記憶情報を光速度で送信することによって人間の知性を縛る空間的制約を超えようとしているのだ。

ただし情報＝演算対が新たに獲得した情報を、脳内の記憶へ接続するためには、双方の情報の切断面が——脳が停止した終端(しゅうたん)と、情報＝演算対となった始端(したん)で——同一でなければならない。切断面が歪(ゆが)んでいると、記憶の隙間を埋めるために脳への負荷が大きくなってしまうし、最悪の場合、記憶は断絶して元に戻ることはない。

だから姉たちは脳の状態を限りなく厳密に固定するため、量子ゼノン効果による量子状態の遷移禁止を選んだのだった。

麻酔などの医学的手法に加え、超分子ナノマシンによって脳内物質の濃度差を操作し、海(かい)

馬周辺を低温管理することで脳の活動を抑制しても、それはせいぜい脳が休眠しているというだけで停止とまでは呼べない。夢だって見る。そこで光子数個ほどのごくごく弱い電磁波を高頻度で照射すると――それは脳内の量子状態が観測され続けることに相当するため――量子力学的な波動性の一つであるコヒーレンスが破壊され、他の量子状態への遷移ができなくなる。つまり、同じ状態に留まり続けることになるわけだ。これが量子ゼノン停止であり、人間による観測行為が遷移確率そのものを破壊することを直接的に応用したものだ。

量子ゼノン停止のために脳へ入射した光子は、記憶を司る海馬に当たり、脳外へ散乱される。散乱された光子には記憶情報が含まれており、散乱光のパターンをフーリエ変換することで、停止された瞬間の記憶情報を取り出せる。

そう、脳の停止と記憶の切り出しを同時に、しかも最小限の光量で行うという、我が姉ながら天才的な発想だ。

「上手く行きそうなの？　前回の問題点は、量子ゼノン停止が極めて短時間しか継続できないことだったよね」

ぼくが二人のどちらへともなく質問すると、青花がぼくのほうを向いて答えた。

「あれから改良を続けている。だから――」

彼女の言葉を姉が引き継ぐ。

「――あのときの借りを返せるかもしれない」

姉が借りを返そうとしているのは、間違いなくぼくとウアスラにではなく、きっと自然か自然科学に対してなのだ。ただ、姉の興味の方向は、ぼくたちにとっては関係ないことだ。もし姉が何か上手い方法を思いついたというなら、ぼくたちの三年間の問題は解消されるかもしれない。このために、姉はぼくを宇宙まで呼びつけたのか。姉になら、ひょっとするとできるかもしれない。しかし――

「解決法なんてあるのかな。姉さん、自信は？」

「あるに決まっているでしょう。私と青花に任（まか）せなさい」

姉はいつだって自信に満ち溢れていて、でもそれは文字どおり自分への信頼だけで、実験の成功見込みなどとはたぶん関係がない。

かといって、この問題における第一人者である姉を信じないというのは、世界の誰も信じないのと同じだ。結局のところ、ぼくのなかには姉を信じたいという気持ちが残っているようだった。

居住区画の貨物搬出ボックスを開け、ロボットたちが連絡艇から運んでくれたぼく用の飲食物と、支給品のL2服を取り出した。姉や青花が着ているのと同じ、シンプルな青のTシャツと黒の長ズボンだ。私服を持ち込んでもかまわないのだが、三人揃ってそういう方面に関心がないようだ。

再び研究区画に顔を出すと、二人が言い争っていた。

どうやら姉は、地球にあるＬ２管理機構に新規実験の審査申込みをせずに、小惑星の外殻を割ろうとしているらしい。姉は自分が割断作業をするから、青花に隠蔽工作をしてくれと頼んでいるのだ。

青花は当然の抗議をしていた。モジュール内での割断は——モジュール外で実行すると、発生する破片がＬ２を覆ってしまいかねないから不可能で——ひどく繊細な作業であることは素人のぼくにもわかるし、ここは姉たちが日本政府から借りている施設だ。姉たちの所属している大学の施設でさえない。それにＬ２が誇る最先端の実験設備と宇宙という理想的な実験環境は、世界中の研究者が使用を望んでいることもあって、ムチャをすれば問答無用ですべての実験が中止されることにもなりかねない。

「青花。固いこと言わないで。あなただってドメインボール早く見たいでしょう。爆破なんて律儀に申請を出したら、一年待っても許可は出ないよ」

開き直った姉に何を言っても無駄だ。ずっと共に働いてきた青花もそれは重々承知しているようで、首を横に何度も振りながらも、椅子に座って作業を始めた。

姉は青花にごめんねと言って、小惑星のあるモジュールへ潜り込んだ。

Ｌ２は各国の出資による研究施設であり、国際協調が基本理念だ。実験内容や観測データを公開することは必須の義務だが、それは軍事関連研究の抑止といった理由ではなく——そんな研究は地球で可能だから——使用エネルギー量の調整や情報共有が主たる目的だ。寝室や浴室を除く全域を監視するカメラも、火災などの事故に備(そな)えるためのものだ。

　つまり監視体制といったものはＬ２に存在せず、割断の隠蔽は、Ｌ２内の人員や実験機器に衝撃を与えなければ、それほど困難ではない。既に青花は監視管理システムにあっけなく侵入し、無傷のままの小惑星の映像を再生し続けるように仕組んでいた。ぼくの仕事は巡回ソフトを攪乱(かくらん)するために、青花が開通したセキュリティホールのまわりを被覆(ひふく)プログラムで隠すことだった。ぼくは知性定理の証明のため、姉のアシスタントだった彼女に一夏をかけて人工知能の論理パターン解析や暗号解読の技術を叩き込まれたのだ。性善説に立つＬ２のシステムを誤魔化(ごまか)すくらいなら手伝える。

「ネルス」

　青花はこちらを見ずに問いかける。

「またあなたに量子ゼノン停止を頼んでも？」

「この前の夏とは違った結果になりそうなのかな」

「無論」

　研究区画用モジュールの奥半分はクリーンルームになっていて、透明な有機素材の隔壁フィルム越しに、懐かしの量子ゼノン転送機が見える。日本では研究室をまるまる一つ埋めていた装置本体はかなりコンパクトになって、壁外プラットフォームで宇宙空間の超々高真空環境に曝露(ばくろ)されている。クリーンルーム内には、被験者が横たわる支持ユニットと、光子放出と頭部固定のためのヘッドギアだけが置かれていた。

　量子ゼノン技術は、原子や光子という極微(きょくび)の領域で起こる相互作用を利用するものだから、量子コンピュータ部分はもちろん、装置全体が受ける外的影響を極限まで減らす必要がある。実験を不安定化させる最たるものが空気だ。地球や地球近傍の宇宙ステーションではとうてい得られない超々高真空と極(きょく)低温を求め、姉と青花はＬ２まで来たのだった。

　二人ともＬ２に滞在して、もう二年以上になる。その間、一度も帰還しておらず、連続滞在の最長記録に届かんばかりだ。二人は納得できるまで滞在するつもりなのかもしれないが、宇宙は気軽に居続けられるところではない。

　そして、ぼくは彼女たちが過ごした日本での夏を知っている。二人は淡々と莫大な量の計算をし、時に激しい議論をして、実験の準備を進めていった。それは静かだがタフな時間だった。二十一世紀初頭から続いた温暖化が終わって以来、二十年ぶりの暑い夏に、北半球全体が包まれていた。

「二人の時間を信じるよ」

　青花はともかくとして姉の性格的な方向性はとうてい信じられないけれど、二人が研究に費(つい)やした時間に嘘はない。

「あなたは魂を二つに切られたのに？」

「ぼくが怒っているのは実験の失敗に対してじゃない。実験後の姉さんの処理に対してだ」

4　ドメインボール

あの夏の終わり――誰かに知られることもなく――世界初の量子ゼノン記憶転送実験が、姉の研究室で行われた。被験者はぼくだった。姉と青花は観測にかかりっきりで被験者になれないし、募集や説明それから機密保持の手間を考えると、ぼくにさせるのが早いと姉が判断したのだ。ぼくにしたって本当は両親のサインが入った同意書が必要だったのだけれど、姉はそのあたりの倫理感が大昔から摩滅（まめつ）しているのだった。

電子数個という制御しやすい微視（びし）系でしか成功例のなかった量子ゼノン停止を、姉は中間段階をすっ飛ばして、いきなり脳という巨視的多体系に適用しようとした。

脳のゼノン停止はとぎれなく続くことが重要だ。一瞬でも解除されると、記憶断面は乱れ、外に形成した情報＝演算対が元に戻れなくなってしまう。

夏休みの半ばからは、ぼくの脳を使っての量子ゼノン停止実験が繰り返され、目標だった九十分の連続停止にも何回かは成功していたが、突然覚醒してしまうことも少なくなかった。

そしてぼくが日本を去る一週間前――知性定理の証明の目処（めど）がようやく立ったころ――初めての記憶接続実験が行われることになった。脳を停止するだけでなく、同時に情報＝演算対を作り、それを演算領域に転送して活動させて、新しい記憶を脳に接続する一連の実験だ。

青花はいまだ不安定な量子ゼノン停止の予期せぬ解除と、そのとき不可避的に起こる魂の分裂を危惧して、姉に実験の延期を提言した。

むろん姉はそれを却下し、実験は強行された。

量子ゼノン停止と情報＝演算対生成を同時に行おうとした結果、脳のゼノン停止は百フェムト秒程度で解けてしまい、ぼくの脳は覚醒した。瞬時に脳の状態は変化し、取り出された記憶情報と接続することはできなかった。

そのとき、ぼくの魂は二つに分裂したのだ。

肉体のなかのぼくと、情報＝演算対としてのぼくだ。脳内のシナプスの繋がりとして記述される記憶と、からまりあった光量子で表現される量子情報とに。

「あの頃はまだ魂の分裂について議論が深まっていなかった。今もだけどね。脳の量子状態を止めることも、量子情報として抜き出せることも、研究が進んでいないのに、ネルスを被験者にしたのは間違いだった。ごめんなさい」

「でもきみは姉さんに反対したじゃないか」

青花は切れ長の目でぼくを見つめて、

「強くは反対しなかった。半信半疑だったから。その後のテアの処置に協力もしたし」

実験が失敗したために起きた、ぼくの魂の分裂――同一人格が同時異空間に二つできてしまった事態を受けて姉が思いついたのは、情報＝演算対のほうのぼくを、ぼく以外の人格に変形することだった。デタラメだ。姉はさらに開き直ったのか、弟はいるから妹が欲しいなどと言い出し、性別まで変えてウアスラと名付けた。

すべてはぼくのあずかりしらぬところで実行された。ウアスラの存在を事後に知らされたぼくは初め、ひどく混乱した。悪びれることもなく、かえって自慢気に説明する姉と押し黙ったままの青花を見ているうち、ぼくの混乱は怒りとなり、ついにぼくは生まれて初めて姉に怒鳴り、そのまま空港へ行って北極圏に帰ってしまった。

姉と青花の研究を信頼していたからこそ、ぼくは我慢ができなかった。情報＝演算対がぼくの記憶の塊（かたまり）にすぎないものだったなら、無断で何をされようと、ぼくは文句ひとつ言わなかった。しかし、ウアスラと初めて話したときに、二人の信頼は確信になり、不信へと変わっていった。情報＝演算対であるウアスラは、ぼくと記憶を分有（ぶんゆう）した、しかしぼくではない一つの人格であって、一つの魂として存在していることは――他ならぬぼくには――明らかだったから。

そして、ぼくの魂だろうが誰の魂だろうが、姉が思いつきで人格の変形などしていいはずがない。ぼくは今でもこの点について姉を許していない。

北極圏に戻った数日後、青花がぼくの荷物を郵送してくれた。前後して、パスコードが添付されたメールも届いた。日本の研究室に残ったウアスラとの回線を開くためのものだ。

冬のあいだは卒論に没頭してウアスラのことから目を背けていたのだが、卒論を提出していよいよ言い訳のなくなったぼくは、覚悟を決めて初めてウアスラに連絡をとったのだった。

「そのときのこと教えて」青花が急に食いついてきた。

「変わったことは何もなかったよ。ちょっと話して終わり」

「あなたはどう話しかけたの」

ウアスラのことを、ぼくはこれまで誰にも話してこなかった。だが、一緒に研究した責任を――昔も今もぼくは被験者に過ぎないのだけれど――少なくとも青花に対しては果たすべきだろう。

「きみからもらったメールで、あの段階でウアスラがぼくの記憶以外に膨大な量の記憶情報と演算機能を持っていることは知っていたし、ぼくとしては初対面の女の子に話しかけるような感じだった。彼女は久しぶりに会った兄と話しているみたいに初めから親しげだったよ。妹なんていなかったからわからないけど」

「彼女が情報＝演算対だということは気にならなかった？　今も？」

ウアスラはひとかたまりの量子情報として、姉の研究室が所有する量子コンピュータ内にいて、今は姉といっしょにL2に来ている。

「どうかな。いろいろときみから教えてもらっていたけど、現実には映像なしの電話で話しているのと変わらないから。むしろ北極と日本のノイズとかタイムラグのほうが気になるくらいで」

「そう……。彼女はこれまで自己イメージを形成しようとしたことがない。――ウアスラとの通信はどれくらいの頻度？」

「ほぼ毎日話してるよ。連絡艇のなかでは知性定理のことを話していた」

「それは共同研究みたいなもの？」

「いや、ただの雑談」

青花の隠蔽工作が完了し、巡回ソフトを攪乱する必要がなくなって、ぼくたちは姉のいる球状モジュールに移動した。

姉は小惑星を一周するように、二十箇所ほど開けた穴に、順に石用のノミのような太い金属棒を差し込んでいた。

「ほら、手伝って」

姉が設置したらしき各種装置を迂回(うかい)して、ぼくは小惑星に近づく。

青花のほうはもちろん作業内容を知っているのだろう、さっそく表面に取り付いて装置の同期調整を始めている。

「手伝うけど、どうやって割るの」

ぼくは見様見真似で、空っぽの穴に棒を入れていく。

「ネルス、速習プログラムで尿路結石(にようろけつせき)のことを教わったでしょ」

「ああ、そうか。これは超音波振動子なんだ」

無重力環境に長くいると、骨から尿にカルシウムが溶け出し、地球上よりも尿路結石の形成されるリスクが数倍に跳ね上がる。ぼくは二週間の滞在だから気にするほどのことではないのだけれど。

「結石を超音波で砕くように、小惑星を砕くんだ」

「ほぼ正解。結石はとにかく砕きさえすれば体内から排出されるけど、今回はなるべく破片や粉塵（ふんじん）が出ないように割りたいから、ごくごく薄い円盤状の音力場（おんりきば）を作って小惑星の外殻に通す。広がっていく音力場が、L2の他のモジュールに当たらない角度でね。幸いなことにこのモジュールは立方体の頂点にある」

「初めてだろ？　危なくない？」

「巨大な岩の切断工程はほぼ自動化されているし、使う音力場は強力だから石目（いしめ）を読む必要もない。きっときれいに割れる」

「アステロイドベルトで割ってから中身のドメインボールだけを持ってくるほうが楽だったんじゃないの」イカたちだって、そのほうが楽だろう。

「それだとみんなにバレるでしょ」

姉はこの小惑星を、太陽系小天体の捕獲と牽引に関する技術開発と重力異常天体の起源の解明を目的とすると申請して、ここに持ち込んだのだという。

「どうせいずれは公開しないといけないのに」

「いいから。手を動かして」

さしもの姉も未経験の作業には手間取り、人工知能によるシミュレーションでも小惑星は割れず、深夜になっても微調整は続いた。

到着してそのまま手伝い続けていたぼくは眠くて仕方なかった。L2で用いられているグリニッジ標準時が午前三時を回った頃、先に寝なさい、という姉らしからぬ言葉があって、ぼくは素直に甘えることにした。

居住区画へ通じるハッチを抜けながら、ウアスラに連絡すると約束していたのを思い出したが、翌朝でも変わらないと自分に言い訳をして、宙にただよう服や空になった宇宙食のパッケージを押し分けてベッドスペースに入ると、体の固定もそこそこに眠りに落ちてしまった。


およそ五時間後、目が覚めてしまった。熟睡できたとは言い難かった。

姉と青花の個室はブラインドが閉じていて、なかで寝ているかどうかわからない。

ぼくは水を飲んでから、球状モジュールに通じるハッチを開けた。

「起きたか。もうすぐ割れるよ」

姉は割れる予定の線上に粉塵防止用のジェル状物質を塗り広げていた。さらに、小惑星を取り巻いて衝撃吸収用の大きなバルーンが既にいくつも膨(ふく)らんでいる。

「ずっと作業してたんだ」

「こんなの普通だよ。――青花、どう?」

モジュールのスピーカーから彼女の返事が聞こえた。

「準備は完了している。二人ともこちらに来て。午前九時の空調の再起動に合わせて割断する」

姉が発破装置群を最終確認するあいだに、ぼくは先に研究区画用モジュールに移った。

青花が早口に指示を出す。

「そっちの席に座って、念のためベルトで体を固定。テアも急いで」

姉が入ってきて、青花の隣に座る。制御知能が超音波振動子の作動のカウントダウンを始めた。ディスプレイには小惑星が映し出されている。擬装用ではなく、実際の映像だ。

合図もなくカウントが終わって、姉が席を立った。画面で見るかぎり、小惑星にも変化は見られない。

「え、終わり? 何も感じなかった」

「人間に感じられるレベルの衝撃だったら大変でしょ。全モジュール間には、日本製の加速度低減システムがあるんだし、バルーンは大袈裟だったかな、青花」

「とんでもない。基地全体に空調機器のノイズとは波形の違う微細振動が広がった。逆向きの制動をかけて、体感レベルの加速度はキャンセルできたけど、システム稼働履歴は消去しなければ」

「できるよね？」

「もうしてる」

オペレーターの青花を残し、ぼくと姉は球状モジュールに入った。

小惑星の表面には、開けた穴を繋ぐように一筋の黒線がくっきりと入っていた。

注射器を使って隙間へ粉塵防止ジェルを注入し、穴に刺してあった超音波振動子を回収して、代わりにジャッキ用の細長いバルーンを入れた。すべてのバルーンはモジュール内壁のダクトと繋がっている。姉の合図で、差し込んだバルーンが膨らみ、それにつれて徐々に隙間が広がる。

「見てごらん」姉がぼくの袖を引く。

灰黒色の岩石質の殻が左右に開いていく。

細長いバルーンがゆっくりと膨らみ、それに連動して殻のまわりの衝撃吸収用バルーンが収縮し、わずかずつ広がる裂け目からオレンジ色の光が漏れ始める。

目が慣れ、光の源が見えてくる。青銀色の金属か鏡のようにも見えるけれど、自ら輝いているのは間違いない。モジュール内の照明よりも遙かに強い光が噴き出しているからだ。

青花も加わり、三人がかりで小惑星に金属の杭を打ち込み、ロープをかけた。裂け目に挟んでいる風船が一メートル大になって、殻のなかのものがだんだんと見て取れるようになる。光り輝く球体だ。

「表面にエネルギー流があって、そのなかの荷電粒子が加速度運動をして光を出しているみたいね」

光球の直径は三メートルほど。表面では、数十個の渦が緩慢に揺らめいている。渦の輪郭同士が触れ合うたびに耳障りなガラス質の高音を発する。

殻のほうには、内側が光球のぶんだけきれいに刳り貫かれたように、滑らかな半球の穴が開いている。

小さく縮んだバルーンをクッション代わりにして、二つの殻をモジュール内壁に縛り付ける作業を始めた。無重力でも質量はある。小惑星の外殻のその半分とはいえ、ボールが生じさせていた負の重力の影響範囲を外れたために今や通常の数十トンの慣性質量を持った岩石として浮かんでいて、人力で動かすことはできない。殻の円状の切断面に追加の杭を等間隔で打ち、ロープを幾重にもかけていく。急に傾いたりしないように、ロープはゆっくりと均等に機械で巻き取って内壁へ近づけていく。

研究区画に戻った青花の声がスピーカーから流れた。

「テア、ドメインボールはモジュール中心に量子ピン止めした」

表面粒子の運動によって、光とともに磁場が形成されているという。この磁場を利用し、壁面に取り付けた宇宙服のコイルと同じ原理で作動する百個もの超伝導コイルで表面磁場を摑んで、光球をモジュール中心に空間固定したのだった。

「あの渦がスキルミオン。逆向きのものもあるね。流入口と排出口か」

昨日聞いた言葉だ。姉の説明を補うべく、メガネの制御知能が拡張現実を表示し始めた。

スキルミオン——スピン構造体。この渦の外周部では上向きのエネルギー分極スピンが傾きながら渦を巻き、中心部に向かうにつれて下向きになる。エネルギー流の速度ベクトルが矢印で表現されて、地球上の台風の分布図のようにも見える。見えない側も含めて光球表面には六十個のスキルミオンの渦があり、六十個の炭素分子からなるフラーレンにも似て、切頂二十面体状に位置しながら、互いに距離をとって動いている。

作業の最後に、姉とふたりで光球のまわりに移動用ロープを張り直した。

「この渦は外部と何かを交換しているの？」

「おそらくエネルギーと情報を。こちら側とあちら側とでは真空の幾何構造やエネルギー値にズレがあって、マクロな真空分極を起こしている」

「これが別の宇宙……」

「まだだよ。これは私たちの宇宙と別の宇宙との境界。この球状の光の膜の向こう側に別の宇宙がある」姉の瞳がボール宇宙からの光を受けて強く輝く。「そしてこの膜は私たちの宇宙の果てでもある」

ぼくと姉は、宇宙の果てに立って、宇宙の全体を見ているのだった。姉は話を続けていたが、ドメインボールはその特異な重力によって、姉の言葉をも飲み込んでいるかのようだった。

ぼくが触ろうと手を伸ばすと、姉に摑まれた。

「バカね。何にでも触らないの」

ボール表面は異なる二つの物理法則の境目だ。こちら側の量子力学や電磁気学が成り立たないなら――いや、物理定数のほんのわずかでも異なっているなら、その場所では、ぼくたちの体は存在することすらできない。

重力定数、光速度、プランク定数、様々な素粒子の重さ、地球と太陽の距離――ありとあらゆる条件が精妙に絡まり合ってようやく人間は発生し、今も存在できているという。人間の存在そのものが奇跡であって、ぼくたちが存在していることこそが神の存在証明だという人もいる。

「姉さんはずっと脳ばかり研究しているのかと思っていたけど、ちゃんと宇宙の研究も進めていたんだな」

ぼくの言葉に、姉は素っ気なく、

「宇宙論的には、脳も宇宙も、大して変わらない」

「どこが？」

「極小を扱う素粒子論と極大を扱う宇宙論が、自分で自分の尾に嚙みつくウロボロスのへびのように統一される――と物理学者のシェルドン・グラショウは言った。世界は双対性によって連絡しているんだよ」

「双対性って、電場と磁場は入れ替えても数学的構造は変わらないって話？」

確か、その場合にも電荷の対として磁荷であるモノポールが必要となるのだった。

「違って見えるものも、見方を変えることで繫がり――双対性が顕になる。脳や記憶といった私たちに最も近い対象の研究と、宇宙という最も遠い対象の研究には類似点が多い。その奥には、理論のあいだの双対性が隠されている。見かけの違いが大きいほど本質的には同等である、というのは言い過ぎかもしれないけれど」

姉の口癖である〝宇宙論的には〟同等なのかもしれないが、脳と宇宙のどのあたりが似ているのか、ぼくには見当もつかない。

「たとえば、脳はたくさんあるけど宇宙は一つだけだろう？　ドメインボールのなかに別の宇宙があると言っても、それは所詮この宇宙のなかの異なる領域でしかない」

多世界解釈によるパラレルワールド仮説にしても、それは同じ宇宙のバリエーションに過ぎないし、観測できるのは一つの世界だけだ。

「私たちの宇宙とも、このボール内宇宙とも根本的に異なる、連絡不可能な宇宙はたくさんあるんだよ。考えられる宇宙は十の百二十乗個とも五百乗個とも見積もられていて、その可能性の総体はランドスケープと呼ばれている。そして、それだけたくさんあれば一つくらい人間が住める宇宙が含まれていてもおかしくないと、人間原理を信奉する物理学者は考えている。脳の個数だけ、いろいろなことを考える人間がいるというわけ」

神かランドスケープか、いずれにしろ強力すぎる概念であって、それを持ち出した途端、説明も理論も不要になってしまう。

「私はそんな説明では満足できない。ランドスケープは数学的な仮説の空間に過ぎない。だから、私たちの宇宙とボール宇宙の違いを調べることで、近傍宇宙全体に共通する物理構造を導出し、ランドスケープ仮説が正しいのかどうかを確かめ、宇宙のすべてを明らかにする」

このときの姉は決して傲慢ではなかった。

ただ、全宇宙くらいで姉が満足するとも思えないけれど。

「でも、物理法則が違う宇宙をどうやって調べるの？　ぼくたちの体が存在できないということは、観測装置を入れることもできないだろう」

「それは今から考える」

「今から？」

「何よ。すぐに思いつくから。――でもいったん休憩。青花、あなたも休んで。シャワーを浴びて、寝て、実験再開は六時間後」

二人は居住区画へ、ぼくは研究区画に移り、ようやくウアスラとの回線を開いた。

――到着して二十時間と十二分だよ。

ウアスラは露骨な不満を声色（こわいろ）で表現していた。

ぼくのほうも表情で伝わらないぶん、意識した声で彼女に謝罪する。

「ごめんごめん。ずっと作業を手伝わされていたんだ」

――そうかなと思っていたよ。弟は大変だ。

「きみだって同じ姉さんの妹で苦労してるだろ」

それから一週間、ぼくは青花の新型量子ゼノン記憶転送機の実験と調整に付き合った。その間、姉はドメインボールの傍（そば）で何やら一人で作業していて、滞在十日目にして初めて三人揃っての夕食になった。ぼくはサーモンクリームシチューとパン、姉はたこ焼きと刺し身、青花は具だくさん春雨スープだった。もちろんすべて真空パック入りだが、味も食感も悪くない。

「ネルスが帰るまであと四日か」

姉が話しながら、刺し身のパックにチューブの醤油とわさびを注ぐ。

連絡艇は予約制だ。毎日発着するから変更は不可能ではないが、ぼくとしてもそろそろ地球に帰りたいと思っていたところだ。

しかし姉はぼくのことなんてお構いなしに、

「青花、転送機の準備は」

「システムの量子状態は安定してる。転送形式は決めた？」

「電離流体にする。これより複雑な構造体だと、スキルミオンの渦に耐えられない」

ぼくは二人の会話に割り込んだ。

「量子ゼノン停止実験以外にも、ぼくは何かするの？」

「脳の停止だけならネルスを呼んだ意味なんてないじゃない。L２には面白がりの研究者がたくさんいて、被験者には困らないんだから。まあ待ってなさい」

姉はぼくにまだ何かをさせるつもりらしい。いったいいつになるのか、何をするのか、さらに尋（たず）ねようとしたが、姉はさっさと席を立って、再びドメインボールのところに戻ってしまった。

5　一人の姉と十兆人の姉たち

眠り込んでいたところに、メガネが鳴り響いた。青花だ。

「テアがドメインボールのなかに入ったかもしれない」

言葉にならない生返事（なまへんじ）をする。つい、起きずに済む言い訳を探してしまう。

「入れないんじゃなかった？」

ドメインボール内部は何もかも、物理法則も違うから、こちらの宇宙のものは入れないと姉は言っていた。

「量子ゼノン転送機で記憶だけを送り込んだみたい。私が寝てる隙に」

その言葉でぼくは飛び起きた。そして泳ぐようにベッドから外に出た。

球状モジュールに入ると、ドメインボールのまわりには見慣れない機器が設置されていた。姉が一人で運び込んだのだろう、長い電極針が何本も、ボールの表面すれすれに照準されていて、今まで以上に移動するのに時間がかかる。

「今わかっていることを教えて」

青花はいつもと変わらず事務的に返す。

「テアが自分の情報＝演算対を電離流体に転写、それをボール表面へ照射したことまでは確認した。私には、人工知能を転写してボール内に送り込むと言っていたのに」

ボールの周りに張り巡らされた配線を見つめる。下手（へた）に触れると、姉の魂が消えてしまうかもしれない。

「姉さんの量子ゼノン停止は上手く続いている？」

「今のところは。ただ、テア自身がそろそろ目覚めるようにタイマーを設定しているけど」

「じゃあ、もうすぐボールから情報＝演算対が戻ってくるってこと？」

それならば、いきなり別の宇宙に撃ち込まれるなどという大冒険をした姉の情報＝演算対は、無事に姉の脳の記憶へと滑らかに接続されるだろう。

「ボール表面には変化なし。典型的なパターンを十三通りの跡公式（せきこうしき）で探しているけれどまだ見つからない」

「スキルミオンの渦に巻かれて、姉さんの情報が散失した？」

「もう一度探す」

そのあいだに、ぼくはドメインボールを迂回して、青花のいる円筒モジュールのハッチに飛びついたが、焦ってハンドルを逆に回してしまう。

「もしかして情報＝演算対が――自分の魂が、戻る戻らないにかかわらず、姉さんは初めから自分の脳を目覚めさせるつもりだったのか？」

青花は返事の代わりに、ぼくのメガネに姉の電子署名済みの実験計画書を送ってきた。L2管理機構に向けたものというよりは、青花や自分自身のためのものだ。こと研究については、姉は律儀なのだった。

ずっと以前から姉は情報＝演算対のことを軽視していた。だからぼくの情報＝演算対からウアスラを作ったりしたのだ。ある意味で公平な姉は、自分の情報＝演算対に対しても乱暴な実験をするだろう。

読み進むほど、ぼくの予想が正しかったことが明らかになっていく。姉は自分の脳の量子ゼノン停止が五分で解除するように設定していた。それでは――情報＝演算対を構成するための計算だけでそれくらいの時間はかかるのだから――情報＝演算対が戻る時間はない。初めから、魂の分裂を予定していたのだ。

量子ゼノン停止が解除されて覚醒してしまえば、姉の脳は、どこかに残っているかもしれない情報＝演算体の時間線とは異なる時間を経験する。情報＝演算対が、もしボール表面の渦などによって情報がかき消されることなく転送機の演算系に戻ってきても――経験という観測結果は古典的な状態だから量子論的な重ね合わせもできず――もう還るべき場所はないのだ。

「テアの覚醒プロセスが始まる」

ぼくはようやく青花のところに辿り着いた。

このまま姉が覚醒すれば、ぼくと同様、姉の魂も分裂してしまう。

「なんとか停止時間を延長できない？」

「難しい。あと十秒」青花の圧倒的な速さのキー入力に従って、モジュール壁面の共有ディスプレイに各種画像とプログラムが流れていく。「ダメ。介入を試みているけど、テアお手製の新しいプロテクトがかかっていて」

ぼくは転送機に横たわる姉を睨んだ。姉が青花にも黙って実験を始めたのは、彼女に気を遣ったという最低限の証左なのだろうか。

そして姉は気遣いと引き換えに、自分の好奇心を満たした。姉はやりたいようにやるし、虚無主義なんてものとは無縁なのだ。

魂を分裂させたり散逸(さんいつ)させたり、いったい何を考えているんだ？　自分の情報＝演算対を作って、ぼくとウアスラのとき以上の改変をしようとでも考えたのだろうか。

「テアの脳の量子ゼノン停止が解けた」

青花は両手を止め、深く息を吐き出した。

「脳への再接続は？」

「情報＝演算対がボール内に侵入した痕跡は見つけたけど、戻ってはきていない」

「それって――」

「テアの魂も分裂したということ」

ボール内に取り残された情報＝演算対としての魂と、姉の脳のなかの魂に。

青花が様子を見守るうち、目覚めた姉は転送機のなかでヘッドギアを脱ぎ、おもむろに立ち上がった。

ぼくはコントロールパネルのマイクを摑んで呼びかけた。

「ネルス。大声出さないの」

覚醒直後でふらついている姉を目の当たりにすると、言葉がうまく出てこない。

「どうして、ぼくと同じように」

「愛する弟と同じ気分を味わいたかった——とでも言うと思ってる？」

姉は隔壁フィルムをかきわけてクリーンルームから出てきた。ニヤニヤと満足気だ。

「あれ、青花もいる。そうか、ネルスに知らせたのは青花か」

「嘘をついたのね、人工知能を送ると言っていたのに」

青花は不満気だが動じてはいない。

「本当のことを言ったら止められるじゃない。案の定、邪魔しようとしたみたいだし」

「しようとしたけどできなかった。このプロテクトは新作？」

ぼくの苛立ちは放置されたまま、青花は姉とプログラミングの話を始めてしまった。事態が確定した今となっては、姉に文句を言っても仕方ないと考えたに違いない。このあたりの考え方が似ているからこそ姉と付き合っていられるのだと妙に感心してしまった。

「青花の攻撃に百秒も耐えたなら上出来だ」

「私で試したのね。あとで仕様をもらう」

まるで普段と変わらない様子で話し続ける二人にぼくは我慢できず、強引に割って入り、

「どうして魂を二つに分けたんだ」

「二つじゃないよ」姉はしれっと、「私の十兆個のバリエーションを作って、ボール内へ流入させたの。即席で大量複製した軽量版の情報＝演算対だけどね。だから今、私は十兆一個に分裂しているというわけ」

「なんで？　十兆も」

一人でも充分すぎるのに。

「向こうで必要になりそうだから」

「何のために？」

「質問多すぎ。色々だよ。私が考えなしに行動するわけないでしょう」

「昔から姉さんは何の準備も予測もせずに動くじゃないか」

「生意気ね。宇宙に来て気が大きくなった？」

昔ならいざ知らず、もうぼくは姉のくだらない挑発にのるほど子供ではない。

「そんなの関係ない。どうするんだ、分裂した姉さんの魂は。ウアスラのように計算領域に閉じ込めるつもりか？　十兆個の情報＝演算対は、十兆人ぶんの魂に等しいのに」

「私が決めて実行したことに、ネルスが口出しするんじゃない。それにきっと私の分身たちは楽しんでいると思うね」

「姉さんの情報＝演算対は今どこにいるんだ？」

「まあ見てなさい。――青花、私も計算するから横にズレて」

二人してパネルの前に座り、ぼくが後ろで眺めていると、姉はドメインボールの映像を複数並べて、一つ一つを拡大していった。白く輝く表面で、六十のスキルミオンの渦は蠢き続けている。

メガネに浮かんだままの実験計画書を読み直した。姉の情報＝演算対には球外部へ脱出するための手続きが定義されていない。むしろ内部に残す計画のように読める。

姉たちの量子ゼノン技術は、脳の量子論的停止と、それに伴う記憶の複製、そして記憶の接続——この三つを眼目にしている。そのうち、脳の停止と記憶の複製は既にぼくとウアスラで実証されている。

「情報＝演算対が戻ってこなければ、実験として無意味じゃないか」脳の停止も今や安定して継続できるようになっているのだから。

「見てなさいって言ったでしょう。青花、磁束密度の観測は」

「しているけど変化なし」

「もうじき何かあると思うから注意してて」

「……テア。二つになったネルスの魂を一つに統合するために、あなたは魂を十兆一個まで増やしたんでしょう？　でも事態は著しく悪化したと言わざるをえない」

「見かけの数ではね。でもすべてが明らかになるまで、何が必要十分条件だったのかはわからない」

ぼくは姉に遅れて、青花の言葉の意味を理解した。

十兆一個の魂。十兆一人の姉——

「よくわからないんだけど、姉さんは、ぼくとウアスラの分裂状態を解決するために自分の魂を複製したってこと？」

「違う」と姉が即答し、同時に「まったくそのとおり」と青花が言った。

「青花は黙ってて。ネルスもさっきからうるさいよ」

青花は肩をすくめて手元のディスプレイに集中する。

姉もぼくを無視して、ボール表面のエネルギー輻射解析を進めていく。

「姉さん！」

「……ドメインボールのなかには、ここは物理法則や真空値の異なる宇宙が広がっている」

そう言いながら姉は浮いていたボールペンを手にとって、いきなりぼくに向かって投げつけた。避けるどころか動くこともできなかったぼくの額に音を立ててぶつかる。

姉はぼくの抗議を無視して話を続けた。

「今のボールペンの動きは、ニュートンの運動方程式を解けば精密に導き出すことができる。古典力学ね。流体力学や統計力学を使って、より精密に軌道計算することもできる。量子力学や相対性理論も使ってもいいけど、計算結果の誤差がわずかに小さくなるくらい」

「何の話だよ」

「物理現象というのは、見方を変えると、ボールペンや時空が方程式を解いたとも言えるということ。始状態を私が宇宙に入力して、その結果としての終状態を出力する——計算機としての宇宙ね。宇宙論的に言えば」

「わかるし、知ってるよ。自然は常に方程式を解いているという、因果関係についての考え方の一つだ。でも、この話は――」

「その言葉や感情も、計算機である脳が入力に応じて計算結果を出力したとも言える」

「この話は、姉さんの魂が十兆個になったことと関係があるのか？」

そのとき、「スキルミオンが規則的に発光しているみたい」という青花の言葉で、姉はすぐに解析作業に戻った。

姉はわずかな明滅を音に変換しようとしているようだった。スピーカーから大音量のノイズが溢れ出て、耳を塞ぎたくなるほどだ。姉と青花は、擬球マフィンティンポテンシャルで近似計算してみるだとか余剰カルマンフィルターを使うだとか、ぼくにはさっぱりわからないやりとりを続け、十五分ほどボールから出る信号の解読を続けたのち――

スピーカーから姉の声が聞こえ始めた。

それは、今ここにいる姉ではなかった。ボール内部の、情報＝演算対となった姉が話しているのだ。

最初は一音ずつの途切れ途切れの呼びかけだったが、急に姉らしい激しい口調になり、

「聞こえないの？」

「いま聞こえた」隣にいる姉が返事をした。

「ずいぶん前から呼びかけていたのに何をやっていたの？　別の宇宙から合図を送っているんだから、ちゃんと拾ってよね」

　スピーカーからは同じような声が幾人ぶんも聞こえる。これが十兆人の姉？

「通信方式もわからないまま受信するのが簡単だと？」

　こちらの姉の反論に対して、向こうの姉が再反論をする。

「それにしたって、もう少し早くできたでしょう」

「私はあなたたちと同等なんだから、文句言ったって、これ以上早くはできないよ。で、内部はどうなっているの？」

　スピーカーのノイズで声こそ区別できるが、喋(しゃべ)り方は完全に同じで、聞いていると気が遠くなってくる。姉自身は何も感じないのだろうか。

「今までにわかったことは二つ。一つはプランク定数に対応すると思われる物理定数がボール内では非常に小さいこと。もう一つは、それゆえにこの大きさの割に時空量子は多いということ」

「じゃあ追加を送ったほうがいいね。どれくらい欲しい？」

「十兆じゃ足りない。アボガドロ数個は欲しい」

「十桁も上？　そんなに要(い)るの」

「行く前に私たちが一人で考えていたように、一兆個の私が通信のためにボール内壁に留まったまま、九兆個の私をボール中心に向かって撃ち込んで散乱パターンを観測した。でもボール深部で消失しているみたい。通信のためにも必要だし」

「いま消失って言った？」

ぼくは思わず割り込んでマイクに叫んだ。

「ネルスか」ボール内部の姉が答える。「厳密に言うと、連絡がとれなくなったの」タイムラグ。「魂が死んだとは限らない」一言ごとに異なる姉が話しているようだ。「それに魂の一つや二つ、私の魂なんだし、細かいこと言わないの」

口を開きかけたぼくを、姉が肩で押しのける。

「ネルスは無視して。それで？」

「一回の散乱で損耗率は七十五パーセントを超えている」

「損耗率がその程度ということは、物理法則はボールの内外でまったく違うというわけでもなさそうね。隣接宇宙だからか。とにかく、アボガドロ数個の追加分は今から送る」

ここで青花が姉の肩に手を置き、

「テア、冷静に。十兆個を作るのに五分間はかかったはず。十兆は十の十三乗。十の二十三乗個の情報＝演算対を作るためには十の十乗倍の時間がかかる」

「五百億分、つまり数万年か。——聞いてた？」

外部の姉が内部の姉に問いかける。初めて鏡を見たときに感じたのかもしれない不思議さを、姉を通して追体験しているかのようだ。今まで一人だった姉を、いきなり複数形で認識するなんて。しかも向こう側では、無数の姉たちが代わる代わる話しているのだ。

「聞いてた。じゃあ失ったぶん九兆個でいいから、すぐに送って。今度はもう少し大切にする。面白いことがわかったら、随時データを送る」

「それで行きましょう。でも、何のために入ったか忘れないで」

「わかってるってば。じゃあね。通信するだけでもかなりの数の私が消失しているから」

そこでいったん通信は切られた。

ぼくは姉に詰め寄った。

「何をするつもりなんだ」

「まだわからない？　ボール宇宙を計算機として使うの」

「さっきの、宇宙が計算しているという話は、雑談じゃなかったのか」

「この忙しいときに雑談なんてするわけないでしょう。今も私の分身たちは計算機の操作と外部との通信のためにボール内に残っているんだし」

「それで納得しているのかな、彼女たちは。つまり向こうにいる、その、姉さんたちは」

「私たちの話を聞いていたでしょう？　もしも文句を言うとしたら、ネルスが協力しなかったときだよ」

「協力って、何をしろって言うんだよ」

「どうしてネルスをここまで呼んだと？」

姉は言った——量子ゼノン停止実験のためだけなら、ぼくである必要はないと。

ぼくの魂を統合するために姉は魂を十兆一個にしたのかと尋ねたとき、姉は否定し、青花は肯定した。そして十兆の姉たちはボール宇宙を計算機として使うために内部に留まっているという。

ぼくは何のためにここにいる？　いつだって姉はぼくに何も教えてくれない。

宇宙を計算機として使う？　何を計算するっていうんだ。

「もしかして、ぼくとウアスラを入力として、ボール宇宙を使って新しい一つの量子状態として計算するつもりなのか。結果的に出力されるのは……もしかして、ぼくとウアスラが混じり合った魂？」

「大正解。ウロボロスの話をしたでしょう。ごくごく個人的なことが宇宙論的なことに繋がっている」

わざわざ魂を分裂させた姉には悪いが——姉本人はまったく気にしていないのに、ぼくが恐縮するというのもおかしな話だけれど——すぐには賛同できなかった。

「内部構造は不確定なんだから、計算結果の予想もできないだろう？　二つに分かれたものを混ぜ合わせて、ますます事態が悪化する可能性だってある。まったく別の第三の人格が形成されるだけかもしれない。ウアスラの意見も聞かないと」

「それでいいよ。別にネルスのためにやっているんじゃないから。宇宙そのものを研究するのは、宇宙物理学者の最大の夢だからね」

姉は躊躇(ためら)いなく語った。少なくともぼくにはそのように思われた。ぼくは姉の嘘を見破ることができない。子供の頃から騙(だま)されっぱなしだ。

姉の話に整合性はある。ぼくには理論や実験原理の細部までは理解できないけれど、大筋としての破綻はないみたいだ。でも、ぼくとウアスラのことを考えているように見せかけて――同時にそんな気はないというふりをしながら――さらに裏をかいて、ぼくたちを利用しようとしている可能性もある。自分の魂すら平気でバラバラにするのだ、ぼくたちのために宇宙まで来て研究をするような殊勝(しゅしょう)な姉ではないだろう。

でも、だからこそ、姉が嘘をついているとも思う。

――ネルスに見破れなかったものが私にわかるはずがないじゃない。わたしはテアお姉ちゃんに会ってまだ三年なんだから。

姉の分身たちの複製シーケンスが開始され、青花はボール内部との通信確立の作業に入り、姉は紙と鉛筆を出して数式を書き始め、ぼくはようやく居住区画に戻って、ベッドスペースで浮かびながらウアスラと話し始めた。

「姉さんの真意は置いておこう。利用されるとしても、ぼくたちに有益なら問題はない」

――わたしもそう思う。問題は、わたしたちの情報をボール宇宙に入力したとして、その出力がどうなるかがお姉ちゃんにもまだわかっていないということ。わたしとあなたの混合状態といっても、混ざり方には無限のパターンがあるでしょう。単純な話、わたしとあなたの混合比だけをとっても。

「比率はぼくときみで半々だろう？」

――そうかな？　わたしの基本はあなたなんだから、わたしの割合は少なくていいはず。

「あるいは、魂において、量や比のような概念は当てはまらないんじゃないかな。一個と一個を足して一個にできるはずだよ」

――じゃあ、そうだとしても、新しく計算されたその魂は、わたしでもあなたでもない新しい魂になるよね。

「ぼくたちが混ざり合った、ぼくたちとは異なるけれど連続はしている魂、だね」

――それがあなたの脳に上書きされる？

ウアスラの言いたいことがだんだんとわかってくる。

――上書きされた以降のあなたは、あなたと言えるのかな。わたしは消えるんだろうけど、今こうして話しているあなたはどうなるの？

魂の連続性なんてよくわからないし、あるかないかもわからないし、いらないんじゃないかとも個人的には思う。物質は連続か離散かなんて、典型的な哲学における擬似問題じゃないか。三角形の重さを問うても、哲学的にも数学的にも意味はない。

時空が一様かつ連続的に繋がってくれているおかげでエネルギーや運動量が保存されるというのがネーターの定理だ。では、魂が途切れていると何かが保存されなくなってしまうのだろうか。自我？

「量子ゼノン技術による上書きじゃなくても、きみとこうして話しているあいだにも、記憶は常に更新されている。ぼくの意図とは関係なく。今のきみもぼくも消えたりはしない。新しい記憶情報として、混ざり合って、ぼくの脳に上書きされるんだと思う」

――わたしたちは、この宇宙では、わたしたちのままでいられないということ？

「ぼくもきみも、今まさに消えながら、世界に新しく書き込まれる。連続している感覚もまた同時に上書きされていて、書き換えの前後で連続しているかどうかを確かめることはできない」

――わたしやネルスの連続性があやふやだからといって、あえて二人の人格を混合しなくてもいいんじゃない？

「でも、そうしないと、いつまでもきみはそのまま演算空間のなかにいることになる」

――わたしのためなら、ということ？

ぼくは即答できず、沈黙が流れる。ウアスラは関係ないと言えば、それは嘘になる。彼女の表情が見られないのがもどかしい。

――ネルスは怖くない？　別の自分になったり、知らないうちに消えたりすることが。

「怖いというか不安かな。姉さんがやることだし」

――わたしも怖い。感情機能を充実させすぎたかな。逆か。複雑な感情パターンを再現できていないのかも。

「そんなことないよ。感情機能は自分で？」

――うん。生まれてしばらくのあいだ睡眠機能もなくて、時間が有り余っていたから手当たり次第に自己拡張したの。今は眠れるし、笑ったり泣いたりもできる。それに、恋だって。

「え？」

――何よ。

「なんでもない」ぼくは話題を変えた。「このあと最後の会議なんだけど、何か姉さんたちに訊いておくことあるかな」

――そうだな、物理法則の異なる宇宙で混ぜた魂を、こちらの宇宙のネルスの脳に上書きするなんて、どうやってするのかは知りたいかも。

まったく。知性定理みたいな話だ。

「たぶんそれは二つの宇宙のあいだの対応関係を構成できるかどうかにかかっているんじゃないかな。すでにプランク定数らしきものは発見されているんだから、重力定数や光速度に対応するものも見つかるよ。それに、既に姉さんの分身たちはなかに入ることに成功しているんだし」

ボール中心部に侵入した九兆の姉たちの多くは連絡を途絶えさせてしまったが、しかし何割かは弾かれてボール表面の内側に戻ってきていた。その散乱パターンから、時空の曲率や粘度が算出されて、内部から断続的にデータが送られてきているのだ。

――こちら側の散乱理論はそのまま使えないだろうから、あちら用に変形するのかな。あるいは理論は変えず、観測をこちらの宇宙の自然現象として解釈する？　いずれにしろ、理論と現象の両方があやふやなままで何も言えそうにないね。

「手がかりはある。ドメインボールはぼくたちの宇宙に隣接してる宇宙だから、ここと完全に異なる物理で支配されているとは考えにくい」

と姉さんが言っていた。

――じゃあ今とは全然違うわたしたちになるわけじゃないんだね。だとしても、積極的にはやりたくないけど。ネルスは？

「ぼくたちの意見が食い違うことなんてありえないんじゃないか」

――ありえないってことはないでしょう。

「きみは不服かもしれないけど、ぼくは今のままでも、きみと分かれていてもいいんじゃないかと思う。ボールのなかに行くのが怖いからじゃなくて」

――わかってる。わたしだって。

「つまり、結論は出たのかな」

——ええ。一緒に行ってみましょう。別の宇宙へ。

6　転写と侵入

一時間後、ぼくは量子ゼノン転送機の支持ユニットに座った。

姉がぼくの手足をベルトで固定したあと、クリーンルーム内に残ったままぼくの前に立っている。

隔壁フィルムの向こうでは、青花も黙ってこちらを見ていた。

三年前の夏を思い出す。北極圏にはない、生(お)い茂る緑の樹々と、空間を満たす蟬(せみ)の声。それらから遠く離れて、孤絶した宇宙空間で、ぼくたちは同じ実験をしようとしているのだった。

「本当にいいのね」

姉も少しは緊張しているみたいだ。

「さすがの私も未来が見通せるわけじゃない。また失敗する可能性は——プランク定数よりも小さいけど——ゼロじゃない」

「わかってるよ。ぼくもウアスラも納得しているし、ぼくたちは姉さんと青花が研究してきたという事実を知っているから」

姉は何も言わず、クリーンルームを出た。

ぼくは青花の指示に従い、目を閉じた。

背もたれがゆっくりと倒れる。

同時にヘッドギアが頭から首を覆って停止する。睡眠導入のための周期的な音が流されて、麻酔ガスが噴霧される。

麻酔の効果を確認するため手足を動かそうとしたが、皮膚感覚は既になく、筋肉ひとつ動かすことができない。

音が遠ざかり、色が消える。

そして何の変化もない世界が始まる。

ぼくは虚無そのものを意識する。

感性を形作るための感覚データなしに、直（じか）に虚無そのものを意識する。

脳の量子ゼノン停止開始時刻が十秒後であることを確認したあと、生理情報のバックアップに入るという青花の声を聞いたのは覚えている。

ぼくの肉体がL2のクリーンルームで擬似睡眠下にあることも知っているし、今の自分

――あるいはこの自意識がただの演算の結果にすぎないこともわかっているのに、物心のついた二十数年前から連続している時間線上にいるようにしか感じられない。演算時間短縮のためにあらかじめ採取しておいた一ダースに満たない記憶素が、量子ゼノン転送によって切り出された意識核に接続されているのだ。自らが自らを再帰的に認識することが、自意識を持った情報＝演算対として活動するためには必須なのだという。

この今のぼくは、ほんの数秒前に記憶複製系で慌ただしく作られ、L2中央の二十のモジュールを占有している全天理論計算システムから転送された情報＝演算対に過ぎない。量子ゼノン効果による記憶転送技術は、光子一個の照射という必要最小限の観測行為によって量子状態を操作するため、非常に安全だと姉たちは考えている。確かに一回あたりの観測に使われる光子は一個なのだが、一秒あたり数百兆回もの観測が行われるため、積算される光量を危険視する研究者も少なくない。実験用に認可されるだけでもまだまだ時間がかかるだろう。

三年前に姉と青花が定めた内規では、情報＝演算対のままで行動できるのは九十分以内とされていた。今回もぼくはその時間内に戻ることになっている。それ以上の経験をしてしまうと、情報＝演算対がドメインボール内で得た新しい記憶を脳内の古い記憶に繋げるために必要なエネルギーが大きくなりすぎて、接続の成功確率が指数関数的に減衰する。すなわち、魂はさらに分裂してしまう。

ぼくは意識核が安定したことを告げる簡単な符牒コードを青花に送る。しばらくすると、各種演算機能が核周辺に割り当てられていく。前回よりも観測機能を増やしたため、データ構築時間が余計にかかっている。

視覚機能が与えられたらしく、いきなり目前に、下から上へと様々な理論の一部である命題群が不定形の図形となって流れ始めた。一つの命題は他の命題と繋がっていて、異なる金属が交じり合って拡散接合するように、命題の図形境界を相互に侵食している。

ここは記憶情報を情報＝演算対として成形するための理論上の空間なのだ。グリッドの入った白い空間が無限に広がり、多彩に色づけられた無数の命題群が絡まり合って、巨大な結び目のような理論の地図を形成している。地図のあちこちから十数本の糸が抜き出され、ぼくの意識核を包み込む。

麻酔されてからここまで、本当は三年前にぼく自身が経験したはずだ。しかしその経験はぼくの記憶として接続されることなく、切り離されてウアスラとなったのだった。

実験開始から五分。最後の身体機能としての聴覚が構成されて、青花の声が聞こえ始める。

「ネルスの脳の量子ゼノン停止は安定的に継続中。これから情報＝演算対を確立する」

そしてアイコンとしてのぼくの身体が再現された。最近の日常的な情報を使うので、服装はL2服が選ばれる。理論空間内なのにわざわざ人間の形状をとるのは、人間的な感覚情報が記憶のなかにたっぷりと含まれているためだ。もし人間以外のアイコンにすると、その新規の身体感覚に慣れるための数理パッチが必要になって、かえって処理負担が増えてしまう。

　青花が計算終了を告げる。

「電離流体にスピン複製転写したのち、すみやかにボール表面に射出する」

　ぼくの身体は——感覚とトポロジー情報を維持したまま——細長く引き伸ばされた。0と1を電子スピンのアップとダウンに対応させた数列として電離流体に乗せられて、ドメインボール表面のスキルミオンの渦へと撃ち込まれるのを自分で感じる。

　ぼくの情報のすべては数秒で渦に吸い込まれた。すぐさま無数の姉が集まってきた。口数は一切減らさずに数列を翻訳し、手分けしてぼくの身体の形状を整えていく。

「成形は成功した」「起きなさい」「ネルス。わかる？」「聞こえる？」

　姉たちによって凹(へこ)んだ曲面の上に立たされる。巨大な球面の内側——ボール宇宙の内側の最外部のようだ。とすれば、頭上がボール中心のはずだが真っ暗で何も見えない。侵入時に伸長されたことで生じたスキルミオンの熱輻射だけがほのかに明るい。

「ウアスラは？」

　ぼくはそばにいた姉の一人に尋ねた。本物の姉そっくりの、何十人もの姉たちは、外部の姉と情報交換しているのか、一人で呟(つぶや)いたり、互いにひそひそと囁(ささや)き合ったりしている。

「もうすぐ来るから」「待ってなさい」「ネルス」「生意気なんだから」「ほんと生意気」「ほら、来たでしょう」「ネルスのくせに」

ウアスラは別のスキルミオン渦から入射されていた。やや離れたところでぼく同様、姉たちに囲まれて情報整理され始める。

記憶情報と演算機能を併せ持つ意識核のまわりに、それによって統御される操作系が結ばれて、最外殻としてのアイコンで覆われていく。

まわりの姉たちによく似た、しかし微妙に違う妹の身体が、無数の姉たちの手で形成されていく。

侵入直前の打ち合わせの際、身体情報は自分で作るとウアスラは主張した。

そして、会うのはこれが初めてだ。

別の宇宙まで来ないと会えなかった妹。

近づこうとしたが、再び姉たちが、

「動いたらダメ」「動く必要がない」「時空構造が違うんだから」「この宇宙のことがわかってないくせに」「時間が経てば、距離が変わる」「時空の計量が違うんだから」「昔から暗算が苦手な子だったよね」

姉たちを無視して、ぼくはウアスラのほうへ近づこうとした。移動を試みることは実験としても意味がある。ボール宇宙の性質はほとんどわかっていないのだ。

それに、まわりにいる姉たちは一体が数十ピコ秒で複製された、軽量版の情報＝演算対であって、一方、ぼくとウアスラは姉たちの数億個に匹敵する情報量と演算能力を有しているのだ。いくら姉たちが姉を元にしたコピーだとはいえ、今はぼくの独断で動いたほうがいいだろう。

電離流体で作られた左足でボール表層を踏みしめ、作用反作用の法則に従って、右足を上げてそれから全身を前へ出す。一歩ごとに抗力と摩擦力が生じる。

外部宇宙での最短距離である測地線はボール宇宙でも考えられるようだ。大円を通るようにウアスラに向かって歩くにつれ、徐々に彼女との距離は短くなる。

外の物理法則と近いとはいえ、外では直径三メートルの球体だったドメインボールは、今はもっとずっと巨大に見える。曲面の凹み具合からすると、見かけ上――おそらく大きさが変化したのはぼくのほうだから――ボール直径は数百倍か数千倍にはなっているようだ。

歩けばウアスラに近づきはするのだが、時空の均質性に局所的なゆらぎでもあるのか、一歩ごとに移動距離が異なるようだ。まだまだだと思っていたら、ほんの一歩でぐっとウアスラが近づいた。

次の瞬間ぶつからないとも限らない。

ぼくはウアスラに呼びかけた。

ボール内の空間を媒体にした通信ではない。電離流体の体に情報勾配を生じさせ、疎密波としてボール表面に流す。いわば地響きのように情報を伝える通信方法で、姉たちが考えたものだ。

伝わったらしく、ウアスラがこちらを向いて、歩み寄ってくる。

「どうかな、わたしの姿。ヘンじゃない？」

ぼくはこういうときに気のきいたことを言えないんだけどな。

「なんていうか、良いと思うよ。L2服がかっこいいかどうかはさておき。外見は姉さんを参考にしたの？」

「ううん。ネルスの情報だけ」

ぼくの外見情報を使えば、必然的に姉にも似てくる。ウアスラの華奢(きゃしゃ)な体つきや肩までの長さの金髪は姉を思わせたが、顔の雰囲気はぼくにそっくりな気がする。ぼくが女性だったら、こんな感じになるんだろうな。

「ぼくの双子の妹みたいだ」

「そうなるように調整したから。イヤだった？」

彼女は少し怒ったようにぼくを見る。

「まさか。そんなことないよ」

ウアスラの向こうに新たな姉たちが現出する。気がつくと、幾重にもぼくたちを取り囲んでいる。

ぼくたちはどちらからともなく手を繋いだ。

「そろそろ行くよ。二人とも」「ウアスラ、私にそっくり」「私たちの妹だから」「弟もいる」「二人とも」「私たちが包んで運ぶ」「餃子みたいに」「青花が地球で作ってくれた水餃子みたいに」「最近食べてない」「ボール中心にも私たちがいるはず」「私たちが私たちに渡すから」「手は繋いだままでいい」「混合状態に計算し直すから」「スープみたいに」「クォークのスープのように」「宇宙の始まりのその瞬間のように」

この新たな姉たちは、外見を保つ演算機能を放棄して重なり合い、透き通った二枚の膜となって、ぼくとウアスラを二重に覆った。そしてぼくたちの足はスキルミオン表層から離れた。

「お姉ちゃんたちが手渡しで運んでくれているの？」

しかし姉たちは言語機能まで削除してしまったのか、ぼくたちに何の返事もしてくれない。さっき言っていたボール中心にいるという姉たちは、また違った特別な存在なのだろうか。

表層に残っていた姉たちはみるみるうちに小さくなった。ここでは時間や距離の定義も異なるだろうから、速度というものを考えることは適当ではないかもしれないが、姉たちによって作られた膜は激しく振動して、かなりの速度が出ているようだった。ぼくのアイコンには速度や加速度を測る機能が備わっているのだが、数値は乱れるばかりで、体感情報を構成できない。もっともそのおかげで、どれほど高速であっても圧迫感や恐怖を感じることもない。

「宇宙なのに星とかはないんだね」

ウアスラに言われて気がついた。

「確かに。地面に広がっているのはスキルミオンの輻射光なのかな」

「わたしたちの目には見えないのかも。物理構造が違うから」

やがて表層からの光も届かなくなった。

何もない暗闇のなかで、ぼくたち自身の体を構成する電離流体だけがほのかに発光していた。

7 アーカイブ

さらに時間が経ち――といってもどれだけの時間なのかはわからないのだけれど――姉たちからできた二重膜の振動がゆっくりと減衰し始めた。ぼくたちは背中合わせになって膜の外を監視しながら、疎密波を作って、膜となった姉たちに呼びかけてみるものの、何の反応もない。
「膜を破ろうか」
というぼくの提案に、ウアスラは躊躇った
「中心部で動けなくなるかもしれないよ？　膜を破った途端にわたしたちも消失してしまう

かもしれない。九兆人のお姉ちゃんみたいに」

「ぼくたちは電磁流体に転写されるときに複製された情報＝演算対だ。ぼくたちの元データは姉さんの量子コンピュータのなかにある。二人ともバックアップがあるんだから、一か八(ばち)か、膜を破っても実験は再開できる。姉さんのことだ、もう複製を送り込もうと準備している可能性もある」

「消失するとは限らない。永遠にこの宇宙のなかを彷徨(さまよ)うことになるのかも。それに、あなたはまだ外側の記憶に引きずられているでしょう。いくらバックアップがあったって、わたしたちにとって、わたしたちの消失は死そのものであって、どんなものであれ死を感じることになる。外部にいるわたしたちが存在し続けることと、ここにいるわたしたちが消え去ることには何の関係もない。——あなたは死にたい？」

それっきり黙り込んでしまった彼女の横顔からは何も読み取ることができない。

だが、ウアスラの言うとおりだった。ぼくは自分の由来を知っているために、真の自己が外にあると思っていて、それはとりも直さず今のぼくの自意識の論理構成が不完全であるということなのかもしれないが、そこまで理解できていても、どうしてもこの情報＝演算対としてのぼくの消失を自らの死であるとは思えない。死への恐怖——あるいはどんな恐怖も、理解するのではなく、感取(かんしゅ)するものということなのか。

ウアスラはぼくとは違い、そもそも誕生のときから肉体を持たない情報＝演算対だ。情報＝演算対としては、ぼくより何桁も多くの経験量を獲得している。彼女の演算機能はぼくよりもずっと精緻だし、遥かに深い思考ができているはずだ——当然、死についても。

そのとき膜のなかに姉の声が響いた。

「ずいぶん前にあなたたちを見つけてはいたんだけど、言葉を再構成するのに時間がかかって。膜になった私の記憶断片を組み合わせて言語情報を抜き出した」

「姉さん！」

待たされたことへの文句を言いかけたぼくを、ウアスラが手を強く握って制した。

「いま話しているお姉ちゃんは、内部に撃ち込まれた九兆個の、情報＝演算対のお姉ちゃん？」

「私はテアの情報＝演算対と呼ばれていた存在者の残滓。残り香のようなものだから、あなたたちには姿が見えない。このボール宇宙に遍在している。存在様式があなたたちと私ではまるで違う」

「どんな宇宙でも、観測される事実は、存在するかしないかの二値論理だろ？」

ぼくの問いに、姉はどこからか静かに答える。

「存在することの定義を拡張しなさい。あなたたちは古典的にも量子的にも、存在者と位置情報とを不可分に考えている。たとえば、多重ループ量子重力理論においても、理論全体としては時空という形式に依存しない背景独立性を志向してはいるけれど、粒子の運動などは座標パラメータなしには記述できない」

　今度はウアスラが問いかける。

「座標という観点なしに存在について語れないのは、わたしたちの宇宙固有の性質なの？」

「そう。そして、ボール宇宙の存在者には空間座標はないから、どこにあるかは記述できない。時間座標もないから、いつあったかについても書き下せない。それらは、ボール宇宙で、そもそも考えることができない属性なんだよ」

「じゃあ九兆の姉さんたちがどうなったかも考えられないのか？　いま話している姉さんは何なんだ？　九兆個の姉さんの代表なのか、それとも姉さんたちそのものなのか」

　我ながら自分が何を訊いているのか半分も理解できていない。

「宇宙論的には――」

　姉の残滓は姉の口癖を自然に使いながら、ボール宇宙のことを語り始めた。

　外部宇宙では何がどこにあるかによって状態が変化するが、ボール宇宙では何がどの程度あるかによって状態が変化する。存在に関して指定できる情報が、存在の位置や速度などではなく、存在の濃度のみに特化されているのだ。そして内部における存在濃度変化などの自己入力や、スキルミオンを通じてのエネルギー流入といった外部入力があるたび、対応する宇宙全体の状態が出力され、各々の存在者は当該の状態に含まれる濃度に応じて顕現する。

　ボール内宇宙がとりうる無限個の状態一つ一つに対応する自然数があって――あたかも外

部宇宙におけるパウリの排他律のように——一つの自然数に対応して呼び出される状態は一つしかない。

場所も時間も考えることができない——そういう存在の形式自体が宇宙に含まれていないということの帰結として、この宇宙ではありうる状態がいつでも呼び出せるということだ。

ぼくたちを包む姉の半透明の膜は、姉たちの残滓と名乗った姉を含んだボールの状態を顕現させる入力に対応していたようだ。ならば、より濃度の高い姉を呼び出す入力もあるのだろうか。

「呼び出し番号を入力すれば、保管されている状態情報が出力されるのか。世界のすべてを保管しているアーカイブみたいだ」

ぼくの理解をウアスラが引き継ぐ。

「ということは、わたしとネルスが内部に侵入している状態もあらかじめアーカイブに保管されているんでしょう。おそらく無限次元のベクトルによって表現されるんだろうけど。これがネルスとわたしの混合ってことかな？」

「姉さん、どこまで知っているんだ？　姉さん！」

姉の残滓は返事をしない。

外にいる姉に連絡をとりたいが、そのためにはボール表面にいる姉たちがスキルミオンを操作する必要がある。ボール中心からでは到底無理な話だった。

ぼくは目を凝(こ)らすが、真っ暗な空間には何の変化もない。

二重膜に触れて姉に呼びかけると、虚(うつ)ろな声が響いた。

「表層の。私たち、が熱暴走を――している。別の呼び出し数が。選択されたみたい」

ボール表面に乱れでも生じたのか、異なる呼び出し番号が入力され、姉の濃度がほとんどないボール宇宙が選択されてしまったというのだ。

次の瞬間、二重膜が裂けて、ぼくたちは中空に放り出された。電離流体が体表面から遊離してまわりに溶け去っていく。

なんとかウアスラの微細光(びさいこう)を見つけて手を伸ばした。ぼくたちはそれぞれ自分の体の半分近くを使って一枚の膜を作ってみたが、それもすぐに溶け始める。

「ウアスラ!　溶解にはタイムラグがあるから」

それだけ言えば、彼女には充分だった。

ぼくたちは協力して膜を二層に切り分け、外側の膜が溶け始める前に内側の膜と入れ替え続けることで、どうにかボール宇宙に取り込まれない安定的な二重膜を作ることができた。だから姉の膜も二重だったのだ。

だがそれに気づいて膜を形成し終えるまでのわずかなあいだに、記憶情報と演算能力はかなり削られてしまった。侵入後に体験したぶんの記憶を優先的に残して、遥か遠い幼少期の記憶などは、自意識の再帰的認識のために最低限必要とされる検索用リストしか残っていないようだ。

外にいるぼくは眠りこけている。そして今ここにいるこのぼくがこれまでのぼくを引き受けているはずなのに、かりそめに与えられた擬似記憶が失われただけで、ぼくはまったく別の人格に、記憶が希薄で思考ばかりの別の存在に変わったかのようだった。

それは、このぼくが実際には何も引き受けてなどいないからだ。ぼくは外にいるぼくの脳を量子ゼノン停止するために当てられた光の、その散乱パターンに過ぎないのだ。

量子光学やナノ工学を用いて、あるいは数学や科学倫理学に医学や分子生物学で、理論補強したところで、魂を作れるわけじゃない。記憶から情報を複製しただけ——魂が二つに分裂したわけではない。

ただ、今のぼくは消えたいとは思わない。生きたいと強く願っている。それが与えられた演算機能だとしても。

魂は作れない。そうだとしても、情報や演算に魂は宿っているのだろうか。

「どうする？　この膜もいつまで持つか」

ウアスラは黙ったままだ。ぼくは続ける。

「電磁流体がボール宇宙に溶け込むのを利用できないかな。溶け込むときの流れとは逆にスピンの向きを揃えれば、抗力が発生するかもしれない。それを足場にして表面まで移動できるんじゃないか」

彼女は何か考えていたのか、ちょっとしてから生返事をした。

「ああ……それは、うん、上手くいくかも」

「もしくは、おとなしく死ぬ——というか、この宇宙でアーカイブ化されることを受け入れるか。それは確かにこのぼくたちにとっては消失だけど、ぼくたちには元データがある。実験をやり直せばいい。夢のなかの別の人格が消えるようなものだ」

「それはできない」

「どうして？」

「わたしはやり直せない。量子コンピュータのわたしの元データは消去してきたから」

ぼくの情報＝演算対のなかには、強い感情を作る機能がそもそもの初めから付与されていない。なるべく冷静に観察するためだ。

にもかかわらず、彼女の発言はぼくをひどく動揺させるものだった。

「冗談だろ？　きみの元データはきみの本体なんだから、それがなくなれば記憶接続できなくなって、きみの連続性も失われてしまう。ボール宇宙から出られるかどうかもわからないのに。つまり今きみはバックアップなしの、本物のウアスラってことだよね？」

「わたしはいつだって本物でいたい。これ以上、魂を二つに分割したくないの。もともとわたしは魂だけなんだから」

「だからって何も元データを消さなくても。姉さんの思考パターンを演算機能に追加した？」

「あなたこそこんなときに冗談言わないで。わたしにとってのバックアップと、あなたにとってのバックアップは、まるで意味が違うってことをもっとちゃんと考えて」

彼女の言うとおり、彼女のバックアップは、本人の分裂に他ならない。肉体があるぼくが情報＝演算対を複数個つくるのとは訳が違う。

ぼくはため息をついた。残された数少ない身体機能だ。

「元データのことはわかった。わかったことにする。今はこの膜が溶けてしまう前に対策を決めないと」

そうは言ったものの、ぼくはボールからの脱出を半ば以上諦めていて、妹をどうにかして復活させることを優先的に考えてしまう。量子ゼノン転送のための中継機のいずれかのメモリに通信記録が残っているのではないか。それを素体に、ぼくの記憶を合算すれば、今のウアスラに近い魂を再現できるかもしれない。魂を作ったり切り貼りしたり——これではまるっきり姉さんと同じじゃないか。

「ボールからは出られるよ。わたしがあなたを包んで、表層まで連れていくから。わたしはここに残る。ネルスは肉体に戻って」

ウアスラの提案は唐突だった。ぼくの考えが伝わるはずもないのに、見透かされた気がしてしまう。

「包むんだったら逆だ。ぼくにはバックアップがあるんだから」

「そういうことじゃない」

「二人で助かる方法を考えればいい。自暴自棄になるのは早い」

「違う」

「どうしたんだよ。違う宇宙に来て虚無主義者にでもなった？　この宇宙の時空構造に、きみの論理構成が引きずられているのか？」

ウアスラが首を横にふった。

「さっきお姉ちゃんたちにこの宇宙のことを聞いてから、ずっと考えていたの」

「何を考えるっていうんだよ。アーカイブってことは、実物はなくて残滓だけ、不完全な記録だけがあるってことだ。ここには、何もないんだよ」

言葉にしていくと、本当にまわりの暗がりが虚無そのもののように思えてくる。星も見えない、茫漠(ぼうばく)とした世界だ。

「わたしはそうは思わない。ネルス、あなたにはこの空っぽの宇宙の豊饒(ほうじょう)さがまだわかっていない。わたしには肉体は初めからなくて、記憶や演算を捨てて、魂を失って、局所的な主体性を消し去って、それでもわたしの記録はここに残っていて、あなたがときどき呼び出してくれる。それで充分。充分すぎる。これは断じて虚無主義なんかじゃない」

ウアスラは静かに話していた。時間を超えて、何もかもを見通しているみたいに。

彼女のほうが演算能力が高いのだし、彼女の言うことのほうが正しいのだろうとは思うけれど、どうしても承服できない。

「固定的な記録になれば、もう会話はできなくなる。入力に応じてこの宇宙が見せるはずの出力なんて、幻影にすぎないんだ。さっき姉さんの残滓と話してわかっただろう？　もうきみと話せなくなるのはイヤだ」

彼女がぼくの両手をとる。手を強く握り合って、でもそれで心が伝わるわけではない。あいかわらず、ぼくには彼女の感情を読み取ることができない。

もしかしてこれは、ぼくの認識能力が削られたからではなく、他者を理解する仕方もボールの内と外では異なるからなのかもしれない。違う。そもそもぼくは彼女のことがわかっていないのか。

「ネルス。魂や変化や主体性や会話こそが、わたしたちがいた宇宙だけで見える幻だとしたら？　幻だとしたら、あなたはわたしに話しかけるのをやめる？」

言い終わるやいなや、ウアスラは二重膜の形成を停止し、今度は手を繋いだまま、ぼくたちは再びボール宇宙に直に触れる。

二人の身体の表面から電離流体が輝きながら流失していく。

ウアスラがわずかに残った演算機能を使ってぼくに微笑(ほほえ)んだ。それは、初めて見る彼女の笑顔だった。多くの思考機能が削られている今のぼくには、笑顔のすべての意味を知ることはできないのだが、それでもそれが彼女の精一杯の強がりであることはわかった。

そして彼女は消える。

次の瞬間、ぼくはスキルミオン表層にいた。爪先から電離流体が補充され、姉たちによってぼくの思考が回復すると、ウアスラがボール宇宙に溶け込んでしまったことがわかってくる。これはもう、論理的に言って泣きたいところだが、あいにく今のぼくには涙する機能がないのだった。

ボール表層では姉たちがあちこちで互いに叫ぶように罵(ののし)り合い、取っ組み合いの喧嘩をし、踊り狂う姉もいれば、融合して巨大化する姉もいた。分散して飛翔する姉を、巨大な姉が笑いながら追い回している。

球面を転がる姉に足元をすくわれながら、ぼくは歩いた。

「いつまでも」「隠せるものじゃない」「宇宙を」「他の宇宙を」「乱すことは許されるのか」「宇宙論的には」「どの宇宙も宇宙の一部で」「局所宇宙も宇宙の一部で」「ネルスを救うことはできるのか」「再計算が救いなのか」「ネルスの魂を掬(すく)い上げる」「宇宙論的に言えば」「宇宙論的に見れば」「宇宙のなかの」「淡い魂」「ドットのような」「青い球体」「宇宙論的には」「救いはない」「救いはある」「あまねく幻のなかに」

スキルミオン周辺には、熱暴走した大小の姉たちが渋滞(じゅうたい)して山積みになっていた。外部の姉が無理に自分の分身を流し込んでいる様子が目に浮かぶようだ。

姉たちが弾け飛び、その破片がぼくの体を貫いた。姉の焦燥感、姉の誇り、姉の喜びや悲しみ――無数の姉の記憶断片が、ぼくの記憶のなかを通過していった。ぼくのなかに姉の考えが溶け込み、そして鮮明になっていく。

視線を上げると、かなり離れたボール内壁に、外に通じる逆向きスキルミオンがあった。ぼくは一息にそこまで移動し、手前で立ち止まる。

ぼくはきっとまたウアスラに会う。

でもそれはもっとあとのことだ。

スキルミオンに飛び込んだとき、ウアスラがさよならと耳元で囁いたように感じたけれど、ぼくは自分の形を保つのに精一杯だった。

8　ウアスラ

目を開けると、姉と青花がこちらをじっと見つめていた。

そしてぼくは考える。

ぼくたちの宇宙の知性がすべて一つのメタ知性に収斂(しゅうれん)するとすれば、ボール宇宙の知性たちも同様に収斂するはずだ。

そしてランドスケープのなかに宇宙は膨大にあって、メタ知性も同じ数だけ存在する。異なるメタ知性のあいだでは会話が成立しない。この宇宙に戻ったぼくと、ボール内宇宙に溶け込んでアーカイブ化されたウアスラとは――挨拶を交わすようなレベルでも――会話することができない。互いに互いの言葉を言葉として、あるいは存在を存在として認識することができないだろう。それはきっと、この宇宙にありうるどんな物理的な断絶よりも深刻に、ぼくと彼女を切り離している。

心配そうに呼びかけてくる姉に返事もせず、ぼくは考え続ける。

位相欠陥を超えての知性の会話は不可能だ。存在様式も知性の形も、それを支配する物理法則に従うのだから。それでも知性は、異なる宇宙の物理法則を理解することができる。その上に成立する知性にだって、連絡することは可能なはずだ。

人や人工知能や虫や草――個々それぞれの知性はメタ知性の一部と見なすことができる。もっとずっと敷衍すれば、そのメタ知性をいくつも含む、さらにもう一つ上位のメタ知性の存在が考えられるのではないか。その上位メタ知性の〈対称性〉が破れ、ぼくたちの宇宙に属するメタ知性やボール内のメタ知性が生まれる。

それらのメタ知性が一つのランドスケープのなかに含まれているとすれば、上位メタ知性は複数個のランドスケープの存在を示唆するだろう。可能な物理宇宙をまとめあげるランドスケープが複数あって、そのランドスケープすべてを含有する上位のメタランドスケープがあって、世界のすべてを含んだランドスケープを、ぼくたちは知ることができる——

きっとこれが本当に証明すべき知性定理だったのだ。

新しい知性定理は、同じ宇宙どころか無限個の異なる宇宙に属する知性の、そのすべてと会話ができることを保証する定理になる。この可能性を虚無と呼ぶか、世界の豊饒さと呼ぶか、それは、自分で決めればいい。

世界はどこまで広がっていて、ぼくたちはどこまで理解できるのだろう。ぼくたちはわずかでも世界に近づいているのだろうか。

何やら姉が怒鳴っているが、その声も本人自体も、姉たちの作ってくれた二重膜の向こう側にでもあるかのように感じる。

姉はボール宇宙を、ぼくのための計算機として使おうとした。三年前、ぼくの魂が二つに分裂してまもなく〈ボール宇宙計算機〉のアイデアを思いつき、すぐに計画を推進したに違いない。持ち前の実行力でドメインボールを見つけ出し、準備が整ってからぼくを呼び出した。ボール内部の物理的な性質も、姉が何の予想もしていなかったはずはない。

今回のボール侵入実験は、ウアスラとぼくの魂を混合状態として計算し直すためではなく、外部のぼくの思考に応じて様々な濃度のウアスラが呼び出されるようにするためのものだった。アーカイブ機能を持った計算機として、道具としてボール宇宙を使おうとしたのだ。

宇宙を一つ使うことで、ぼくとウアスラの魂は、ぼくの脳とボール宇宙の二箇所に、それぞれに存在することになる。二つの魂に二つの座。数は合っている。だが、それで解決と言えるとは思えない。

そして、姉はウアスラほど甘くはない。ウアスラはときどき呼び出されるようなことを言っていたが、姉の考えはきっと違う。ボール表面に穴でも開けて、ぼくの脳とボール宇宙を常時接続するつもりに違いない。そしてウアスラは継続的に呼び出され続けることになる。それは会うなどという連絡の仕方ではない。ボール宇宙もウアスラも、常時ぼくの思考に支配され続けることになる。

青花の顔がすぐ目の前にあった。彼女の涙ぐんだ赤い目で見つめられて、ぼくは一気に現実に戻る。

「表面で電磁波束が分散してしまって、途中から連絡がとれなくなった。何があったの」

ぼくは目覚めたあとに夢を思い出すように、ボール内での記憶を確かめていく。

間違いなく、ぼくはあのなかにいた。このぼくと連続したぼくが。

「熱暴走が起きたと、ボール中心にいた姉さんは言っていた。姉さんたちか」

「記憶は繋がっているのね?」

青花の問いに、ぼくは頷いた。

ついに、脳を量子ゼノン停止し、その間に変化した情報＝演算対を再び脳の記憶に接続して、脳を覚醒させる一連の実験が成功したのだ。青花によると、ぼくが向こうの宇宙に行っていたのはたった十二分間ということだった。

おめでとう、というぼくの言葉に二人は「当たり前でしょう」「ありがとう」と短く返し、すぐに聞き取り調査を始めた。

ぼくのボール内での経験内容は帰還時に自動保存された記憶情報を精査すればいい。しかしそれと被験者の感想は大きく異なるはずだ。実験終了直後の聞き取りはひどく疲れた。けれど、その大切さはぼくもわかっている。

姉と青花の質問に、ぼくは一つ一つ答えていった。

そして、ウアスラの選択について、ウアスラの主体としての消失、あるいは死について、ぼくは話した。

ぼくの話が終わるのを待って、腕組みをしたままだった姉が口を開く。

「ネルスにしては察しが良いね。今度は常時接続のために、ボール宇宙との量子エンタングルメント連絡の実験をするから」

姉はぼくに言い聞かせるように話した。でも、それは、姉が自らに確認しているようでもあった。自身の迷いを打ち払うために。

「姉さんがいろいろとしてくれたことには感謝している。別の宇宙まで使うなんて、メチャクチャで、姉さんらしいよ。でもぼくはこの一つの脳で考えていきたいんだ」かりそめだとしても、ぼくは自分で考える。「ウアスラはあのなかにいる。宇宙も魂も、誰かの思考のための計算機じゃないし、アーカイブでもない。常時接続はしない」

「ウアスラはあなたの一部でしょう。元に戻せなくていいの？」

「姉さんだって、青花だって、ぼくの一部だ」

姉はぼくを睨み、青花は眉を少しだけ動かす。

「そして、ぼくの一部と連絡ができなくても、ぼくは全然かまわない。たまに連絡があればうれしいし、話さなくても存在を感じることはできる」

姉はぼくを見下ろし、両方の手をかたく握りしめる。

「なんでお姉ちゃんの言うことが聞けないの。体も魂も、あるかないかという状態も、すべてはこの宇宙が見せる擬似構造で、幻で、すべては虚無だとでも言いたいの？　私たちのこれまでの時間は無駄だったって？」

泣き出しそうな姉を見るのは初めてだった。一度くらい泣くところを見たいと思ってもいいだろう。

「今わかったんだけど」

「なにが？」

「姉さんはいつも必死で、かわいいんだな」

「ふざけるな」

ぼくはふざけていないし、すべては虚無だとか無駄だったなんて言うつもりもなかった。

「ネルス、あなたは気づくのが遅い」

青花がそう言って、ぼくに目配せして微笑んだ。今日は初めて見るものばかりだ。世界は未知に溢れているらしい。

「二人ともふざけないで」

ぼくは立ち上がり、姉に向き合う。少しだけ、ぼくのほうが背が高い。

アーカイブとして無限個の状態を保管しているのは、宇宙も姉もぼくも同じだ。そして無限のアーカイブであるという状態もまた、ランドスケープあるいは世界に保管されている無限個の状態のほんの一つにすぎない。無限個の可能性は、こちらからは幻のようにしか見えなくても、そして数式でしか手が届かなくても、存在しているのだ。

姉は無重力のせいで流れない涙を、青花から受け取ったタオルで拭う。

ぼくはそれを見ながら、いつかまたウアスラと話すことができると確信した。姉が考えたのとは別の方法で、無限に掛け合わされた無限のどこかで妹にまた会える。

向こうの宇宙で姉の知性が混じったのかもしれない。きっとそうだ。でなければ、数えきれない宇宙のなかから、たった一人を探し出そうとするはずがない。

ベアトリスの傷つかない戦場

Battlefield Where Beatrice Never Gets Hurt

1　理論地図

自分の肉体が、北極海の流氷に囲まれた離島の、小さな大学の地下実験室で擬似睡眠状態にあることは知っている。今のこの自意識が、国際宇宙実験施設Ｌ２に比べるといささか——いや、実際のところ、かなり心許ない電算室で演算され続けているものだということもわかっている。

情報＝演算対。それはぼくの姉、テア・リンデンクローネが開発した、意識転送のための情報構造だ。

宇宙物理学者の姉は、太陽系から遠く離れた観測機のなかの情報空間で活動したり、情報になって光速で宇宙空間を行き来したりできるようにするため、この技術を十九歳から研究し始めて、ついに去年、二十七歳のときに完成させた。姉は幼少時から有名な——自他共に明らかに認める——天才なのだ。

量子ゼノン技術によって脳の量子状態が固定されると同時に、記憶情報核を取り出され、それに思考や感覚といった演算機能が付与される。情報＝演算対として活動したあとは、その記憶を肉体に持ち帰ることで、記憶の連続性をたもつことができる。

　脳の状態を固定しておくのは、意識の時間線をふたつに分裂させないためだ。肉体と情報＝演算対が異なる経験をしてしまうと、記憶切断面が合致せず、記憶情報をうまく接続できないのだ。その場合は、自我を持った存在が、肉体と情報＝演算対の二つ、存在することになる。

　そう感じるうちにも情報＝演算対となったぼくは、いま自らを感じている。自分を感じているように感じさせられている。自らを再帰的に感じられなければ、自らを操作できないからだ。

　身体感覚や思考全般の機能がだんだんと足されているのがわかる。

「翠雨」

　視覚機能が付加される前にナビゲーターを呼び出す。翠雨と名付けた彼女は、一年前に大学院に進学しようと決めたときからずっと育てている人工演算知能だ。

　彼女の思考パターンをどうするか試行錯誤していたとき、ぼくはまだ会社員生活を続けていて、彼女のシステムはアイスランドの首都レイキャビクの社員寮の自室にあった。アイスランド島の北西には世界最大の島であるグリーンランド本島があり、ここカフェクルベン島はその北側にある。

　ぼくの会社はおおらかな社風なのか、四年目になろうというぼくを出向という立場で大学院に通わせてくれることになった。社員寮の部屋もそのまま使えるのだが、翠雨だけは大学と同じ島にある学生寮の部屋に連れてきたのだった。

彼女には自我があり、知性もあり、状況に応じて身体も構成できる。話し方などに現れる感情表現機能は——円滑なコミュニケーションのために——かなり充実したものを設計したが、その奥にあるべき感情そのものは与えていない。ぼくは擬似人格を作りたいわけじゃないからだ。

——こんにちは、ネルス。今朝も早くから実験を始めました。長時間のゼノン停止は脳に大きな負担をかけてしまいます。

「心配してくれてありがとう。今日はこれで終わりにする。このあとバイトもあるし。で、今夜は早めに眠る」

——そうしてください。バイトというのは、毎週金曜午後六時からの《質疑応答》ですね。

「うん。じゃあ朝の続きから始めよう」

翠雨がぼくの全感覚機能の付与完了を告げると、灰色の空間が際限なく広がった。遥(はる)か遠方に、絞り出された無数の絵の具のように絡まりながらも混ざり合うことなく浮かぶ立体構造が見える。中央が凹(へこ)んだ赤血球みたいな形をしている。

理論地図だ。人類がこれまでに発見または考察して蓄積してきたあらゆる知見を図形化し、無限次元の超空間にマッピングしたもので、一つの色が一つの学問領域に対応する。

合図の光点が散って、目の前に翠雨が現れた。

翠雨の知的機能の基礎と外見情報は、姉の共同研究者である楊青花(ヤンテインファ)が作り上げたものだ。姉も青花も、今は地球から百五十万キロも離れた研究施設Ｌ２にいる。

制作者に似た翠雨の長い黒髪が、演算処理の優先順位が低いために、一本一本までは計算されずにぼやけたまま靡(なび)いている。彼女は緑色の法衣(ほうえ)のような布を纏(まと)い、白いＴシャツに青い長ズボンというＬ２服みたいな装(よそお)いのぼくよりずっとカッコいい。

情報空間内は、座標を入力することで、自在に移動できる。ぼくたちは理論地図のそばまでいきなり跳(と)んだ。

今のぼくたちにとっては、地図全体は巨大な野球場かサッカースタジアムほどの大きさだ。理論地図の表面には、水滴のような形をした古代からの命題素——三段論法や真理値といった大小の概念——が繰り返し変形しながら表れていた。言語哲学関連の領域だ。これまで調べてきた結果、ここが近傍(きんぼう)の領域にくらべて、情報＝演算対にとって内部に入りやすいことが判明している。ぼく個人の情報構造に合っているのか、あるいは人間の知性そのものが言語的なのかもしれない。

ぼくたちは拡大率を上げ、つまり相対的に自分たちの体を小さくして、地図のなかに入っていった。観測帯域を深くして、さらに内奥(ないおう)の構造に入っていく。理論たちが持つメタ構造を調べるために。

視覚演算の負荷を減らすため――本来、理論空間は無限次元なのだが――次元数は三に落としてある。

それゆえに余った演算力は、世界中で発表される研究成果のリアルタイム解析に回している。論文の投稿速度や被引用関係を理論図形に反映することで、理論地図全体は刻々と変形し、複雑に拡大していく。ここに描かれ続ける鮮やかな図形の流動性は、そのまま人類の知的活動そのものなのだ。

可視化される理論の個数は、次元数と解像度によって変動するが、現在の設定では数千個の領域に分かれて顕在化させている。

図形をかきわけていくと、徐々に明るくなってきた。

――今朝の探索で発見した〈空白領域〉です。接触構造を定義、侵入を試みます。……ダメですね。何もできません。

ぼくは頷き、データを右手に呼び出した。ハンドドリルのかたちをしているが、たいした意味はない。雰囲気の問題だ。

――白色雑音をドリルとして使うのですか?

算術の公理とそのトートロジーからなる、自明の命題集合で作ったドリルの刃の先端には、空っぽの変数だけで作られた無垢なテンソルがコーティングされている。

彼女はドリルに触れて、仕様を読み取る。

——強引すぎるのでは。

「多少はね。用意はいい？」

——私は大丈夫。ネルス、慎重に。

目の前にある空白領域は、量子光学に対応する理論図形に隣接している。量子光学自体は前世紀から盛んに研究されている分野だ。それなのにその近くに、こんなに巨大な空白があるなんて。

空白領域は単なる空虚ではない。表面には透明な膜状構造があり、その広域対称性や速度ポテンシャルから見て、領域内部にも何らかの数理的空間が広がっているようだった。だが、ぼくも翠雨も、まったく入ることができない。理論図形だけがその表面構造に取り付き、わずかに侵入できたとしても、すぐに剝がれて落ちていく。〈空白領域〉には、手つかずの論理構造が——この地図のなかでは幾何学的構造として——広がっているはずなのに。

今ぼくは、人間の作り出し、見つけ出した理論たちがどのように繫がり合っているかを調べることで、人間の知性そのものの構造を探ろうとしているのだった。その結果、もしかするとぼくたちがこれまで気づかなかったような魅惑的な知的領域も見つかるかもしれない。空白領域はその第一候補なのだ。

これは、本当は四年前の夏、東京の大学にある姉の研究室でやりたかった研究だった。翌年の春までかけて、ぼくは異なる知性がすべて連絡可能であることを証明した。ぼくはそれを知性定理と名付けた。しかしそれは文字どおり可能性を示しただけで、実際の連絡方法や、複数の知性が形づくるはずのメタ知性については、手つかずのままだった。

　それを三年ぶりに大学院で研究しようと決め、翠雨と共に理論地図を構成したところまでは順調だったのだけれど、〈空白領域〉の存在は予想外で、ここ二ヶ月は手詰まりなのだった。

「固いな。ドリルの刃が磨り減りそうだ」

——それは、用意していた命題データがなくなりそうということでしょうか。

「そうそう。比喩表現だよ」

　翠雨は、青花の作った機能特化型ＡＩを基にして、ぼくが研究補助用にチューンアップした。感情機能はないから、わかったふりをするような小賢しさなどはまったくない。そのほうが安心して一緒に研究できるというものだ。

　直後、本当に命題データが尽きてしまった。大量の数列を流し込んで、〈空白領域〉内に勾配や回転を生じさせられればと思ったのだが、情報流は外縁部で散らされて、内部には一バイトも挿入できなかった。

——ネルス。午後五時四十分です。

「仕方ない。続きはまたにしよう。明日とか年末の土曜だけど、ここは使える？」

——指導教官から使用許可は得ていますし、電気設備の点検は先日あったばかりです。問題なく使えます。いつも通り、実験記録はネルスの部屋に、量子ゼノン転送の生体データはL2の青花に送ります。おつかれさま。

翠雨の姿が消え、ぼくの身体感覚情報の供給が止まる。

目を開くと、現実の地下実験室に座っていた。

バイトの場所は同じ理学部棟の一階、屋内のアトリウムと呼ばれる中庭だ。地上三階、地下二階の校舎の中央ロビーからすぐのところにある。見上げると吹き抜け構造になっていて、天井にはガラスの天蓋があり、四隅を丸い柱で支え、四方は廊下を挟んで講義室に面している。正方形の地面には、芝生用に遺伝子操作された苔が一面に張られている。

教員や学生のために、木製の丸テーブルやホワイトボードが置かれていて、いつでも自由に使うことができる。空いたテーブルにバッグを置いて、水筒のコーヒーを飲んでいると、背の高い男子学生が南側の玄関ロビーから現れた。

長い黒髪を後ろで束ねた彼は、ぼくなんかよりも遙かに社交的で、見かけるたびに違う女性と歩いている。

「遅れました?」

「時間ぴったりだよ」

彼はイェスパー・ヘーガード。ここ北極圏大学の人文学部三年生で二十一歳、哲学と倫理学を専攻している。背負っていた黒革のバッグをテーブルに置き、大学ノートや筆記用具を出して、ぼくの正面に座った。

　ぼくはメガネを通して、アトリウムのカメラに《質疑応答》の開始を知らせた。ぼくの指導教官にも通知が送られる。とはいえ、キャンパスには多くのカメラがあり、講義の映像も全世界に公開されている。実験室やアトリウム、廊下のリアルタイム映像も、大学関係者なら誰でも見ることができる。

「今日で四回目だね」

「もうそんなですか。じゃあリンデンクローネさん、そろそろネルスと呼んでも？」

「別に構わないよ。今日はそのことを確認に来たのかな」

　イェスパーは大袈裟(おおげさ)に笑った。調子のいい男なのだ。

「前回の続きで聞きたいことができたんです。友人として」

「わかっていると思うけど、ここは友人同士が雑談する場所じゃない。ぼくには質問に答えることでバイト代が発生していて、きみだって《質疑応答》の予約枠を取って来ている」

　彼はうんうんと何度も頷く。

　ぼくがこのバイトを始めたのは大学院に入った直後からだ。指導教官に勧(すす)められて、一も二もなく引き受けた。アメリカや日本の大学と違い、北極圏共同体では学費や寮費は一切かからないが、書籍代や文房具代は必要だ。それを週に一度のこのバイトで賄(まかな)おうと思ったのだ。社会人としてまる三年働いて、貯蓄も少しはある。

《質疑応答》は大学改革の目玉の一つとして去年から始まったもので、市民と大学を繋ぐという、いかにも官僚が考えそうなキャッチコピーと共に、しっかりと予算もついた市民サービスだった。それゆえ時給は悪くないし、研究費の補助も与えられる。

バイト代は大学から出るため、誰でも無料でこの制度を使うことができる。しかし実態としては、わざわざ大学を訪ねてまで大学院生に質問する必要性は、前世紀末からすっかりなくなっていて、やってくるのは彼のような同じ大学の学部生くらいだった。

「この制度には大学院生への生活費給付という目的もあるんですか」

「きみがきちんと利用してくれないと、そういうふうに勘繰る人も出てくるだろうね。ぼくは時給に見合うだけの仕事をしたいと思っているし、しているつもりなんだけど」

彼は急に神妙な顔になり、

「では時間は無駄にできませんね。疑問をリストにしてきたんです」

渡された紙には、ため息が出そうな問題がいくつも並んでいた。

「じゃあ一番上から。『人間は宇宙を理解できるか』か。相変わらずのきみらしい質問だね」

「ということは、相変わらずの解答になるわけですか」

「そうだね。まず確認しておくと、確定した研究結果や研究者の総意のようなものはないと思う。研究者のあいだで意見が分かれていることについて、ちょっとしたアンケートをすることはあるけど、当然意見はまとまらないよね。そしてぼく個人の見解としては『ノー』というのが、さしあたって誠実な解答になる」

イエスパーは大げさに腕をくんで、

「前から思ってたんですけど、ネルスさんの答えが大抵の場合『ノー』なのはどうしてですか」

「きみの質問にそもそも偏りがあるような気がするんだけど。『最終理論は存在するか』、『タイムマシンはできるか』、『宇宙人は地球に来ているか』――こういう疑問に対して肯定的に答えるためには、かなり多くの補足条件が必要になる」

「その必要な条件が揃えば、肯定的に言えなくもない？」

「まったくその通り」ぼくは青花の口癖で返した。

ここで言う必要条件は、極めて科学的なものだ。

タイムマシン一つとってみても、数式を使った定量的な研究は既に膨大にある。物理学者たちは虚心坦懐、フェアにその実現を追求し――あるいはかなりの程度、好意的な態度で研究し続け――残念なことに現在のところタイムマシンを作り上げるのは、ひどく特殊な天体や物質が存在しないかぎり、かなり困難であると結論づけられているのだった。誰だってタイムマシンを否定したくなんてない。

「さっき、前回の続きと言ったけど、議論の連続性がいまいちわからない」

「そうですか？　俺はネルスさんの知性定理に関心があってですね、知性の限界について考えたいんです」

「限界ね」

ぼくが三年前、大学の卒業論文として証明した知性定理は、どのような知性であっても相互に繋がり合っていて——物理的な障壁さえ越えられれば——互いに連絡が可能であること、そしてこの宇宙に属するすべての知性はより巨大なメタ知性の一部だと示したものだ。裏を返せば、今の知性とは全く相容れないような別種の知性にはなりえないということで、それを知性の限界と見なす人もいる。

ちょうど一年前の夏、ぼくは姉に呼び出されてL２へ行き、双子の妹ウアスラと一緒に、切り離された宇宙——ドメインボールの内部に入った。

ウアスラが生まれたのは四年前——世界最高の頭脳をもつ姉が勤める日本の大学における、量子ゼノン転送の最終実験のときだった。あのころはまだ転送機が不安定で、ぼくの脳の量子ゼノン停止が解け、ぼくの情報＝演算対は情報空間に取り残されてしまった。その情報＝演算対はぼくと同じ記憶を持ち——哲学的あるいは宗教的には議論の余地はあるけれど——ぼくの自我を持っている。つまりそこで、ぼくは二つに分裂した。姉は今もまだ公表していないが、これは人類史上初の人格のコピーだった。

姉は事態を収拾するために——と言っていたが絶対に面白がっていたに違いなく——情報＝演算対のほうのぼくを情報空間で安定させ、あまつさえ少し書き換えて妹にしてしまった。

めちゃくちゃだ。それでぼくは三年ほど姉と喧嘩して連絡を断っていたのだが、姉は反省なんてするはずもなく、去年の夏にはボール宇宙を使ってぼくたちを混ぜ合わせようとした。

そのとき、ぼくと妹ウアスラは異なる存在様式になりながら、ありうるすべての宇宙——ランドスケープに含まれるすべての知性とぼくたちは会話することができるという結論に至ったのだった。

これは、ぼくたち人間が暮らす宇宙に限定して証明した知性定理を、もっともっと拡張して、ランドスケープ全体に一般化することに他ならない。

そんなことができるかどうかはわからない。足がかりさえない。だけど、できなければ、別の宇宙に残してきた妹と、ぼくはもう会って話すことはできない。

だからこそぼくは地球に戻ってからすぐに会社と交渉し、卒業した大学の院にあらためて入学したのだった。

「俺、ここ好きなんですよね。何だか良いにおいがするし」

「そうだね。たぶん苔のおかげだよ」

「そういえばネルスさんは大手の兵器メーカーからの出向なんですよね」

イエスパーがまた、遠慮する素振りも見せずに質問する。

「電磁障壁メーカーだけどね。もちろん、防衛のための設備も厳密には兵器だから、うん、確かにぼくは兵器メーカーの社員だ。もう一つ厳密に言えば、出向というのは会社の命令で出向くことで、ぼくは会社に頼み込んで休職扱いにしてもらって社会人入学制度を使っているんだけどね」

「なるほど。で、どうなんですか」

彼が急に小声で囁く。アトリウムのなかにも学生はいるが、いちいちぼくたちの話なんて聞いてない。

「どうって何が」

「決まってるじゃないですか。北極海の航路が封鎖された話ですよ」

強力な電磁パルスによって集積回路を破壊する兵器——電磁兵器に対抗するため、ぼくの会社では大小さまざまな電磁障壁を製造、販売している。今や、テロでも紛争でも内戦でも、ありとあらゆる争い事のなかに電磁的攻防は組み込まれているのだ。電子機器が使えなくなれば、情報戦が不可能となり、結果として様々な形で命が失われる。

ぼくが籍をおく、アイスランド島随一の企業アルマ社——ラテン語の「鎧」——はもともと、義肢などに組み込まれている集積回路が電磁波で誤作動しないように保護する有機金属フィルムを作っていたというが、何代か前のＣＥＯの方針変更のためか、あるいは時勢のためか、今や世界有数の電磁障壁メーカーとなり、取引先のほとんどは北極圏共同体の軍部や軍事企業だ。兵器メーカーと言われても反論の余地は一平方ナノメートルもない。

　ぼくがどうしてそこに就職したかと言えば、卒業直前のタイミングで学部時代の先輩が誘ってくれたことが大きかった。数学だけをしていればいいと言われて――それは本当のことだったが――少しだけ考えて、あるいはあまり考えず、就職を決めた。防衛のための兵器、しかも電磁兵器に対抗するための兵器は、血なまぐささから何重にも遠いような気がしたのだ。でも、それは言い訳にしかすぎなくて、しかも下手(へた)くそな言い訳だった。姉さんは何も言わなかったけれど。

「形而上学(メタフィジックス)から、いきなり形而下(フィジックス)の話題に変わったね」

「俺は物理(フィジックス)の話も好きですよ。で、これってもしかしてテロじゃないですか」

　数週間前から北極圏共同体が管理する航行システムが不調で、北極海航路が大混雑していると、政府は発表していた。しかし〈圏民〉たちの多くは、十八年前の――姉が十歳、ぼくが七歳だったときの――北極事変での混乱を忘れてはおらず、そうした政治的発表を鵜呑(うの)みにするほど素朴ではない。報道には、例によってスキャンダルから陰謀論まですべての予想が出揃(でそろ)っていた。

　とはいえ兵器会社に所属しているからといって、しかも今はただの大学院生にすぎないぼくのもとには、特に情報も届いていない。かりに知っていたとしても、こんなところでは話せない――そう思うくらいには会社で鍛えられたのだった。

ぼくは彼に遠慮せずに、壁にかかった時計を見た。残り五分。《質疑応答》は、ぼくが属している自然科学系研究科の研究分野に関連したことを議論すべきなのだが、堅苦しいことを言うこと自体が面倒だ。

「アルマ社はシステム関連の仕事をしてないし、ぼくは何も知らないよ」

「そういう問題でもないと思うんですけど。ネルスさん、この島の基地にお知り合いはいないんですか？」

まったく、彼は勘がいい。新入社員のときに研修で北極圏全域の軍事基地へ挨拶回りをした。軍部が商品にどのような性能を求めているのかを聞き取るのは基礎研究を担当する人間にとっても必要なことなのだった。

「何人かはいるけど――戦争の準備をしていますかと尋ねるわけにもいかないだろう」

「準備をしていてもしていなくても、答えはノーでしょうね」

定められた四十五分が経ち、タイマーが鳴った。

「来週は十二月二十六日だから休みなんですよね。来年の予約、してもいいですか」

「もちろん。ただ、ぼくじゃない人のほうが、もしかするともっとラディカルな話をしてくれるかもしれないよ。文系の人とか芸術系の人とか」

「ネルスさんはかなり抑制して俺と話している？」

「意図的にそうしてるつもりはないんだけどね。ただ他の人と比べたとき、おそらくぼくの考え方はかなり穏当な部類に入ると思う」

イェスパーは笑って席を立った。

2　ベアトリス

ぼくは二階に上がり、廊下をぐるりと歩いたところのドアをノックした。ドアや壁には研究室のテーマである流体の映像が投影されている。すぐに明るい声で返事があり、部屋に入った。

ぼくの所属する研究室はそれなりに広く、四人がけのソファとテーブルがあり、入り口そばにはキッチンも備え付けられている。主にぼくが使うドリップコーヒーの道具もある。

呼びかけると、ぼくの指導教官は、奥の書類の山とディスプレイの向こうから手を振った。

「個人的な科学観を演説して給料もらっていいんでしょうか」

「そんな遠慮しなくていいよ。きみの科学観はどこに出しても恥ずかしくない穏当なものだからね」

彼女は《質疑応答》の責任者として様子を見ていたのだ。しかし、自分の発言だったとはいえ、彼女に改めて穏当と言われると、あんまりうれしくない気がする。研究している身としては、多少の過激さは欲しいところだ。

ようやく彼女が席を立って、ぼくたちはソファに向き合って座った。彼女が肩までの赤毛を両手でかきあげる。

「うちの大学みたいな、誰でも利用できる《質疑応答》サービスって珍しいですよね」

「ちょっと前までは、他の大学でもやってたんだけどね。今はオープンキャンパスのときだけとかのところが多い」

「やめたのは、経費の問題で？」

北極圏共同体から補助はあるが、大学の負担がないというわけではない。

「経費なら、うちの大学はかなり厳しいほうだと思うよ。やめるとすれば経済的な話よりも、さっきの彼、イェスパーくんだっけ、彼よりもずっとすごい人が来るようになったら、かな」

「すごいってどういうことですか」

「相対性理論の間違いを見つけたとか、フェルマーの定理を初等代数で証明したとか」

「確かに彼はそういうことは言いませんね」

「あの子は典型的な哲学系の人だからね。勤勉なんだよ。数学や物理の講義でも見かけるし」

光速より速いものがないなんておかしい、アインシュタインは間違っているというメールが主に北極圏から彼女の元に届くのだという。大抵は返事をしないらしいが、たまに気まぐれで初学者向けのテキストを示しつつ、むしろ光速より速い物理現象はたくさんありますよと伝えても、それへの応答はないまま次々と別の話題をふっかけてくるのだと、ベアトリスは苦笑しながら話した。

「このバイトはそういう人への対応も含まれているんですか」

「わざわざこの島までは来ないと思うけど、そのときはよろしく」

姉と同い年の彼女は、外見も中身もどことなく姉に似ていた。しかしもし実際にぼくの手に負えない訪問者が来たときには——姉であればぼくの困った様子をこっそり見ながら爆笑するに違いないのだが——ベアトリスはきっと前面に出て、ぼくを助けてくれるはずだ。

彼女——ベアトリス・ダールクヴィスト自然科学部准教授は、一般教養課程における科学史入門の講義や基礎実験実習といった講義の多くを引き受けていた。ぼくのような社会人入学の院生の世話も、仕方なさそうな素振りは見せながらも、決して拒絶することはなかった。姉のようにどこまでも自分勝手に生きられるほうが珍しいのかもしれないが、地下実験室の長時間使用をはじめバイトなど色々と便宜(べんぎ)を図(はか)ってもらっているぼくとしては、ベアトリスに深く感謝をしていたのだった。

「知性定理、私、きみに会う前から面白いと思ってたんだよね」

「それはありがとうございます。そういえば先生は姉と——」

「あ、ごめん。今日はこれから専攻会議なんだよ。年末休暇明けの試験日程の確認だって。毎年一緒なのにさ」

「ぼくのほうこそ長居してしまって」

「いいよ、いつもだったら金曜日は事務処理をまとめてするんだから。——歩きながらもう少し話しましょう。実験は順調？」

つまり、この情報共有もまた事務処理であり、院生指導ということだ。

会議室は一階にある。ぼくはなるべくゆっくり階段を降りようとするのだが、ベアトリスはすたすたと先に行く。

「えっと、例の〈空白領域〉なんですが、内部の調査法がまだわからなくて」

「ちょっと視点を変えてみる？　大域的な解析から局所的な構造が見えてくるかもしれない。長期間の変化を見るとかね。——じゃあ頑張って」

彼女をロビーで見送ると、女子学生と立ち話をしていたイェスパーがニヤニヤしながら近づいてきた。また新しい子のようだった。まったくまめなやつだ。

「さっきの、ダールクヴィスト先生ですよね」

「ぼくの指導教官だよ」

「もちろん知ってますよ。良いですね、あんな美人が指導教官で」

いつまでも話し続ける彼を置いて、ぼくは理学部棟を出た。

クリスマスを間近に控えて、北極圏は極夜に覆われていた。極夜と言っても、太陽が地平線に近づく昼すぎには空はぼんやりと照らされるのだけれど、実際に太陽が見える夜明けは一ヶ月先になる。昨日までの雪は止んで、夜空にはオーロラがゆらめいていた。

ここ、カフェクルベン島は、世界最北端の有人島だ。ここから北極点までは七百キロほどしかない。

有史以来、この島に人が足を踏み入れたことはほとんどなかった。最北端であるがゆえに、夏でも流氷に囲まれるのだ。

すぐそばには十倍の広さの、ぼくが生まれ育った島があり、そこの開発が進んでいることもあって、二十一世紀の半ばを過ぎてもこちらの島には何もなかった。たまに北限の植生を調べようという生物学者が上陸するくらいだったという。

ところが二〇六三年の夏——ぼくが七歳、姉が十歳のとき——北極事変が勃発する。北極圏の海底資源を巡る軍事的な衝突の危機だった。北極点は常に、アメリカとロシアの対立を中心軸とした、北極圏に領土を持つ八カ国がせめぎ合う力場の極点なのだ。

各国のあからさまな示威行為が繰り返され、形骸化していった。そして当時、北極の氷が再び溶け始めていたことを契機に、世界中の原子力潜水艦が北極海で活動を本格化させた。

そんななか、グリーンランド自治政府は、カフェクルベン島を北極圏の楔として、軍事基地と軍港を設営したのだった。

全長一キロメートルもない楕円形の島は、北極圏の支配権争いのなかで主に北側が埋め立てられ、今では南北の長軸方向に二キロ、短い東西方向も一キロほどに拡張されていた。

幸い、そのときは外交交渉によって戦闘状態には至らず、北極海は新たに設立された〈北極圏共同体〉の管理地域となった。住民は成人時に北極圏八カ国か北極圏共同体いずれかの国籍を選ぶことができる。ぼくも姉も共同体を選択した。

そして翌二〇六四年、カフェクルベン島の平和的開発が始まった。島の軍事施設を北側四分の一にまとめ、南側の軍事施設跡地は〈北極圏大学〉を中心にした学園都市にするというものだ。

姉はぼくたちの実家のある島の小学校を卒業して早々に日本の大学に進学してしまったが、ぼくは地元で高校まで進んでこの北極圏大学に進学した。

略して圏大の一学年は百人ほど。開学当初の入学者はようやく十名だったという。今では大学院生まで含めて、およそ三百人。教職員と合わせて五百人がキャンパス内の四棟の寮に暮らしている。

ここ十年ほどのあいだに、西岸(せいがん)の港には主に学生向けのカフェや雑貨店が進出していた。学生以外にも純粋な島民は数十人いるし、北岸基地には百人前後が駐留しているからだ。

大学の施設は、研究棟も図書館も学生寮も島の中央に集まっている。すべての棟は地下道で繋がっているため、悪天候のときにはそちらを使って行き来することができる。地下道は北極事変のときの名残(なごり)であり、使われていないルートも多い。

ぼくが卒業論文として発表した知性定理は幸運なことに世界中で研究されている。それゆえぼくはもはや第一線にいるとは言えず、誰か指導教官の元で、改めて知性定理に向き合うことにしたのだった。

卒論の共同執筆者である姉や、やはり執筆を手伝ってくれた青花に個人的に指導を頼もうかとも思ったけれど、二人はずっとL2にいるし、自分たちの研究に忙しい。

今のぼくに——あるいは知性定理に——必要なのは何なのかと考え、勝手知ったる出身大学の大学院を第一候補にした。圏大の自然科学部、そして院の自然科学専攻は、量子ゼノン転送に不可欠な量子コンピュータ研究の最前線であることも大きな理由だった。

そしてぼくの卒業と入れかわりに自然科学専攻に赴任したベアトリスは、ぼくにとってまさに理想的な、多くの分野を横断する研究者だった。一人で多くの科目を教えることができる教員は、圏大のような小規模の大学では重宝される。ぼくが学部生だったときにはいなかったタイプで、ぼくにとっても非常に幸運だった。

彼女の研究分野の一つが、非圧縮性流体の運動を記述するナヴィエ - ストークス方程式の解(かい)の存在問題だ。存在定理であるという一点において——知性定理はすべての知性を通約するための完全辞書の存在を示すものだから——近いと言えなくもないねと、大学院の面接試験の最後に彼女が言ってくれたおかげで、ぼくは彼女の研究室所属の院生になることができた。彼女が名乗りでてくれなければ、引き受け手のないぼくは不合格になっていたに違いない。

彼女に応えるためにも、ぼくは何としても結果を出したいと思って、九月の入学式から今までの三ヶ月、完全な休日は一日も作ることなく知性定理の数学的な研究をすると同時に、姉のレシピをもとに量子ゼノン転送機を作り続けて——もちろん青花と翠雨、それからわずかばかりの姉のサポートがあって——ようやく情報空間のなかで理論地図を研究できるようになったのだった。

「翠雨」

ぼくはアトリウムの椅子に座って呼びかけた。

——どうしました？　まさかまた実験ですか？

「いや、ちょっとだけ確かめたいことがあって。理論地図の時間変化を見てみたいんだ。ベアトリス先生の意見だけどね。そうだな、最近十年分を早送りで見せてほしいんだ。〈空白領域〉を強調して表示して」

地図上で色分けされた多くの理論図形が——一ヶ月分の経過を一秒間に圧縮した映像として、十年分で百二十秒の映像になって——拡大しながら変形していく。いくつもの〈空白領展していく。

域〉のまわりで、図形は急に粘度を増して、渦を巻くように〈空白領域〉を迂回して再び発展していく。

これはつまり〈空白領域〉にかかわる分野を研究者たちが精査して、様々な概念を試みに提案したがうまくいかず、次第に見切りをつけて別の課題に取り組み始めたということだ。

「これまでに見つかった〈空白領域〉は？」

——二百十九個です。

「そのまわりの時間変化の共通パターンを抜き出してみて」

翠雨が様々な映像を並べていく。

渦といえば流体力学で、ベアトリスの専門にかなり近いのだが、物理の一分野であって、主に数学を学んできたぼくはひどく曖昧な耳学問でしか知らない。今のままでは翠雨と話し合うどころか、有効な指示を出すこともできない。

「流体力学、勉強したほうがいいよね」

——正しい選択だと思います。ネルスは学部時代に数学を専攻していたのですから、ベクトル解析の知識はお持ちですね？

「そんなふうに確認されると不安になるけどね」

——VR速習プログラムを用意しましょうか。

「いや、いいよ。数学も物理もたまには現実空間で、紙と鉛筆を使って勉強する」

彼女が提案したのは、今回の事案に必要最低限の内容をぼくに教えるプログラムだ。彼女は、ぼくの知識量から判断して、メインテーマへのヒントとなるような隣接分野の情報もランダムに学習内容に加えられる。たまたまアイデアに出会うという現象は、もはや紙の本特有のことではないのだ。

それでも紙の本を読むと答えたのは、ベアトリスが流体力学の授業をしているからだ。翠雨が選択してくれる教材を疑うつもりはさらさらないのだけれど、ぼくがここに来ている理由はベアトリスや他の教員あるいは学生たちと、VR以前の古典的なやりとりをするためだ。人間特有の暗黙知に触れながらの学習環境は、翠雨が構成するVR書斎では再現できない。

ぼくは大学の時間割を確認した。ベアトリスの講義は毎週月曜の午後。良かった、週明けに今年最後の授業がある。専門科目で、学部生と大学院生を対象としている。

「きみ推奨の参考書リストをぼくの端末に送っておいて。土日で読める量でね」

——はい、いま送りました。

「ありがとう。しばらく図書館に籠もるかも」

——了解です。ちゃんと睡眠を取ってくださいね。

感情も付与していないのに、翠雨が妙にぼくの世話を焼くのは、彼女を作った青花が仕込んだ思考の傾向かもしれない。青花は二児の母親なのだけれど、どうもぼくのことも子供扱いしているふしがある。翠雨の使用者の健康を気遣う設定にしているのだろうか。
学部レベルの物理は、当時の応用数学の講義でアウトラインだけは齧っている。流体力学で使う数学はある程度わかっているつもりだが、だからといって学習が早く進むわけではない。流体力学における、連続体や完全流体そして渦度といった物理概念は、自然現象を表現しようとするものであり、数理的な構造を解明しようとする数学とはいささか方向性が異なっているのだ。

図書館は二十四時間開館しているが、寮の食堂は夜九時で終わりだ。そこで食べないと、寮には自販機の誰も食べないクッキーしかない。図書館に行く前に寮に戻ろう。

理学部棟を出ると、夜空は冴え冴えと澄みわたっていた。寮までの百メートルほどをゆっくり歩く。足元には雪が積もっている。

寮食堂は広く、三百の席のほか、時折あるパーティ用の舞台もあって、すぐ下にはピアノも一台おいてある。クリスマス一週間前だからパーティなんて予定されていなかったのだが、かなりの数の寮生がすっかり出来上がって騒いでいた。週末はみんな港町か近隣の都市に遊びに行っているはずなのだが、北極海航路が封鎖されており、グリーンランド本島との連絡フェリーも本数が減っているのだった。

食べ終わって寮を出ると、ぼくは外気を思い切り吸い込み、ゆっくりと吐き出した。

島の三割の面積を占める北極圏共同体軍事基地には、友人と呼べる人物がひとりだけいるのだが、大学院に進む前後でメールを数往復しただけだった。図書館に行く前に連絡してみよう。

メガネから友人の端末に電話をかけると、呼び出し音が鳴るか鳴らないかで彼は応答した。

3　アウスゲイル

「久しぶりだな、ネルス・リンデンクローネ」

「アウスゲイル・ステインソン大尉。ご無沙汰(ぶさた)」

「暇なら港に来いよ。一人で退屈なんだ」

キャンパスの西側にある港のまわりに飲食店は三軒しかなく、この時間まで開いているのは一つだけだ。ここから十分もかからない。

アウスゲイルに初めて会ったのは三年前、新人研修期間だった。ぼくはあちこちの基地に数日ずつ宿泊しながら、配備されている自分の会社の製品を保守点検したり、新製品を提案したりしていた。短期滞在型の営業マンというわけだ。

しかし社内マニュアルに書かれていないような過酷な環境下での作動について尋ねられればレイキャビク本社の社員に頼るほかなく、簡単な修理にしても基地のスタッフに任(まか)せっきりで、ぼくは基地で注文された補充部品を会社に注文するだけだったけれど。

「フルダ少佐は器用だったね」

「彼女は現場第一主義の技術将校だからな。北極圏共同体軍じゃあ珍しくもないけどな。彼女、近接格闘でもむちゃくちゃ強いんだ」

劣化した箔フィルムを貼り替えるぼくの手際があまりにも悪くて、見かねたフルダ少佐が無言で手伝い始めてしまったのだ。

ぼくは近くに人がいないことを確認して、

「北極海のことが聞きたくて」

「だと思ったよ」

情報将校であるアウスゲイルは、姉並みに察しがいい。誤魔化してもムダだ。

彼はぼくのことを信頼して——ぼくがアルマ社の社員だということも考慮しているんだろうけど——いくらか突っ込んだことを話してくれた。海上交通管制システムは報道されているよりも深刻な状態なのだという。

「システムはいずれ修復される。本当の問題は、どうして不調になったのかだ」

彼の視線がすばやく動いて、ぼくはようやく気がついた。彼は雪を眺めているのではなく、表通りやガラスに映る店内を見ているのだ。

「原因は公表されていなかったよね」

「人為的なものだった。巧妙に自然現象のように見せかけられてはいたが」

「何のために？　それに誰がそんなことを」

「誰かはわからないが、冗談でやっているわけじゃなさそうだ。管制システムは、民間の船舶だけじゃない、軍の艦艇の運行をも支えているんだからな。組織的な攻撃なのは間違いないが、一体どこの組織なのか」

「民間と軍、どちらが狙われているんだろう」

「まったくお前はいつまでも兵器会社の人間っぽくならないな。そいつらは両方の航行を乗っ取りたいんだよ。片方だと軍事的効果が半減以下だ。おかげで基地は厳戒態勢並みにピリピリしてる」

「それでここに？」

「まあそういうことだ」

酒好きの彼が、非番の夜にグレープフルーツジュースを飲んでいた。予断を許さない状況なのだろうが、ぼくはいまだ現実的な危機感を持てないのだった。

実験室の代わりに図書館に籠もり、翠雨推薦の図書を読み始めて三日後、ぼくは流体力学の講義に出席した。研究指導以外で、ベアトリスの授業を受けるのは初めてだ。

講義は今日で八回目だ。今までのぶんは映像資料として保存されており、昨日ようやく見終えることができた。

　教室に入ってきた彼女は、今日のテーマを簡単にガイダンスすると、何かを参照するでもなく黒板に数式を書き連ねていった。途中でアクセントとして彼女が実際に水槽を使って渦を作る映像や微分方程式の方向場のグラフをプロジェクターで見せたあと、授業時間を五分残して流体力学の基本方程式であるナヴィエ-ストークス方程式を美しく導出し、さらっと研究の最前線を紹介して授業は終わった。しかし、惜しむらくはただ一点、出席者はぼくを入れて五人だったことだ。

　学生たちが質問をすることなく去ると、ベアトリスがぼくに笑いかけた。

「明後日（あさって）はクリスマスイブだし、港が閉鎖されてなかったら、出席者はネルスくんだけだったかも」

「面白い授業なのに」

「やさしいね」

「ホントですよ。ぼくが数学専攻だからというのも少しはあるのかもしれませんけど」

「仕方ない。もともと数理系の学生は少ないし。ネルスくん、帰省（きせい）は？」

「イブに帰ります」

「テアも？」

「いえ、姉はL2なので。先生は姉といつ知り合ったんですか」

「五年くらい前の学会。同い年なのに私は院生で、テアは教授だったけど」

「えっと、先生も帰省するんですよね」

「うん、私もイブに帰る。船が出るといいけど」

授業後、ぼくは黒板拭きの手伝いをした。予算上、清掃スタッフは限られている。これくらいは当然みんなやっていることだ。ぼくは、古めかしいプロジェクターを片付けつつ、授業に出た理由を彼女に説明した。

「理論地図内に発生してる渦の分類論か。渦は最後の回でちょっとだけ話すつもりだったけど、じゃあちょっと前倒ししようか。研究の進め方としては悪くないと思う。あと、量子複雑系力学も見てみるといいかも」

「パターン形成とか不安定性論ですね」

次の授業を受ける学生たちが入ってきて、ぼくは彼女と教室を出た。

研究室でもう少し話そうかと誘われた。そうなると、ぼくがコーヒーを淹れたりして結構長居することになる。心安まるときが過ごせるだろうが、必要な学習が済んでいない段階ではぼんやりとした相談になりそうで、遠慮することにした。

流体力学にしろ量子複雑系理論にしろ、膨大な積み重ねがある。必要な箇所だけを拾い読みするべきだと思いながらも、昼は図書館で、夜は寮で、見つけた本や論文を読み漁ってしまった。四年ぶりの勉強らしい勉強で、楽しさだけが強調されているみたいだ。

翌日も自分の能力の限界と向き合いつつ、渦の分類のヒントが得られないまま図書館を出ようとするところで、イェスパーに声をかけられた。

質問があるという彼は、アトリウムのテーブルにつくやいなや話を切り出した。

「一九〇七年、アインシュタイン——と言ってネルスさん、わかりますか」

「その年にアインシュタインが人生最高のアイデアを思いついたという話だよね。等価原理だっけ。きみも何か思いついたということ？　哲学史に残るような」

「理論じゃなくて、問いですけどね。それも自己言及系なんで、ちょっと古いというか、恥ずかしいというか、等価原理ほど発展性があるかどうかはわかりませんけど、俺の人生のなかでは、最高に近いアイデアです」

「もったいぶらないで言ってみて」

「もったいぶってないですけど、あのですね、『問いを解くことは善か悪か』と、この前ネルスさんと別れた直後に思いついて、それからずっと考えているんです」

「それは」

と即答しようとして、言葉に詰まった。

「俺も最初は反射的に否定したんです。たまたま意味があるように見えるだけの、無意味な言葉遊びに過ぎないと思って。でも論理的に切り捨てられないんですよね。どうもひっかかる」

「ちょっと考える時間が欲しいんだけど」
「願ったり叶ったりです。自然科学をやっている人、特に知性定理を証明したネルスさんに考えてもらえれば」

ぼくが言おうとしたのは、彼もまず考えたはずの、問いを解くことは善悪という属性とは相容れないということだった。たとえば赤という色が奇数なのか偶数なのか、なんて考えるだけ無駄だ。色は数ですらないし、それどころか分数や小数についてだって、偶奇性を考えることはできない。ここには哲学的あるいは数学的な深遠などありはしない。カテゴリーミステイクというやつだ。

でも、問いを解くことに善悪というカテゴリーを当てはめて考えることは可能なんじゃないか。

倫理は人と人のあいだの理だ。問うのも解くのも人間的な行為である以上、倫理や善悪と無関係ではいられない。

問いを解けば、その問いが学問的に深遠であるほど、学問的にも社会的にも影響は大きく、遠くまで広がっていくだろう。問いの属する学問領域を軽く越えていく解もあるだろう。そして影響には一般的に良いものと悪いものがある。

つまり、問いを解くという行為に対して、善悪を考えることは可能なのだ。

四年前のぼくは、知性定理を公表することで何が起きるかなんて、全く考えていなかった。

ぼくの定理のせいで虚無主義が強まったという批判はあちこちから来たし、メールボックスには全く会ったことのない人間から罵詈雑言が毎日のように送られてきた。つい最近も、知性をまるごと扱うような研究は神への冒瀆だ、なんてメールも来た。だとすれば、こういうメールを正しく送り届けていく情報技術は神の愛なのだろうか。

「新しい技術は、よく倫理的な議論の対象になるよね」

「影響が想像しやすいからですかね。ただ、俺が思いついた疑問は、その一歩手前なんです。数歩かな」

「今ぼくが思いつく解答を言わせてもらえば――ある問いを解いたことが悪だったとしても、その悪はすみやかに解決すべき新たな問いに変換される。そして何度も解き直して、最終的には善に到達できるんじゃないのかな」

「楽観的すぎませんか。解くたびに悪化して、最終的に解く人間がいなくなるかもしれない。解答時間は無限ではないはずです」

「解くたびに悪化するというのは悲観的すぎる。実際は善と悪のあいだを揺れ動くだろうし、分野によっては善悪を評価することすら難しい。解答時間に限りがあることについては、感覚的には賛成だけど」

解決策が新たな難問を生み出すなんて珍しくもない。この島でも、過疎化を防ぐために大都市との定期便を整備したことで、ますます島の人口が減ってしまった。ぼくたちは虚無だけでなく、アイロニーにも取り囲まれているらしい。

「また言葉遊びみたいですけど、解いた結果が最終的に善になるか悪になるかはわからない以上、問いを解くことが善か悪かは決められない、というのはどうでしょう」

「無責任すぎないかな。未来に託すなんて。それに最終的な解っていうのもあやしい気がする。世界が続くかぎり、解は常に更新されるんじゃないのかな」

「確かに最終解は存在しないかも。仮に存在するとしても、最終的な結果で善悪を判断するのは、悪(あ)しき結果主義、単純な成果主義ですね。判定基準の候補になるかもしれないですけど」

　しばらくああでもないこうでもないと話しているうちに夕方になってしまった。ぼくも考えておくよと約束してその日は終わった。

「見てたよ」

　アトリウムで背伸びをしていると、ベアトリスが現れた。二階の研究室からわざわざ降りてきてくれたのだ。

「面白かったから来ちゃった。きみらの前では、おちおち計算もできないね。足し算は善か、微分は悪か、なんて考えるんでしょう」

「ハムレットですよ。生きるべきか、計算するべきか、それが問題なんです」

　彼女は大きな声をたてて笑った。爽快(そうかい)な笑顔だ。姉の底意地の悪い笑みとは比べるまでもない。

ぼくも笑い、彼女と目が合った。珍しいことでもないのに、妙に意識してしまった。誤魔化そうとして、席を立つと、後ろの机にぶつかって大きな音がした。

「じゃあ失礼します。明日実験してから実家に帰ります」

「がんばって。次会うのは来年かな」

別れた後も、彼女の仕草や言葉が気になってしまう。がんばって、なんて会うたび言われているのに。

ぼくは柄にもなく実験室のある地下一階まで駆け下りた。

そして量子ゼノン転送機に座り、翠雨と共に理論地図の前に立った。人類の知性の模型が、ゆっくりと蠢き、渦巻きながら浮かんでいる。

流体力学や関連の数学をざっと勉強してわかったのは、渦を記述する数学がまさに今盛んに研究されているという事実だった。二十世紀末まで単なる乱れとして捉えられていた渦が、実は物体の運動にとって重要な役割を果たしていると判明し、あるいは数学的な技術が開発され、二十一世紀になってから、非線形で非局所的な――扱いづらい渦までも構造が明らかにされつつあるのだった。

数学は他の分野のための便利なツールではない。アインシュタインの一般相対性理論にとってのリーマン幾何学のように、応用可能な数学理論があらかじめあれば幸運だが、ない場合のほうがほとんどだ。そういうときは――ニュートンみたいに自分で数学から組み上げられれば最高なのだけれど――もう、手探りで進めるほかない。

理論地図の〈空白領域〉表面に見出(みいだ)した渦はどれも似通っていて、翠雨も分類に手こずっていた。

「もっと単純に、渦度(うずど)や数で分類したらどうかな。形状による分類は後回しにして」

渦度とは渦の強度のことだ。

――現在観測できる十九万個の渦の渦度は、大小二つに分かれるようです。位置は理論表面に発生していること以外には特にパターンは見出せません。

「渦が発生しているということは、地図全体に、つまり知性のなかに速度差を生じさせて、理論を遅延させる構造か性質があるのかな？」

――その仮定で渦を再走査してみます。

〈空白領域〉の表面が拡大される。

翠雨の画像処理によって、渦のなかに混ざっていた、渦とは逆向きの流れが強調されて可視化される。

――〈空白領域〉の表層の凹凸(おうとつ)によって、渦とは逆向きの極小の二次渦列(うずれつ)が形成されているようです。

そしてその極小の渦の列が、あたかも理論の発展を遅らせる粘性(ねんせい)のように振る舞っているのだった。ということは、粘性を——つまり研究を遅らせる性質を——幾何学的な構造として取り出せるのではないか。そしてその幾何構造を鏡像反転させれば、理論を加速する構造も見えてくるのではないだろうか。

ぼくは自分の思いつきにどきどきしながら、翠雨に解析の方針を話し始めた。

「遅延構造の抽出と反転、できそうかな」

——できますが、私の演算力では二十時間ほどかかります。

「そんなに。イブになるね」

——L2のボール宇宙計算機なら数ピコ秒もかかりませんが。

だがあの計算機を使うためには、姉と交渉する必要がある。しかも姉はぼくの生来の姉一人ではなく、計算機のオペレーターとしてボール内に投入された無数の姉たちもいるのだ。さらに、あの計算機を使うということは、中に残したままの妹を使役することにもなりかねない。

「二十時間なら待つよ。結果は実家で聞くことになるけど。お願いしていいかな」

——もちろんです。

翠雨と共に、理論地図が速やかに無限遠に消え去って、ぼくは再び現実の世界に戻った。

4　勃発

地下実験室から一階に上がると、あたりがひどく騒がしい。どうやらみんな大学を出ていこうとしているようだった。

通りかかった顔見知りの院生に訊くと、軍の一部が北極海航路を全面封鎖したのだという。

「そのメガネでニュース見てないんですか？　クーデターです。ついさっき北極圏共同体政府が非常事態宣言を発令しました。みんな避難を始めてます。ネルスさんも急いだほうがいいですよ」

そう言ったフィンランド出身の彼は今日中にこの島を出て、さらに家族と共にとりあえず北極圏を離れるつもりだという。船があると良いんですけどと言って彼は去った。

ぼくが理論地図に入っていた一時間で、事態は様変わりしていた。量子ゼノン転送中は情報の乱れを排除するため――誰かの記憶情報が混ざったら、また魂の分離なんて話になってしまうから――外部からの通信は入らないようにしているのだが、翠雨の分身を置いておいて、彼女を通しての緊急連絡くらいはできるようにしたほうが良いかもしれない。それは今度青花と相談しよう。今はそれどころじゃない。

ベアトリスの研究室に向かいながら、メガネで情報を集める。

歩行の邪魔にならないよう輝度を落とした映像が視界の両端に流れ、簡素な評価関数によってインターネットから選別された情報が現れては消える。

ネット上には世界中の人々が思いついた憶測のすべてが書き込まれているようだった。

北極事変以来ずっと溜まっていた不満のために、軍が政権を掌握しようと動いていて、既に北極圏共同体代表を暗殺しているとか、思想的に突出した軍の一部が起こした反乱だとか、さらには周辺国が制海権を奪ったという話まであった。情報を集めれば集めるほど混乱しそうだ。

とはいえ、三十分ほど前に、確かに政府広報官が会見を開き、北極圏各地の政府施設の閉鎖を告げていた。そして会見の最後に非常事態宣言が発令された。

ぼくは色々な人とぶつかりながら階段を駆け上がり、廊下を曲がって、ノックもせずにドアを開けた。

ベアトリスは座ってディスプレイに向かっていた。彼女は一瞬視線をあげて、

「ネルスくん！　全体メール見た？　港にはもう船が残ってない。これからのことを相談したいから、ちょっと待ってて」

そう言いながら彼女はキーボードを叩き続ける。いつもはＡＩと話すのが苦手と言う彼女が――そういう研究者は多いのだけれど――今は首にかけたＡＩ搭載端末にも話しかけて、

至るところに連絡していた。

ぼくも翠雨に話しかけようと思ったが、今彼女は理論地図の計算の真っ最中だ。情報収集はメガネに初めから搭載されている廉価版の制御知能に任せて、ぼくは別のことをしよう。

研究室の隅の小さな台所は、ちょっと来なかっただけなのに、ずいぶんと散らかっていた。まずはゴミを捨てて、溜まっていた食器をすべて洗った。それから二人分のコーヒー豆をハンドミルで丁寧に挽いて、ゆっくりと湯を注いで豆を蒸らし、少し濃い目のコーヒーを淹れた。もちろんそのあいだにカップを温めることも忘れずに。

そのあいだにも、制御知能がインターネットから確度の高いニュースを集めてきてくれた。それまで不調だった北極海航行システムは乗っ取られて、北極海に配備されている無人潜水艦も、統合参謀本部によるコントロールを受け付けないという。

稼働中の無人潜水艦は、ひとつずつは全長十メートルほどの小型艦だが、五千隻が連動する〈群知能型兵器〉だ。群は自在に移動するが、基本的には全艦が平均深度一千メートルで、北極点を中心にした半径八百キロメートルの円を描くように待機して、北極海への水面上下の侵入を管理している。その全体が為す形状から、《環》と呼ばれている。大型の指揮専用潜水艦もあって、通常は円の内側の海域に潜んでいるが、基本的には五千の無人艦は——羊あるいは狼の群れのように——群知能を形成して、事態に対して最適な対応を自律的に選択し、行動する。

これまで《環》は、密輸船や密航船を取り締まっていたのだが、それは結果論であって、本来は軍事的抑止こそが《環》の存在意義だった。そのための実効力として魚雷や機雷が装備されているほか、指揮艦からは対空対地ミサイルも発射できる。無人潜水艦の数隻ならいざしらず、全部を乗っ取られてみると、改めてその威力が明らかになった。

乗っ取ったのは軍の一部、小規模のグループのようだった。今は北極海を封鎖しているだけだが、いきなり都市部を攻撃しないともかぎらない。

一応の状況を把握したぼくは、論文や雑誌や書類が撒き散らされたベアトリスの机にスペースを作り、台所の棚からクラッカーを取り出して、洗った皿に載せてコーヒーカップといっしょに並べた。

ベアトリスはまだどこかに電話をしていた。

ぼくは廊下に出て、アウスゲイルに電話をかけてみた。しかし、当然というべきか、いっこうに出ない。情報収集で忙しいのだ。

思いきって、ぼくは基地司令部代表に電話をかけた。平時なら大学の学長室あたりを通すべきだろうが、今は正規の手続きがますます事態を混迷させそうだ。非公開の関係者用番号だから、取ってもらえる可能性はある。外部からの連絡を一切謝絶するということはないはずだ。

期待通り、研修中に世話になった曹長が出た。彼は「ああ、アルマ社の」と納得して、すぐに上官に繋いでくれた。

「こちら司令室」

聞き覚えのある、女性の声だ。

「ネルス・リンデンクローネです。フルダ少佐ですか」

「ああ。三年ぶりだ」

電話ごしに話し声や走る音がひっきりなしに聞こえてくる。ぼくは自分と大学の状況を手(て)短(みじか)に伝えた。

「状況をうかがえればと思って。ぼくから適切な情報を大学側にも伝えます」

「アルマ社のきみなら問題ないと思うが、私では開示範囲が判断できない。大佐がかわると言っている」

基地司令と直接話せるとは思っていなかったのだが、せっかくの機会だ。これくらいの図(ずう)図(ずう)しさは、あの姉の弟を四半世紀もやっていれば、いやでも身につく。

「ネルスくん。久しぶりだな」

「大佐。お忙しいところ、ありがとうございます。覚えていただけていたとは思いませんでした」

「私は会った人間のことは忘れない。特にきみはアルマの優秀な社員で、しかもお姉さんはあのテア・リンデンクローネじゃないか。忘れようがない。情報は提供するが、伝える相手には注意してくれ」

「もちろんです。情報の扱い方はわかっているつもりです」

兵器産業に身を置く一人として、こういう言い方くらいはできる。アウスゲイルには無理するなよと、からかわれそうだけど。

さて、ラグナル大佐によると、ことの経緯は次のとおりだ。

共同体軍部の若手将校が部下の兵士百人を率いてクーデターを起こした。そのほとんどは《環》の指揮艦に乗り込んでいるようだ。

北極海の自由航行に反対する《大地派》という将校グループが主導したことも判明している。元々は北極圏の海底開発についての研究会だったが――北極圏軍の軍備拡張が圏内外で認められないことへの不満から――段々と思想的に先鋭化して、海底も海も含む領域全体を、自分たちを育む大地だとして、自ら保有するべく軍事的な研究を進めているというところまでは軍の情報部が摑んでいた。

北極海は半世紀以上も世界の都市間流通の中心の一つとして機能し続けている。

都市への人口集中は二十一世紀前半から急加速した。それによって地域内の面的な流通は極端に減少し、それに反比例して少数の都市間を結ぶ線状の流通が圧倒的に増加したのだった。郊外が失われ、食料自給率は全世界的に下降した。それゆえ北極海航路の重要性は年々高まるばかりで、その管理は北極圏共同体の手に余っていたのだ。

大佐によれば、二〇三二年から四十年以上にわたって、北極圏共同体は周辺国の衝突を回避し、北極海航路を安定させることに——圏民たちはその役割を望んだわけではないが——大きく貢献していたという。

ネット上ではクーデターが起きた原因を、北極海の氷の厚さとする意見も多かった。二〇五〇年代末に極小となった北極海の氷は、ここ二十年で再び厚く大きくなり始めていた。氷が厚くなれば、その面積も広くなり、船舶の高速航行のためには高い精度の管制システムが必要になる。氷の増減と移動によって航行可能なルートは常に変わり続ける。

北極圏共同体の行政も軍部も、そのための事務処理に追われるばかりで、航路についての理論も実践も半世紀のあいだ、ほとんど手つかずのまま放置されていた。《環》を乗っ取った百人は、大した苦労もなく、事を進めたに違いない。

「もうじき発表されるはずだが、この島はぎりぎり、《環》の内側にある。意図的に取り込まれたと見るべきだろうな」

「それはつまり?」悪い予感しかしないけれど。

「《大地派》の連中がこれから何をするつもりかは正直わからないが、状況次第では、島民はいつでも人質として利用されるということだ」

「では」あまり言葉にしたくないのだけれど、「ここは戦場になるかもしれない?」

大佐はすぐに否定した。

「そうなる可能性はかなり低い。きみも知っての通り、ここには監視用のレーダー施設と、哨戒艇があるだけで、重火器はまったくない。これはもちろん大地派の連中も知っている。私がクーデターの指揮官なら、ここには手出ししないよ」

大佐は終始静かに語り、ぼくも強制的に落ち着かされてしまったみたいだ。大した情報も与えられていないのに。

研究室に戻ると、ベアトリスも電話連絡が一段落したようで、机に置いておいたクラッカーを食べながら首をゆっくりと回した。

「学生の正確な所在地を確認しようって、学長が言い出して。でもさ、大学に提出している住所と実際の住所が違う学生が次から次へと出てきて。同棲とかルームシェアしてるんだよね」

ぼくは学部時代も今も寮住まいだからわかる。寮生登録を変更せず、友人や恋人と一緒に港町近くのマンションで暮らしている学生は少なくないし、寮生同士でどちらかの部屋にしかいないことも多い。ぼく自身はそういう話に今まで縁がなかったけれど。

「学生も子供じゃないんだし、危なくなったら逃げるよね」

「でも放置するわけにもいかない？」

「うちの研究室の所属の学生と院生とは全員、話ができた。でも大学の誰とも連絡のつかない学生が百人以上いて、職員と教員で手分けして確認してるんだ。まったく、こんな小さい島のどこに行ったんだか。でも私の担当分は電話して、出なかった子にはメールもした。ちょっと休憩する」

「それで先生はどうするんですか」

「きっと船はしばらく大混雑だろうしね。子供が先に逃げればいいよ」

「なるほど。そうですね」

「そうですねじゃなくて、きみは船に乗って逃げなさい」

「ぼくは二十五歳なんですけど」

「そうだね、院生はもう少し後のほうがいいかも」

どうも子供あつかいされているみたいだ。子供というより弟だろうか。

「あの、前から聞こうと思ってたんですけど、もしかして、あの姉の弟だから合格にしてくれたんですか」

「とんでもない。あのテアの弟なんて、絶対めんどくさいと思ってたくらいだから。普通にペーパーテストと面接で合否を判定しただけ。当たり前でしょ」

そう言ってくれるとは思ったものの、実際に聞くと笑みがこぼれてしまう。

「どうしたの。にやにやして」

彼女はぼくにコーヒーの礼を言うと、

「きみの実験、どうなった?」

「今ですか?」

「もうみんなに連絡したし。クーデターなんかより重要な話をしましょう」

ぼくはうなずき、今まさに翠雨に計算してもらっている内容を話し始めた。軍事的なことだけに支配されていた頭が少しだけ軽くなる。

「先生に言われて、理論地図から時間成分を抜き出そうとしてるんです」

そして遅延構造を鏡像反転することでまがりなりにも加速構造を作り出せたら、これまでの研究活動とは全く別種の——人工知能による研究とも異なる——理論の強制的な時間発展が可能になるかもしれないのだ。

「面白そう」ベアトリスはそう言って、やわらかな笑みを見せた。「その方向でどんどんやってみたら良いと思う。ただし、いつでも避難できるように、データは常にバックアップしながら。最小限の荷物を用意しておいて」

「ミサイルが飛んできたらどうしようもないですけどね」

「わかったようなことを言わないで。何のために研究してるの」

生き延びるために研究しているわけじゃないと思うのだけれど、では一体何のために研究しているのか、考えれば考えるほど、わからなくなってくる。

ロビーから外に出ようとすると、玄関は閉じていて、地下道を通るようにという紙が貼ってあった。

地下道は、北極事変のときに防空壕を兼ねた連絡通路として作られた矩形のトンネルで、装甲車が余裕を持ってすれ違うことができるほどの幅がある。

地下三階まで降りなければならないから、ひどい吹雪の日でも使う学生は数えるほどだったのだけれど、今はかなりの人通りだ。両脇の歩道にあたる部分には何人かの学生たちが何人かずつに分かれて座り込んでいる。そばには旅行鞄がいくつもあった。寮から運んだのか、あるいは港まで行ったものの船に乗れなかったのかもしれない。

「いきなりくるぞ」

地下道に点在する休憩スペースの一つを占領している男が、寝袋のなかから、特にぼくというわけでもなく通行人に向かって話しかけている。酔っ払っているらしく呂律が回っていない。

おそらく寮生だろう。

「死はいつだって氷の下で俺たちを飲み込もうとしているんだから」

ぼくは見知らぬ寮生に話しかけてみたくなったが、やめておいた。イェスパーが一緒だったらきっと、彼は自分だけは死を忘れていないかのように特権的に何かを言い当てた気分でいるんですよ、などと大声で言って、ケンカになる——という想像をして、つい笑ってしまう。

ぼくも研究を続けよう。島から出られないという準戦闘状態に対して、ささやかなりとも反抗的な行動をとりたかったし、そろそろクーデターを気にするのがバカバカしくなってきた。

食堂で一番豪華なディナープレートを食べて——ロボットをメンテナンスしつつ平常営業を続けるスタッフに感謝しつつ——部屋に戻ってシャワーを浴び、ベッドに寝転がった。

メガネのアラームで眠りが破られた。翠雨の二十時間に及ぶ計算が終わったのだ。

——理論の時間発展を停滞させていた遅延構造と、それを鏡像反転した加速構造、それぞれを示すK4計量です。

「続けてで悪いけど、加速構造を理論地図に適用できないかな」ぼくは彼女の示した複雑で華麗な数式に見入ってしまう。「擬エンリケス曲面上のファイバー渦として記述できたんだね」

それはつまり理論を数学的対象として書き下し、強制的に発展、進化させられるようになったことを意味する。

——ネルスがそう言うと予想して、最大運用可能な計算力で試してみましたが、地図全体どころか、一つの理論の加速についても、三ヶ月分の〈時間発展演算〉に十万時間以上かかります。

十万時間といえば、一年が九千時間弱だから、十一年以上だ。

「最大運用可能って？」

——大学全体の計算機を使わせてもらいました。

真面目そうな顔をして案外しれっと違反行動するあたり、青花にそっくりだ。ちなみに姉は堂々と違反するのだけれど。

——人間の時間スケールで現実的に〈時間発展演算〉が可能なのは、Ｌ２のボール宇宙計算機以外にありません。

「……今も衛星通信はできるんだよね」

——アンテナ施設は問題なく機能しています。

「じゃあ久しぶりにＬ２に行こうかな」

去年の夏のＬ２での実験から一年半、姉たちとの研究開発が進み、量子ゼノン転送は地球—Ｌ２間で通信できるようになっていた。実際は情報＝演算対の核部分だけをレーザー光に転写するのだけれど。

「あ、でも転送中にここが攻撃されたら戻れなくなっちゃうか」

——通信手段もしくはネルスの肉体が失われれば、情報＝演算対はＬ２に取り残されます。

ぼくは自分の肉体がなくなることまでは考えていなかったのだけれど、確かに転送中に《環》から何らかの攻撃を受ける可能性はある。

「きみはどう思う？　攻撃されるかな」

——青花の方針で、私には軍事関係のアプリケーションがありません。ネットワークから得られる解析ソフトで確率的な攻撃予測をしましょうか。

「いや、待った待った。ごめん。そんな物騒なこと、計算しなくていい」

どうも思考がそういう方向に行きがちだ。確率を聞いたところで、やるかどうかはぼくが決めるしかない。

ボール宇宙計算機には、地球上のすべてのスーパーコンピュータと量子コンピュータを合わせても敵（かな）わない。ぼくたちの宇宙とは物理法則が違う宇宙をまるごと使う、姉が思いついたほとんどデタラメな計算機なのだ。

そんな計算機の存在は、ぼくと姉と青花だけの秘密だ。論文に書くことはできない。ベアトリスに言うことも、姉は許さないだろう。ベアトリスには量子ゼノン技術のことも話していない。

量子ゼノン転送技術は安定こそしているが、今も検証段階だ。だからぼくは実験のたび、自分の生体データを姉たちと共有している。しかもゼノン転送は、人間の記憶を改変する技術に容易に転用できる。それを防ぐ手段を開発するまでは公開しないほうがいいし、知っている人間は少ないほうがいい。

ボール宇宙計算機については、ぼくと姉とで理由は異なるが、公開しないという点だけは一致している。姉はまだ人類社会に一つしかないボール宇宙計算機をひたすら自分一人で使いたいのであり、ぼくは妹がなかに取り残された状態をかき乱されたくないからなのだ。姉とすべての点で合致するなんて、望むべくもない。

ぼくたち姉弟は、共に個人的事情を優先しているのだった。ただ、姉によるボール研究が進めば、ボール宇宙に溶け込んでしまった妹を取り出せるかもしれないし、ボール宇宙計算機のより公平な使い方を思いつく可能性だってある。

しかし猶予(ゆうよ)期間を測る術(すべ)はない。ぼくたちは自分の知性を加速できたとしても、世界そのものを加速できるわけではないからだ。

ぼくは研究を続けよう。

「今からＬ２に行って、姉さんに頼んでみるよ。知性を加速することが可能なのかどうかは、結果に依(よ)らず、多くの人に関係する。いまそれを確かめるのは正しいことだと思う」

——了解。回線を開きます。

５　理論の籠(かご)

ぼくの姉テアと共同研究者の青花は、日本の大学に所属する研究者だ。Ｌ２の研究モジュールのうち、日本に使用権があるものは九つ。そのうち三つを彼女たちが使っている。

北極圏大学の地下にある量子ゼノン転送機でぼくの記憶を取り出し、レーザー送信し、L2で情報＝演算対として構成してもらう。L2―地球間は光の速さで往復十秒の距離で、それ以外にも通信機器による遅延が積算されるため、会話はひどく煩わしかったからだ。

「ネルス、そっちは大丈夫なの？」

L2―地球間の会話のために作った演算空間に、正方形のウィンドウが開き、黒髪の女性が現れる。青花だ。いつもデータのやりとりはしているけれど、顔を見て話すのは数ヶ月ぶりだ。向こうはL2の椅子に座って、情報＝演算対となったぼくを見ながら話している。

「今のところは安定、というか停滞してる。あいかわらず潜水艦に囲まれているから、メリークリスマスとは言い難いね」

今日はクリスマスイブだ。寮食堂ではささやかなパーティが企画されている。

ぼくは青花に研究内容と予想計算量を告げた。翠雨に作ってもらったファイルのアイコンを呼び出し、ウィンドウに送る。

青花は素早く目を通していく。途中で何度か眉を動かしながら。そして一息ついてから、

「ネルス、この計算をするということは、未来を見ようとすることじゃない？」

「未来のほんの一部だよ。科学理論によって、世界のすべてが決まるわけでもないし」

「それはそうだけど……何だか怖い気がする。私も見たい気持ちはあるけれど」

彼女が感情を言葉にするのは珍しい。しかも怖いだなんて。

ぼくはイェスパーの質問を思い出す。計算することの倫理について。

「姉さんなら何と言うかな」

「テアにはテアの考えがあるでしょう。だけど、ここで問われているのは、ネルス、あなたの倫理なのよ」

イェスパーは『問いを解くことは善か悪か』と考えたのだった。ぼくはもっと現実的な問い、『計算可能性を試すことは善か悪か』を考えなければならない。試せることを試してもいいのか？　方程式を解いて、天体の軌道を求めることは罪悪なのか？

姉の口癖を借りると、宇宙論的に言えば、宇宙の誰か一人でも思いつけば——知性定理については それがぼくだったわけだけれど——もう後戻り出来ないのではないか。

「量子ゼノン技術やボール宇宙計算機と同じように、うまくいったとしても、内容によっては公表はしない。公開したいときにはきみや姉さんに確認する。それじゃダメかな」

「私はあなたを信頼している。わかった。計算してみましょう。もしうまく行ったら、〈第二知性定理〉が証明されることになる」

「そうだね、第二定理だ」

あるいはこの前の定理を〈夏の定理〉とすれば、今回の定理は〈冬の定理〉と呼べるかもしれない。知性の翻訳可能性を示したのが夏の定理で、その実際の翻訳の一例がこの〈超時間翻訳〉とでも呼ぶべき冬の定理だ。

「姉さんは?」

「今L2の月例会議中だから、私から話しておく。テアがこの話を聞いたら、どんどん新しい計算手法を開発し始めるよ、きっと」

ボール内にいる無数の姉たちが喜々として理論図形を引き伸ばし、加工し、時間発展させていくのだろうか。

「じゃあ結果が出たら知らせる。ボール宇宙計算機に読み込ませるために理論地図をトランスコードするのに、そうだな、一時間みておいて。出力は一瞬だけどね。待っているあいだに、どういう結果になれば公表しないのか、考えておいて」

「それは、危険だったりした場合には」

「危険とは?」

「いや、どうかな。……ごめん、まだよくわからないんだ。前の定理のときからずっと考えてはいるんだけど」

「謝らなくていい。ネルスはそういうことを考え続けていればいいの」

「それは皮肉?」

「違うよ。全然違う」

計算が終わるのを待つあいだ、ぼくは情報=演算対のまま、ネットワークを動き回って北極圏に関するニュースを集めた。

　世界中の報道機関が言いたい放題、様々な予想を立てて大いに盛り上がっていた。北極圏共同体の軍備の貧弱さを笑い、《環》の攻略法を専門家気取りで議論しているのだった。環状に配置している五千隻の潜水艦群は主従関係を持たない。いくら撃沈されようとも、配列を変えるだけで、全体のシステムが失調することはないのだ。

　しかし世界中が本当に興味を持っているのは、もちろん潜水艦の位置ではないし、永久凍土の土地活用法でもなく、あるかどうかもわからない海底資源でもなかった。北極海航路がまた使えるようになる時期だけだ。

　港が封鎖されて丸一日が過ぎて、普段は頼まれても島から出ないような人々までもがこの状況に不満を言い出し始めた。実質的には一週間以上も島から出にくくなっていたことも大きいだろう。

　島と外界をつなぐ衛星通信は今も生きているので、インターネットにはこれまでと変わりなく接続できて、情報は届くのだが、物資が届かない。

　逆に島から発信される情報もあった。ＳＮＳはもちろん、教員や学生の一部が、北極圏共同体内外のマスコミにネットを介してインタビューを受け、個人的見解を世界中にぶちまけていたのだ。

　生鮮食品やコーヒーなど嗜好品が品切れを起こし始めていることも大きな理由だが、何よりも生活面でのささやかな自由が制限されているということに文句があるのだった。それはタバコを吸わないぼくも同じだ。タバコがなくなれば、タバコを吸う自由もなくなってしまう。

みんなに呼びかけて港でデモ行進を始めた寮生たちもいた。効果はなさそうだが、《大地派》がネットを見ている可能性は高い。とりあえず意思表示をしてやりたいということなのだろうか。

見かけ上は日常の平穏が続いていたが、それを支える島の住民たちには重々しい疲労と緊張が交互に積み重なっていた。限界が近いのは明らかだった。

再び青花のウィンドウが開く。

「計算、終わったよ」

「どうだった？」

「自分で見たほうがいい。ナビゲーターが待っているから」

いきなり視覚情報が切り替えられた。

処理が追いつかず、視界がぼやける。

「ここは」

「ネルスが大学で作ったデータを基に、ボール宇宙計算機で精密化した、理論地図の完全版。〈理論の籠(かご)〉ってところね」

徐々に見えてきたのは、姉の顔だった。相変わらず近い。身体を持った姉が目の前に立っていた。

「なんだ。ナビゲーターって、姉さんのことか」

「何よ、久しぶりなのにその態度は。わかってる？　私が計算したんだからね？　正確には私たち、だけど」

「わかってるよ。ありがとう。で、肝心の計算結果は」

「私たちの周りに広がっている、これ」

ぼくたちふたりの足元には、絵の具の塊（かたまり）みたいな理論地図が、先日のものよりもずっと複雑に、ずっと巨大なものとして広がっていた。そして離れたところで上方へと曲がって成長していく。ぼくたちは繊細かつ多彩な糸で稠密（ちゅうみつ）に編まれた、〈理論の籠〉の底に立っているのだった。

「解説してくれる？」

姉が指をぱちんと鳴らすと、籠は上のほうから消えていって、ぼくたちが立っているところだけがわずかに残った。落ちそうになると思って姉の両肩に摑まる。

「これが今まで数千年をかけて人間が獲得した理論のすべて」

ぼくは思わず爪先立ちになる。

「踏んでいるみたいで気が引けるんだけど」

「私たちはまさに過去の積み重ねの上に立っているんだから。——さっきの大きさの理論地図が、数サイクル分の宇宙年齢、およそ一億年かけて知性が辿り着くはずの理論。サイクリック宇宙論は知ってるよね」

「あとで勉強しておくよ。ともかく一億年をかけると、知性はさっきの大きさまで拡大するということ？」

「そういうこと。時間発展の様子を見てごらん」

再び姉が指を鳴らすと、ぼくたちが立っている小さな円は急激に加速度膨張をして、先ほどの籠の底面を形作った。それから先端部分が、何キロメートルも先で、ぐっと上に持ち上がる。これは今のすべての科学の発展を示しているのだ。

「知性定理の発見以降は、理論の発展の次元が上がって、上方向にも成長していく。ほら、いつまでくっついてんの」

ぼくは慌てて姉から離れて、籠の底を歩いていく。

先端では理論図形が、糸が編み込まれていくように、ゆっくりと成長を続けていたが、いきなり急激に速度を増す。ようやく籠らしくなって、加速は減速に転じたが、しばらくして再び加速を始めて籠はさらに上へと延びていく。

足元の籠に触れると、時間変化の詳細が読み取れた。

「時間加速作用素によって理論を強制的に成長させていくと、ある瞬間、インフレーション的な爆発的進化が起きるんだね。いずれ減速するのは感覚的に理解できるけど、しばらくすると再加速する?」

「そのあたりは私じゃなくて、私たちに聞いたほうが早いかもよ。呼ぼうか」

ぼくはその申し出を丁重に断った。

今やボール宇宙は、さらに百兆に分裂した姉たちが多様な存在様式で支配していて、ボール宇宙を丸ごと、宇宙最速の計算機として運用しているのだった。

異なる物理法則が支配するボール宇宙で姉たちは、自らを宇宙と一体化してどのように計算しているのか。研究者のはしくれとして興味はあるけれど、姉たちがそれぞれ個性を主張する、合唱のようなレクチャーを受けるのはまた後日にしてもらおう。

オリジナルの姉が話してくれた充分すぎる概説によれば、姉たちは元の理論群と時間発展させた理論群のあいだの代数的差分を取り出し、時間加速作用素そのものをさらに加速させたのだという。言うは易く行うは難しというやつで、実際にどうやったのかはさっぱりわからない。

宇宙物理学者の姉はこういう話になると止まらない。

「ランドスケープのうち、どれだけの知性が〈知性定理〉や〈理論の籠〉に辿り着けるのか。ランドスケープの分類理論ができるかもね」

ランドスケープとは、ありうる宇宙のすべての総体のことだ。宇宙の個数は、数え方によって異なるが、十の五百乗個とも見積もられている。

「知性定理は、ぼくが見つけられるくらいなんだから、きっとほとんどの宇宙で見つかってるよ」

「ばかネルス、それはすべての科学者に対する冒瀆だから。特に私に対しての。私でも見つけられなかったんだから、あなたはちゃんと自分を誇ればいいの。それに私が手伝ってあげたから見つかったとも言えるんだし」

姉はすべての研究者の代表として話しているみたいだった。もちろん姉にはその資格がある。

〈理論の籠〉はますます成長を続けて、ぼくたちはその成長する縁（ふち）に跳んだ。中身が読めなければほとんど意味はないのだけれど、とはいえ巨大な籠は知性そのものを示していて、そのほんの一部をぼくの定理が支えているのだとすれば、姉の言うとおり、確かに喜ばしいことだ。

姉が急にぼくを引っ張って、自分の方を向かせた。情報＝演算対になっている今のぼくたちには——意味がないから——平衡（へいこう）感覚はないが、視界が急旋回（せんかい）すればＶＲ酔い——乗り物酔いに似た状態になる。

「青花に聞いたよ。これ公表するの？　ネルス」

といって姉はぼくを見つめる。姉はたまに真剣になるから困る。

「ボール宇宙計算機のことは書かずに、〈理論の籠〉が存在しうることだけを発表しようと思う。存在定理だね。解が存在するということと、解を求めることのあいだには、大きな隔たりがある。あと、ベアトリスにはボール宇宙計算機のことを話しても？」

姉はにやっと笑って、

「たまには意見が一致するのね。それでいいよ、ベアトリスの件も。彼女と仲良くしてる？」

「……どういう意味？」

「ベアトリスは世界ありきの議論が好きだからね。ネルスと話が合うんだろうなと思って」

「ぼくも先生も、世界の根幹についての関心は持ってるけどね」

「はいはい、先生ね。まあいいさ。そろそろ帰りなさい。長時間のゼノン停止は脳に良くないんだから」

姉がそう言った途端、ぼくは強引にボールの外に弾き出され、青花の手で転送処理されて、地球の実験室で目を覚ました。

「……よくもまあ、こんなことを」

青花が撮影した〈理論の籠〉を見たベアトリスは、ソファに深くもたれかかった。彼女の言葉の真意が摑めず、ぼくは緊張する。

一億年後の理論を書き出すなんて、一億年後の北極点の天気予報みたいなものだ。しかし破局的な環境の激変が起きないという仮定の下では――それはいつだって強めの仮定だとぼくは思うのだけれど――北極点の気温が一定の幅のなかに収まるのと同様に、知性の発展についても、いくつもの条件を仮定した上で、ある程度は予想できる、というのが今回の研究の骨子だ。

半日かけてまとめた〈理論の籠〉存在定理のレジュメを、ベアトリスは楽しそうに読んでくれていた。

気づかれないように彼女を見ていると、急に彼女が顔を上げて、目が合ってしまった。

「きみの研究は一体どこにたどりつくのかなって思ってたんだけど、ここまで面白くなるとは思ってもみなかった」

「そうですか?」ぼくは声が上ずる。

「証明方法がテアたち頼みというのは少々気になるけどね」

分裂した姉たちが協力してくれなければ――比喩でもなんでもなく御機嫌伺いをして協力を取り付けなければ――さらに検証を重ねることはまったく不可能なのだった。

「今回の結果は、人間が知りうる、あるいは知りえないはずの未来までも見通すものとなっている気がするんです」

「なっていると思うよ。だからすごいんだし、面白いんでしょう? 面白く思わない人もいるかもしれないけど」

「きっといますよ」

未来を先取りしたら、今を生きる意味がないと言う人間は必ず出てくる。夏も、冬も。

「そうだとして、きみはこの研究を止める？　発表もしない？」

正直なところ、ぼくにはまったくわからなかった。自分の定理がどんな影響を及ぼすのかなんて、遥か一千兆年後の〈理論の籠〉にも書いていないだろう。複雑系理論を参照するまでもない。

「今回のぼくの定理は、誰かの仕事を奪うかもしれません。あるいは研究意欲や、もっと言えば夢を破壊する可能性だってあります」

実際――心配性のぼくはずっとデータを取っているのだが――知性定理の発表後に研究活動が停滞化したというようなことはまったくなかった。むしろ知性定理によって、人間の知性や研究についての議論が盛んになったのだった。

しかし、それでも、今度こそぼくは世界中に消えることのない虚無をばらまくことになるかもしれない。

「今の私たちにとってのすべての未知が〈理論の籠〉に書き込まれているわけじゃないでしょう。おそらく研究手法は大きく変わると思うけど。でもそれだって、これまでの科学者たちが経験してきたことだし。ネルスくんは安心して研究を進めて。何があっても、私が全力であなたを守るから」

　ベアトリスにそう言われると——そして姉は決してそんなことを言わないわけで——ぼくはひどく安堵できるのだった。

　とはいえ一方的に守られてばかりでは、いつまでたっても指導教官と教え子の関係は変わらない。

「ぼくもベアトリス先生を守ります」

「え？　何から？」

「いや、それはその、色々なものからですよ」

「ふうん」

　ベアトリスはきょとんとした顔でぼくを素朴に見つめていた。

　まさか友人の弟で教え子の院生に好かれているとは思っていないのかもしれないけれど、こういう方面の無頓着さは、姉よりもたちが悪いんじゃないか。

「じゃあこのままネットワークに上げておきますね。ああ、まだ先生ともう一人の教官の承認が要りますよね、修士論文ですから。はい」

　ここは一旦、戦略的撤退をしたほうがいい。感情がひどく波打っているのが自分でもわかる。何かおかしなことを言ってしまいそうだ。部屋を出ようとすると、

「おつかれさま。そうだ、ネルスくん。おめでとう」

ぼくは意味がわからず、振り返った。

「これで修士論文は書けたも同然だし、もう少し発展させれば博士論文にもなる。何よりも、きみが素敵な研究をしたんだから、私もうれしいよ。研究者仲間として。これからパーティしたいけど、こんな状況だし、今日はそうだな、握手だけ」

差し出された彼女の手を、ぼくはそっと握る。

彼女は微笑み、

「――うん、この騒ぎがおさまったらお祝いしよう」

不意を突かれたぼくは涙声でなんとか「ぜひ」とだけ言って、研究室を出た。

階段を下りながら、急にクーデターのことが腹立たしくなってきた。日常が失われていることがやっとわかった。いや、もちろんわかってはいたのだけれど、そうだと認めたくなかったのだ。

でもここでぼくに何ができるだろう。ぼくにできることと言ったら、たぶんこの研究を続けることくらいなのだけれど、じゃあいったいぼくの理論にいったい何ができるだろうか。

6　基地へ

イブの夕方になり、寮でのパーティに顔を出そうと地下道に向かっている途中で、大学の衛星通信施設が破壊されたと翠雨が知らせてきた。衛星からの回線信号が切れたのだ。施設は、大学と北岸基地のあいだのゆるやかな丘の上にある。海底ケーブルは無事で、外部との通信はできる。《環》を指揮する有人潜水艦からミサイルが発射されたと軍が発表していた。

攻撃理由は様々に推測されていたが、たぶんぼくやL2は無関係ではない。施設の通信量がL2との連絡のために激増していることはおそらく外部にバレている。しかもL2との量子レーザー通信は盗聴することができない。正確に言うと、盗聴したら量子情報が乱れてしまって、盗聴行為がバレてしまうのだ。物理法則が幾重にもぼくたちを守ってくれる。

クーデターの首謀者たちは通信量の急増から、政府と島民が脱出計画を練っていると考えたのではないか。彼らにとっての安全策を採ったのだ。

まもなく学生たちが競い合うようにドローンカメラを飛ばして、パラボラアンテナの燃えさかる様子の中継をローカルネットで始めた。

これでL2とは交信できなくなってしまった。〈理論の籠〉の進化シミュレートはL2でしか扱えない。大学内にある材料を使った、新たなアンテナの設置を提案したが、ベアトリスにすぐに却下された。

「絶対ダメ。そんなの作ってるのなんて、すぐに気づかれてまたミサイル撃ち込まれるだけでしょ。通信設備だったら北岸基地にあるんだし、おとなしくしてなさい」

「ぼくたちも通信手段は持っておくべきだし、Ｌ２に行かないと〈理論の籠〉の計算ができないんですよ」

「確かに研究を続けようって言ったけどさ、命と引き換えにしても続けろなんて言ってない」

そのときイェスパーが汗だくで部屋に駆け込んできた。手当たり次第に情報を集めているという。島にミサイルが撃ち込まれたということは多くの人に充分過ぎるほどの衝撃を与えたようだ。

「お二人とも、避難してないってことは、大学内にはミサイルは飛んでこないと考えてるんですね？」

ぼくが答える。

「たぶんね。あそこは誰もいない施設だから攻撃したんだよ」

「ちょっと！」

ベアトリスがぼくたちの話に割って入った。なんだか、さっきよりも怒っているみたいだ。

「ネルスくん。こちらに都合が良いように予想しないで。最悪のことを考えないと。アンテナだって、作ってるあいだずっと見逃してくれるって思ってたんでしょう」

イェスパーが驚いたように声をあげた。

「アンテナ作るつもりだったんですか、ネルスさん。さっきも予告なしの爆撃だったし、やばいですって。いやあ、さすが知性定理を証明した人はぶっとんでますね」

「茶化さないで！」

ベアトリスの怒声はもちろんイェスパーだけでなく、ぼくにも向けられたものだった。

「怪しまれるような行動は厳に慎むこと。寮でおとなしくしてなさい」彼女はため息をついた。「ネルスくん。あんまり心配させないでよね。私はきみのお姉さんじゃないんだから」

ぼくは小さくうなずいて研究室を後にした。何も言わずに研究室を出たのは初めてだ。


ぼくとイェスパーは寮食堂で向かい合って座った。彼と食事をするようになるなんて、先週までは思ってもみなかった。

食堂にはぼくたち以外に数人がいるだけだった。みんな地下道に退避しているのだ。

「あれ見ました？　生の野菜や果物を使ったメニューを数量限定にするって」

寮の地下には地熱を用いた栽培工場があるのだが、そもそもゼロに限りなく近い食料自給率をわずかに上昇させるだけのささやかなものなのだった。保存の効くものは充分にあるからしばらくはパニックなどにはならないだろうが、生鮮食品への欲求は徐々に増すに違いない。

「ところで」イェスパーが必要以上に声を潜める。「彼女のこと、いつから好きなんですか」

ぼくは何も言わない。

「誰でもわかりますよ。肝心の彼女は気づいていないみたいですけど」

「その話、まだ続くのかな」

「彼女、北極事変のときに弟さんを亡くしてるんですよね」

「何それ」

ホントに知らなかったんですかと驚いているイェスパーの話を手がかりに、翠雨が補足情報を検索してくれる。

北極事変と呼ばれる一連の紛争のなかで、唯一死傷者の出た衝突があった。半年で終わった、あの事変のきっかけとなった事件だ。

その日、米露加の三国の空挺部隊がほぼ同時に北極点パラシュート降下訓練を実施した。もちろん降りるのは氷の上だ。しかし北極点は常に北極圏全体を象徴する点ということで、前世紀からこちら、数え切れないほどの軍事的行為が実行されてきた。地球上で最も込み入った領土問題の一つだ。

同じ日、スウェーデン出身のベアトリスは両親と弟と共に、観光用の砕氷船から北極点付近の氷床に降り立った。ベアトリスは十歳、弟は五歳だった。

ベアトリスたちが北極点に立っていると、砕氷船のレーダーが三方から迫る航空機を捉えた。その当時は北極圏に政府は存在せず、三国とも告知もせず降下訓練という名目の軍事行動を始めてしまった。

三国の誰が初めに発砲したのかは今でもわかっていない。ネット上にはそれぞれに責任を負わせる記事があり、今も増え続けている。ともかく短時間のうちに数千発の銃弾が北極点を行き交うことになった。観光客たちが避難した砕氷船も被弾し、燃料タンクが爆発、ベアトリスの弟を含む十一名が死亡、ベアトリスたち三十三名が傷を負ったのだった。

だからあんなにぼくを止めたのか。

このことを知ったうえでも彼女に反抗してアンテナを作るほどぼくは愚かではない。それに〈理論の籠〉のなかに何が入っているかもわからないのだ。

「そろそろ部屋に戻る」

「ネルスさん!」

「アンテナ作りはしないって」

「違いますよ。ニュース!」

メガネの制御知能に音声命令を出すと、緊急ニュースがいくつも流れてくる。

クーデターを起こした《大地派》が初めて声明を発表したのだ。

「彼らの言っていることは危険ですよ。『仮想的潜在的人質状態にあった島民を現実的顕在的人質とする』って」

「カントが好きなのかな。ほら、超越論的間主観性みたいな」

そういえばカントは軍隊の廃止を主張した『永遠平和のために』も書いている。《大地派》の将校たちの何割が読んでいるかはわからないけれど。

「なんとなく似てるだけで、彼らの言い回しは全然哲学的じゃないですよ。言葉と真意が違う。官僚的っていうのかな。だって俺らはずっと人質だったじゃないですか。仮想的でも潜在的でもなくて」

「確かに。でも言い方を強めることで政府を脅そうというんだったら、ぼくたちにとっては、大差はないだろうね。どうせ人質なんだから」

「どうとでも解釈できるのが官僚的言説の特徴だし、危険なんですよ」

「ぼくたちもこんな状況で議論ばかりしてるけどね」

「ネルスさんも俺も、話すのが好きですから。でも解釈をし続けるよう、しむけられているのかもしれないですね。共同体の政府や軍は対応に追われてますよ」

ぼくとしても何かしたいのだけれど、ベアトリスからおとなしくしているように言われたばかりだ。彼女を怒らせたことを思い出して、ぼくはため息をついた。

「現実的な暴力に対しては、議論なんて無力ですからね」

「きみにしては常識的なことを言うじゃないか」

ぼくたちが手にしうる理論はこれから先、何億年、何兆年たっても、常識を乗り越えられないものばかりなのか。あの〈理論の籠〉のなかは空っぽなのだろうか。

「常識は大切ですよ。もちろん乗り越えたいですけど」

「ぼくも同感だね。イェスパー、ちょっと相談がある」

二時間後、ぼくは彼を説き伏せて、いっしょに地下道を歩いていた。

「絶対あとで怒られますよ。それにしてもこのバッグ、重いですね」

ぼくが作ろうと思いついたアンテナは、複数の小型アンテナをパラボラ状に配置することで電波を受信するものだ。量子ゼノン通信を可能とする入力ゲインを得るためには一枚の面状アンテナならば直径十メートルは必要で、そんなものはもう島内にないし、あったとしても設置して方角を合わせているうちにまた爆撃されてしまう。

その点、多体アンテナであれば、一つずつは小さいから、よほどしつこく回転翼機で探査でもしないかぎり、発見されることはない。

ぼくたちは基地を目指していた。基地に事前連絡はしていない。電話回線は《大地派》に盗聴されているかもしれないからだ。わざわざミサイルを撃つきっかけを与えなくていい。

それでも基地の様子は知りたい。アウスゲイルの個人端末にかけてみると、電話はすぐにつながった。

「よう、ネルス」

非常に小さな声だ。翠雨がデジタル補正をかけてくれる。

「忙しいみたいだね」

「まあな。溜まってた事務処理みたいなもんだ」

翠雨が会話解析アプリを使い始めた。クーデター勃発直後、ネットワーク上にあふれる様様な情報の真偽を推定するために、彼女自身が構築したものだ。アウスゲイルの声は先日港で翠雨も聴いているから、それとの差分を解析した結果がメガネに表示される。興奮と焦燥？　鈍感なぼくにはさっぱりわからないが、翠雨はかなり自信があるみたいだ。

「いま喋れないのかもしれないけど、気をつけて。ぼくはぼくで色々やってみる」

「お前こそな。俺の手間を増やすなよ、ネルス」

そう言うと彼は一方的に電話を切った。

迂回したせいで、基地まで三十分もかかってしまった。正門の受付には誰もいなかった。カウンターの奥の監視カメラが繊細な動きでぼくたちを捉え続ける。

「ネルス・リンデンクローネです。こちらはぼくの後輩のイェスパー・ヘーガード。緊急の用件でうかがいました」

ぼくたちはカメラに向かって両手を挙げ、武装していないことを示した。

一分ほど待っていると、

——ネルスくん。フルダだ。迎えをやる。

礼を言ってすぐ、基地の奥から二台のスノーモービルが雪煙を上げながら近づいてきた。運転していた兵士ふたりはほとんど何も言わず、ぼくたちを後部座席に乗せて、基地西側の地下バンカーに連れていった。ドローンミサイルを中心に、基地の対空対地兵器のほとんどが集められ、整備が進められていた。

ぼくたちが降ろされたのは、半円状に大きく開いたバンカーの入り口すぐの出撃待機場だった。半開きだったシャッターが背後で完全に下りた。

スノーモービルを降りると、十人ほどの兵士に囲まれた。全員、真っ白な冬期戦闘服で、銃も装備している。

――身体検査をします。

スピーカーからの声が合図だったのか、ぼくは両側から腕を掴まれた。上半身は全然動かせない。隣にいるイェスパーが声をあげた。

「イェスパー、大丈夫だ。準臨戦態勢のときの普通の対応だから」

ぼくたちはバッグはもちろん服のなかまで念入りに調べられてから解放された。

――そちらに行きます。

バンカー側面にある中二階からフルダ少佐が降りてくる。バンカーの天井に続く階段もある。基地司令部と繋がっているのだ。

「用心のためですので了承してください」

ぼくは咳払いをして、

「非常事態ですし当然です」

「そう言ってもらえると助かります。緊急の用件とは何でしょう」

「超伝導コイル十四個と、赤外線発信機を八つ分けていただけないでしょうか。もちろん後で返却します」

「返却すると言っても……赤外線発信機はまだしも、コイルは無理ですね」

基地には潜水艦に使われる磁気ブレーキ用の超伝導コイルがあるのをぼくは知っていた。研修中、倉庫には何度も出入りしたからだ。しかしコイルは高価だし、備蓄は二十ほどしかない。状況が急変して、共同体軍の艦艇がいきなりこの北岸基地に修理に来ないとも限らないから、技術将校であるフルダの意見はもっともだった。

一方の赤外線発信機は安価だし、基地には百個単位のストックがある。赤外線通信は、受信したデータを赤外線の明滅パターンに変換して伝える。百年前の技術であり、原理的には二百年前に確立したモールス信号と大差はない。情報を可視化して遠方に伝えるという意味では手旗(てばた)信号にも似ていると言えるだろう。これらは雑音に対する安定性が高いため、特に海軍では今も現役で使われている。

ぼくが――L2のことは隠しつつ――アンテナの必要性を説明しようとした矢先、

「できるかぎり協力しようじゃないか、フルダ少佐」

低く通る声がいきなり場を支配する。

上層に基地司令官ラグネル大佐が現れた。大佐に向かって、ぼくとイェスパー以外の全員が一斉に敬礼をする。ぼくたちも姿勢を正した。

彼は答礼し、おもむろに話し始めた。

「北極圏共同体の軍人として、圏民に協力するのは当然だ。それにアルマ社と我々は常に友好関係を築いてきた」

うなずいたフルダが兵士たちに目配せした。

ぼくはバッグを受け取って、

「大佐、ありがとうございます。あの、これでアンテナを作りたくて」

気象研究棟から拝借した〈空間固定装置〉を、返してもらったバッグから取り出し、空中で手放した。

蛇腹の両端に一つずつ球形の超伝導コイルが付いていて、一方のコイルが空中に停止すると、もう一方のコイルが半円を描きながら動いて、これまた空中で止まる。兵士たちが小さな声を上げるが、からくりを知っているフルダは驚かない。あと七つの固定装置を作りたいから、十四個のコイルが必要なのだ。

この装置に使われている常温超伝導コイルがひどく高価で、翠雨に調べてもらったのだが、大学には荒天観測用のものが一組しかなかった。

「なるほど。八つで分散型アンテナを作るんですね。待っていなさい」

原理は単純。コイルは超伝導金属をぐるぐると巻き付けた電磁石で、地磁気を磁束ピン止め効果によって捕まえる。それらを交互に三次元制御の蛇腹で動かせばいい。Ｌ２の船外移動で使ったし、球状モジュール内にボール宇宙を空間固定しているのも、このコイルだ。

フルダは兵士たちに命じて作業台を用意させ、自分は倉庫に資材を取りに行ってくれた。

「尺取り虫みたいですね」

イエスパーが耳打ちする。

「実際、尺取り虫からヒントを得た実験装置だよ。生物が使っている数学や物理を利用したデザインは珍しくない」

このシャクトリムシに小型のアンテナを取り付けて、空中に展開する。受信した電磁波に位置と時間の差分データを重ね合わせれば、送られてきた情報を復元することができる。一定の距離をとって空中に配置するから、レーダーで発見されたりミサイルで撃ち落とされたりする心配もない。

フルダが帰ってくるまで、もう少しかかりそうだ。銃を持った人たちに囲まれているというのは居心地の良いものではない。ぼくは大佐に話しかけた。

正規軍とクーデター派の睨み合いが続いていて、この島にミサイルが発射されたこと以外には何も変化はないという。ぼくたちにしてみればミサイル一発が大問題なんだけど。

「どうして彼らは今になってアンテナを破壊したんでしょうか。大学を外界から遮断したいなら、もっと早くするべきだったのに」

「あまねく攻撃には、実効的な目的以外に、様々なメッセージが含まれている。外界からの遮断は、あまり重要ではないな。基地には通信設備があり、光ケーブルも無事だ」

「……ということは？」

「民間人の多数いる大学が彼らの実効支配下にあり、《環》はいつでも攻撃が可能であることを伝え、同時に基地には損害を与えないという冷静さも見せている。各国が余計なことをしないように釘を刺したということだろう。クーデター発生からまる一日経ったからな、タイミングとしては自然だ」

大佐の説明はわかりやすい。

レーザー通信量が跳ね上がっていたことに気づいて——それがまさかL2との連絡とはクーデター側も思いもよらないだろうけれど——彼らが通信施設にミサイルを撃ち込んだ、というぼくの説と比べるまでもない。さすがの翠雨もぼくの味方はしてくれないだろう。

だけど真実は、あるいは正しさは、わかりやすいとは限らない。姉みたいな天才ではないぼくとしては、もちろんわかりやすい真実のほうが助かるのだけれど、現実としてこの世にある理論の多くはわかりにくいし、理解するのに時間がかかる。理論のまわりには、ぼくと翠雨が見つけた遅延構造みたいなものが渦巻いていて、ぼくたちの理解を遅らせているのだ。

とはいえ、わかりにくいからといって正しいわけじゃない。逆は必ずしも真ならず。論理学の基礎を無視するわけにもいかないし、大佐の説明を超えるようなアイデアは、とりあえず今は思いつきそうもない。ぼくが何か言いたげなのを見透かしたかのように、大佐は余裕たっぷりの笑顔を見せる。

「この状態はもうじき終わる。クーデターというのは短期間で終えるのがマナーだ。ここまで誰も殺傷していないところからも、連中はそれを理解していると見るべきだな」

「マナー、ですか」

「食事にも演劇鑑賞にも、そして戦争にも、マナーはある」

「研究や開発にもそういうものはあるかもしれません。記号の使い方にしても、公表の仕方にしても、マナーもあれば流行もあります」

「人間的な行為である以上、当然だ」

とはいえ結局のところ研究で大切なのは内容だ。そして研究とは新しさを追求するものなのだから、そこに固定的なマナーが入る余地は限りなく小さい。

そして軍事もまた、常にマナーが更新されていく――あるいはどんな振る舞いも固定化することのない、流動性極まる――最前線のはずで、マナーを重視する大佐の発言は、ぼくにとっては少々意外だった。

「北極の偉大な一部である海や氷は、我々にとって不可侵の風景でなければならない。現状の北極圏共同体軍は、北極海航路の安定を支えているわけだが、それが正しいことかどうかは、《大地派》でなくとも議論すべきことだがね」

どうにも大佐の話し方が、やわらかくも威圧的で、さっきから話しにくい。距離感や話すときのちょっとした仕草などでも、彼の流儀を押しつけようとしているようだ。アウスゲイルも苦労していることだろう。

「はい、どうぞ」

部下と共に戻ってきたフルダ少佐がぼくに段ボール箱を差し出した。

そして衆人環視のなか、ぼくとイェスパーは印刷しておいた設計図を見ながら、シャクトリムシに受信板と赤外線レーザー発振機を組み込んでいった。ハンダ付けは少しだけ経験のあるぼくが担当したが、新人研修のときと同じく、フルダも黙って手伝ってくれた。

「ネルスさん、けっこう器用ですね」

「全然そんなことないよ。ここで鍛えられたから少しはマシになったけど」

フルダと視線が合って、ぼくは笑いかけるが、彼女は少しうなずいただけで作業を続けた。

彼女が探しものに立ったとき、イェスパーが小声で、

「結構かわいいですよね」

「そういう発言はまたあとで」

残り二個になったとき、退屈したのか、ラグナル大佐が話しかけてきた。

「ネルスくん、お姉さんは今も宇宙におられるのだろうな」

「ええ。姉が宇宙物理学者ということまでご存知とは」

「私は軍学校で自然科学を学んだ。北極が誇る世界最高の知性のことは当然知っている」

姉はそういう呼ばれ方を好みませんよ、なんてぼくが言うはずもなく、形式的な笑顔で返した。

「大佐は軍学校ではどういったことを研究されていたんですか」

「レーダーの研究だよ。水中や地中を探査するためのね」

ぼくの手が止まっているあいだにもフルダはてきぱきと組み立てていって、一時間も経たずに八個のシャクトリムシ型アンテナは完成した。

ぼくたちはスノーモービルで基地正門まで送り届けられた。監視カメラに礼を言う。

——気をつけて帰りなさい。

フルダだ。彼女からぼくのメガネに、推奨ルートのデータが送られてきた。

「ありがとうございます」

イェスパーはすっかりフルダのファンになったらしく、カメラの前で大きく手を振っていた。

ぼくたちは大学に戻って、理学部棟の屋上からシャクトリムシたちを放した。八匹のシャクトリムシは翠雨のナビに従って、大学の遙か上空でパラボラ状に広がって、アンテナを構成する。

イェスパーを寮に帰し、ぼくは理学部棟の地下実験室からL2に飛んだ。

情報空間で姉のウィンドウが開いた。

「ネルス、爆撃のニュース見たよ。どうやって通信しているの？」

ぼくはこれまでの話をかなり省略して姉に話した。結論から手短に話さないと、すぐに姉は怒りだすのだ。

「分散アンテナね。ネルスにしては悪くない。あ、人工知能の提案か」

「はいはい、そのとおり、翠雨のアイデアだよ。で、どうかな。昨日言ってた一億年後の理論の内容、〈理論の籠〉から読み取れそう？」

「それならもう試した」

ここまで話が早いのは、姉が天才だからなのか、ぼくたちが姉弟だからなのか、多分どちらもが理由なのだろうが、それにしても姉は早過ぎる。ぼくとは生きる速度が違うのだ。

「言葉の意味が変わることは珍しくない。数学や物理学においても。それくらいはネルスにもわかるでしょ」

現時点の人類の理論をシミュレートした理論図形は——ユークリッド幾何学の〈点〉や

〈線〉に相当する――〈概念素〉や〈命題素〉という基本要素で形作られている。姉による加速計算は、もちろん基本要素レベルに対するものだった。一億年後の理論図形にも〈概念素〉や〈命題素〉は残っていて、構成上は元の形を留めているのだけれど、しかし一億年分の変形によって、もともとの意味通りには理解することができない。

それは――時間や〈空間〉、あるいは〈真偽〉や〈関係〉といった――およそほとんどの理論で用いられる〈概念素〉においても同様で、一億年後の〈関係〉をぼくたちの意味での「関係」として直訳しても意味が通らないのだ。

「でも変遷は追いかけることができるよね。しかも〈理論の籠〉は理論の変化の記録そのものなんだから」

「言っとくけど、ネルス、そんなに甘くないからね」

「姉さんがそう言うってことは、少しは読むことができたんだ」

姉は素直じゃないのだ。

「さあ、どうかな。自分で確かめてごらん」

姉がウィンドウごしにぼくにファイルを投げてくる。

「結論から言うと、加速した理論図形から、理論の内容を読み取ることはできた。少なくとも私にはね。自然言語と人工言語の混合として、ほんの一部だけだけど、何とか読めるレベルまで翻訳もできた。万人向けとは言い難いけど。いま見せてるファイルは、私による解釈も混じった、二重翻訳とでも呼ぶべきもの」

さっと目を通すが、意味のわからない単語や数式が並んでいて、読み進めることができない。第八幾何ってなんだろう？

「これは、足し算や引き算を知らずに偏微分方程式を解こうとするようなものかな。しかも非線形の」

「それってせいぜい数千年か数万年のあいだのことでしょ。人類が初めて四則演算をしたのはいつか知らないけど。今回はもっと大きな差がある」

いくら数学が人工言語だといっても、たとえば順序みたいな最も基本的な概念でさえ、一兆年後まで意味が同じである保証はないのだ。

「もしかしてこれは、地球上の生物と数学的に対話するような、いや、宇宙人と話すようなことなのかな」

「宇宙人についてはまた今度。こっち見て」

姉の手から別のファイルが渡される。

そこには時間や空間といった、幾らか見知った言葉が並んでいた。数式もなんとなく似たようなものを知っている。

「ああ、これなら頑張れば読めるかな。なにこれ」

「読めそうなところを探して、私が丁寧に翻訳したんだよ。二十一世紀の物理学から発展した理論図形のパターンを追いかけたの。編み物の糸を選り分けるみたいに。いま送ったのは、およそ一億年後に知性が到達するはずの理論。もう量子や時空なんて言葉はどこにも見当たらない」

ぼくとしては、自分が証明した知性定理の進展や、あるいは数学の発展の行方が知りたかったのだけれど、それはまた今の事態が落ち着いてから、姉に翻訳の仕方を教わりながら究明していこう。

「当然だけど翻訳してみるまでは理論の細部はわからないし、さっき言ったやり方で探した理論図形を翻訳しても、読めないことのほうが多い」

「人生は厳しいな」

「私たちの都合に合わせて、未来の理論を選び出すことはできないってだけ。未来の理論とのあいだには、その時間に応じた隔たりがある。過去の理論を読むのに苦労するのと同じように」

飛んでいる矢は止まっている、とゼノンは言った。空間上の二点のあいだには無限個の点があって、無限の点を通過するには無限の時間がかかる。だから飛んでいる矢は止まっている。ゼノンの逆説と言われる哲学的問答だ。

とはいえ、実際にはミサイルは飛んで、建物を破壊し、人を殺す。ぼくも姉も、情報＝演算対の妹ウアスラをボール宇宙に残したまま救えないでいる。理論や知性の限界は骨身に染みている。

　知性に一体なにができるのだろうか。宇宙年齢に匹敵する時間発展をした知性にも、戦争は止められないのか。

「テア姉さん、ぼくがやっていることは無駄な気がしてきたよ」

「……時間の果てに私たちが何を知り得るのか、私は知りたい。それだけで私は充分」姉はウィンドウいっぱいに顔を近づけて、ぼくを見つめる。「今回のネルスの仕事は全然無駄なんかじゃない。それに、戦争のほうが無駄に決まってる」

　アインシュタインやラッセルにも解けなかったことが、姉はともかく、ぼくなんかに解けるはずもない。ラッセル＝アインシュタイン宣言では、世界各国の政府に核爆弾を使わないように訴えているが、理論や言葉によって核戦争を回避できると、彼らは考えていたのだろうか。幸いにして一九四五年以来、百年以上にわたって核爆弾は使われていないけれど、彼らの宣言とは無関係だろう。

「宇宙や知性に終わりはあるのかな」

　ぼくときたら、自分もイェスパーと同じような質問をしているのだった。《質疑応答》と違って、回答者は世界最高の頭脳をもつぼくの姉なのだけれど。

　姉は、驚くほど真剣に考えてから話し始めた。

「宇宙の生成と消滅のサイクルはいつか終わるのかもしれない。結果的に、それが知性の最終サイクルになる。この第二知性定理は宇宙の終わりをも超えられるかもしれないけど。早く北極のバカな揉め事を終わらせて、一緒に研究するよ」

姉は数年に一度ぼくに少しだけやさしくなる。さっきもらった論文を見ていくと、ワームホールとあった。

「これは？」

「エキゾチック物質も要らないワームホールの作り方が書いてある」

姉はしれっと、簡単な料理のレシピみたいに言った。しかし、およそ科学について姉は嘘をつかないのだった。

エキゾチック物質とは、負の質量をもつという理論上のアイデアで、もちろん人類が探索できたかぎりの宇宙では見つかっていない。ワームホールを作るためには、そういうフィクションのような物質が必要となるはずなのだ。

「言っとくけど、ネルスのこの〈理論の籠〉くらいで、現実も虚構も超えられるはずもないんだから。人が通れるサイズを作るためには地球軌道規模の加速器が必要になる。建設に百年はかかるやつね。そんなものより、私が印をつけてるのがあるでしょう」

「ああ、これか。運動量非保存空間？」

「保存していないように見える空間、だけどね。ネーミングは後で考える。そっちで作ってみて」

「どうして?」

「面白いことが起きるから。面白いこと、ネルスだってすきでしょ」

ぼくが〈レシピ〉をもたもたと読んでいると、

「翠雨に送っておくから、残りは帰って読みなさい。わざわざ量子ゼノン転送で来なくても良かったのに。私とタイムラグなしに話したかったんでしょう?」

「なんのこと?」

「私はあなたの姉であって、恋人じゃないんだからね。何もかもを受け止めることはできないんだよ?」

姉は底抜けに意地悪く笑った。

「ベアトリスによろしく」

ぼくは黙ってL2の演算空間を出て、地球に戻った。

ベアトリスのいる戦場に。


ガウスやアインシュタインが見抜いた、幾何学と時空の対応関係、数学と物理学の双対性は、一億年後にも有効らしい。幾重もの翻訳と姉による解読を経て、そこに書いてある理論は何とかぼくにも理解できそうなものになっている。

ただ、姉の〈レシピ〉はひどく不親切で——というより姉なら理解できるレベルで省略されていて——翠雨による情報補完作業をへて、ようやくぼくは姉が言う〈運動量非保存空間転調機〉を作り始めることができた。

必要な部品はすべて大学にあるものだった。姉が未来の理論を嚙み砕いて再構成して、さらに翠雨が調整してくれたおかげだ。工学部棟からレーザー発振管を、総合棟から電源ケーブルを手に入れて、量子ゼノン転送機のあるいつもの実験室に運んだ。転送機に使っている真空装置が必要なのだ。

イエスパーからメガネに通信が入った。

「ネルスさん、いま何してます？　そろそろ寮食堂でクリスマスパーティ始まりますよ」

「いいね。でも今実験の準備してるんだ。きみが手伝ってくれたアンテナでL2と連絡が取れたからね。パーティにはあとで顔を出すよ」

「実験の見学してもいいですか？　俺、そういうの見たことなくて」

「ホント、きみも好きだね。勤勉なのか。地下の実験室にいるから」

ぼくは電源室からケーブルを伸ばして、量子ゼノン転送機の隣に置いた真空チャンバーの前後左右上下——六方向のバルブを開け、レーザー発振管をチャンバー中心に向けて設置した。球形のチャンバーから何本ものバルブが棘のように突き出していて、あたかもウニのように見える。

「微調整できそう？」

翠雨に尋ねる。

――ボール宇宙計算機でのシミュレーションデータが〈レシピ〉に添付されていました。

「じゃあそれを使わせてもらおう。できるかぎり安全な数値を選んで」

と言っても、何が起きるのかは、翠雨にも、そしてもちろんぼくにも、ほとんどわかっていないのだった。

電源を入れると六つの発振器が順に起動した。レーザー光が重なり合い、装置の中心で収束していく。

そのとき、底から突き上げられるように足元が揺れ、部屋の壁には一瞬でひびが入った。レーザーがずれて、装置が停止する。

「翠雨、今のは？」

――情報収集中。

入れ替わりにイェスパーが電話をかけてきた。

地下道からで、もうすぐ理学部棟に着くという。

「きみはこっちに来ないようにね。そこ、シェルターなんだから」

「そんな――」

そこで彼との通信が切れてしまった。回線が不安定のようだ。

「翠雨？」

——理学部棟のスプリンクラーが全館で作動しています。監視カメラの映像は、こちらが最も近いものです。

メガネに図書館の屋上のカメラ映像が映る。

理学部棟の屋上から煙が上がり、太陽光を吸収する有機樹脂が塗られた屋根や壁がちらちらと燃えていた。つまり——ぼくたちの頭のうえにミサイルが撃ち込まれたということだ。

「どうしてここに？　またバレたのかな」

——人は寮にいて、校舎は無人だと思われてしまったのかもしれません。ネルスを含めて二十人ほどがいるのですが。

「ベアトリスも？」

——入退出記録によれば二階の彼女の研究室にいるようです。

最小に見積もって、最悪だ。

ぼくが駆け出すと、メガネ全面にアラートが表示された。

——待って、ネルス！

翠雨が大声を出すのはよっぽどのことだ。

——L2からメールです。読むことを推奨します。

姉からだ。学校への攻撃を知って、それでも絶対に〈運動量非保存空間〉を完成させろと念押しをしてきたのだ。

「やってるけどさ。翠雨、メガネに補正指示を出してくれる?」

——了解です。

真空ポンプがウニ型チャンバー内の空気を抜くと同時に、翠雨がレーザーの照射方向を調整する。

——装置を作動させます。

真空内の一点に、六方向からレーザーが集まる。

姉の〈レシピ〉によれば、エネルギーは時空に磁石のような方向性のある偏極をもたらす。自然は偏りを嫌う。それゆえに局所的な偏極はすみやかに広がって球面を作り、球面はぼくの体を貫いて、島の外側へと広がっていった。

「できたのかな? 運動量非保存空間」

——動けばわかるはずです。

「動けばって」

装置のまわりをケーブルに気をつけながら歩いてみるが、特に変わった感じはしない。

今度は少し大きく腕を振ろうとしたら、腕が空気に、いや——空間に絡み取られて、ほとんど動かせない。

「何これ」

——一定以上の運動量を許容しない空間になったのです。

運動量の非保存ってこういう意味だったのか。でも、運動量保存の法則が破綻することなんてありうるのか？　物理法則のなかでも最も根源的なひとつのはずだ。

色々試してみて、ゆっくりとであれば腕も足も動かすことができると気がついた。素早い動きができないのだ。

——L2から送られてきた〈レシピ〉によれば、運動量は偏極時空を伝わって境界面の保持に使われているようです。

「これじゃ走ることもできない。だから姉さんはこれを作れって言ったのか」

——そうですね。ネルスが走れないということは、ミサイルが飛来することもできません。

この奇妙な空間は、ぼくの動作と〈レシピ〉を比較した翠雨によれば、装置から半径百キロメートルの球形に広がっているという。《環》は五千キロメートルの円上に一キロおきに一隻ずつ展開しているから、そのほんの一部、百隻ほどは強制的に武装解除されたことになる。

この島に限れば、もはや《環》は脅威ではなくなった。離れた無人潜水艦からミサイルが放たれたところで、この空間に入ってきた途端、運動量は奪われ、ミサイルは墜落してしまうのだ。

運動量とは、質量と速度——二つの物理量を掛け合わせたものだ。銃弾も発射できないだろう。

「光や音は伝わるんだね」

——ええ、こうして私たちが話しているように。

この空間は、あくまでも物質の運動量だけを制限しているのか、あるいは光の運動量にも上限が設定されているのか。理屈も含めて興味は尽きないが、今はそれどころじゃない。

ぼくは翠雨と話しながら、ぎりぎりの早さで実験室を出た。早くベアトリスの部屋に行かないと。

翠雨のナビを聞きながら、慎重に実験室を出て、一歩一歩階段を上がった。

一階は煙が充満していた。アトリウムには焦げた椅子やテーブルが転がっている。まだあちこちが燃えている苔の地面から天井を見上げると、天井が吹き飛んで、三階部分に大きな穴が空いていた。ミサイルはあそこに命中したのだ。

ベアトリスに電話をかけるが、いきなり留守番電話に転送されてしまった。

——ネルス、理学部棟を十人ほどが取り囲んでいます。監視カメラシステムが不調で、正確にはわかりません。

アトリウムの柱に身を隠しながら、ロビーの様子を窺うと、煙の向こうに人影が二つ浮かび上がった。建物の外側に数人が散開していった。

二人は白と灰色の冬季迷彩服姿で、腰には銃の入ったホルスターが吊られている。どちらも知っている顔だ。

ぼくは少し迷ったが、二人の落ち着いた顔を見て、柱から姿を出して声をかけた。

「ラグナル大佐。フルダ少佐。救助に来てくれたんですね」

大佐はロビーで立ち止まり、少佐はぼくに近づいてくる。大佐は腕を組み、

「先ほどの攻撃は《環》のなかにいる部下が、独断でやったことだ。しかし上官である私には責任がある。きみを保護するためにここに来たんだ。先ほどきみが作動させた装置といっしょに、我々と同行してもらおう」

色々なことがわかったぼくは、ため息をついた。

「ぼくは盗聴されていたんですね。シャクトリムシに細工したんですか」

兵士がつきっきりで盗聴する必要はない。ＡＩに随時テキスト解析をさせて、あやしい単語が出たら知らせればいいのだ。

「察しがいいな。それにしても、この空間はすごいな。ここまで来るのも一苦労だ。〈レシピ〉を見て、きみと人工知能の会話を聞いても、私は半信半疑だったが、フルダ少佐はきみならやると主張していたよ。さすがはテア・リンデンクローネの弟くんと言ったところか。《環》を切断してしまうとはな。《環》にいる部下たちは根っからの軍人なのでね。武装解除を快く受け入れる軍人はいない」

さっきから大佐はぼくの味方だと言いたいみたいだが、口調にも表情にも、隠しきれないぼくへの怒りが滲み出ている。

強い感情を向けられて、ぼくは自分がしたこと――姉がやらせたこと――を理解した。《環》はクーデターの唯一の基盤だった。その一部を切り裂けば、じきに共同体の艦隊がなだれ込んでくる。クーデターはもう終わりなのだ。

フルダ少佐がまっすぐぼくに向かって歩いてきた。あの装置が動いているかぎり走れないのはみんな平等だが、包囲されてしまえば、逃げることはできない。姉さん、こんなことになるなんて考えてなかっただろ。

ラグナル大佐が一歩ぼくに詰め寄った。

「大佐、クーデターの真意をうかがってもよろしいですか」

「簡単な話だよ。我々は北極圏共同体の軍隊であり、北極のために行動するべきだ。しかし実態は、他国のために北極海航路の平和を維持しているにすぎない。神聖な北極海に自由航行など要らないんだよ。こんな不自由で動きにくい世界を強制的に作り出したネルスくんならわかってくれるだろう」

「ここだって日常生活も生産活動も、ほとんどのことはできますよ。暴力的に人を傷つけることはできませんけど。言葉の暴力は可能です」

「そのようだな。《環》の指揮艦に乗っている部下にも散々なことを言われたよ。もはや部下ではないか。私の指揮下を離れ、独自に行動するそうだ」

もはや大佐には、フルダ少佐以下、ここにいるわずかな部下しかいないということだろうか。

こうして話しているあいだにも、じりじりとフルダが近づいてくる。右手には北極圏共同体軍の制式銃、左手には長く分厚い刃のナイフが握られている。

銃弾は発射されないが、ナイフはどうなのだろう。あの美しく研がれた刃なら、ゆっくりとぼくの皮膚を切り裂くことができるだろう。

「ぼくを殺してどうするんですか、フルダ少佐」

「殺しはしません。このバカげた空間を元に戻して、《環》を復旧したのち、きみと装置は我々の船に移ってもらいます」

彼女がナイフを構え直して、ぼくに言葉を促す。船で一体どこへ行こうというのか。ぼくは口からでまかせを言った。

「装置はもう動いていないんです。流れを止める機能はありません」

それはもちろん嘘で、たぶん装置を止めれば時空の偏極は消え、空間は元に戻る。しかし彼らに教える筋合いはない。

フルダがぼくに銃口を向けた。

これは明らかに意味のない脅しだ。運動量の大きな銃やドローンが使えないことは、ここに来るまでに彼女も確かめているだろうから。だとすれば、もしかするとミサイルも発射しようとして、できなかったのかもしれない。

彼女はぼくを睨みつけたまま、なおも近づいてくる。大佐を一瞥したが、さっきから黙ったままだ。彼女の言動に同意しているということだろう。

彼女は躊躇いなく距離をつめた。

「知性定理のことは私なりに理解しているつもりです。事ここに至っても、私たちが理解し合えると思いますか？」

ぼくたちが理解し合えるかだって？

「時間があればきっと」

フルダがもう一歩近づいた。

「残念ですが、時間はありません」

このまま連れ去られて、遅かれ早かれぼくは殺されるのだろうか。

人生は甘くない。——なんとかして生きて。

なんとかって言われても、ぼくにできることは時間稼ぎくらいしか残されていないのだけれど。

フルダの後方で腕を組んでこちらを眺めている大佐に、ぼくは大声で話しかける。

「この島が《環》に囲まれているのは、島民を人質にするということよりも、首謀者であるあなたがいる北岸基地に北極圏や他国の軍を近寄らせないためだったんですね」

「さすがだな」

「ぼくなんか連れていっても無意味ですよ。姉と違って、人質としてもあんまり価値ないし」

「そんなことはない。この空間をアルマ社で研究されても困るのでね。きみには我々の下で、同じものを作ってもらう。電磁兵器よりも強力な局地戦用の兵器となるはずだ。きみも北極の偉大な一部なんだよ」

「北極は関係ありません。局所的にしか成り立たない正しさは、ぼくの求める正しさではありません。ラグナル大佐の正しさは、今ここで成立しているんでしょうか」

「ネルス・リンデンクローネ！」

フルダが叫び、ゆっくりと、しかし乱暴にぼくの両足を蹴り払って、ぼくを地面に倒した。それから、起き上がろうとしたぼくの背後に回って、片腕でぼくの首を締め上げる。

彼女がぼくの耳元で囁いた。

「抵抗しないように。苦しいだけです」

彼女は正確に加える力を強めて、ぼくの喉を潰していった。ぼくは彼女の腕を引き剝がそうとするが、無駄な足掻きであることは、朦朧とした状態でも簡単にわかる。ぼくは心地よいまどろみのなか、彼女に背負われた。

直後、ぼくは放り出され、苔のなかに顔を突っ込んだ。フルダが目の前で膝をついている。彼女の左腕には長い棒が刺さっていた。矢だ。それが彼女の腕を貫いたのだ。

何の音も聞こえなかったのは彼女も同様のようで、さらに姿勢を低くして射手を探している。

「大佐！」

彼女が叫んだ直後、大佐は短く唸ってその場に倒れた。

そして大佐の背後にいた人物の姿が、ぼくにも見えた。

「遅くなって悪かったな。ネルス」

その人物が警棒のようなものを、倒れている大佐の首から離した。反対の手には長い銃のようなものが握られている。ゴムで矢を射出するスピアガン――作動音の小さい軍用のものだ。矢は数十グラムしかないし、銃弾よりはかなり遅いから、運動エネルギー非保存空間の条件ぎりぎりで飛ぶことができる。

「アウスゲイル大尉！　待て！」

フルダの叫びを無視して、ぼくの友人は、二の矢で彼女の右腕を射ち抜いた。彼女は苦痛に顔を歪め、うずくまった。

二人が動けないことを確認してから、彼はぼくに近づいて、

「このおかしな空間はお前の仕業なんだろ。ネルス。助けるのも一苦労だ。ここならガス戦、いや電子戦が中心になるか。これ、お前の会社の新商品じゃないだろうな」

「確認したいんだけど、アウスゲイル、きみはどういう立場なんだ？」

「司令室のほとんどがクーデター派でな、俺はずっと探ってたんだが、お前と最後に話した直後から拘束されてたんだよ。まあ、そのお前のおかげでこいつらが基地を脱出して、俺も自分の部下に助けられたってわけだ。あとはそこらにいる残党を捕まえれば、今回の騒ぎは終わる」

「次回があるみたいな言い方をしないでほしいんだけど」

ぼくは締め上げられていた喉をさすった。これはしばらく濃いあざが残りそうだ。

「次の戦いはあるさ。それに俺が参加するか、あるいはお前が巻き込まれるかは別として。銃が撃てないくらいで、この世から戦いが消えることはない」

「……どうかな」

「何をしたのかは今度くわしく教えてくれよ。俺はこれから部下たちと後始末だ。――フルダ少佐。自分で歩いてくれ。おい、ネルス！　どこに行くんだよ！」

8　少し複雑な話

ロビーからアトリウムに進むと、焦げ臭さが急に強まった。煙と粉塵(ふんじん)が立ち込めているが、ためらっている場合じゃない。ぼくはアトリウムの奥に進んだ。

「ネルスさん！　無事で良かった」

そう言って階段を上がってきたのはイェスパーだった。地下道にいろって言ったのに。でも、

「助かるよ」

「――え、あれってフルダさん？」

玄関の外側で、アウスゲイルに指揮された部隊が、ラグネル大佐とフルダ少佐を連行していた。

「ああ、大佐がクーデターの首謀者だったんだ」

フルダは後ろ手に手錠をかけられ、足を引きずりながら歩いていた。

イェスパーがためらいながら手を挙げた。それに気づいた彼女は彼のほうを向いて、一瞬やわらかな微笑みを浮かべた。


ぼくたちは積み重なった瓦礫をかきわけ、湾曲したドアをこじ開けた。それからパソコンや論文の束をかきわけ、部屋の奥のデスクを持ち上げた。

「先生！」

ぼくは彼女の体のうえの本や瓦礫をよけながら、彼女がケガをしていないか確かめていく。しかしぼくでは――いくらメガネを使っても――骨折や内出血まではわからない。早く医師

に診(み)てもらわないと。

「……やあ」

何度も呼びかけた末に、ようやく返事があった。

イェスパーと二人で、ベアトリスを引きずり出した。

彼女は完全に脱力していて、ずっしりと重い。

ぼくは着ていたセーターを脱いで、彼女をくるんだ。

「また次のミサイルが来たら、大変……だから、二人は、逃げなさい」

「もう何も来ませんよ」ぼくはイェスパーが差し出したペットボトルの水をベアトリスに飲ませた。「姉が〈理論の籠〉の中から、運動量の上限を定める理論を取り出して、今この島でできるのは散歩くらいなんです」

「なに、それ」

ぼくが二人に説明をしていると、北極海航路が解放されたという報道がL２の青花からメガネに送られてきた。《環》の指揮艦にいた軍人たちが降伏したという。

「この爆撃だって防げなかったし、知性なんて暴力の前ではほとんど無力なんですよね」

ぼくの言葉に、すっかり落ち着いたイェスパーがいつもの調子にもどって反応する。

「いやいや、なに言ってんです。《環》を無力化したってことは、クーデターを終わらせたのはネルスさんやお姉さんの理論じゃないですか。なんていうか、ネルスさんの考え方って、虚無主義に近いですよね。知性も知性定理も無駄だと思っているんですか?」

ベアトリスがぼくの腕のなかで、ぼくの代わりに答える。

「無駄なんかじゃないよ。少なくとも私は助かった」

ぼくは、自分や姉の理論が、何かの役に立つとかじゃなくて、理論の持つ美しさによって評価されたほうがうれしい——なんて言うのは今日はやめておいた。理論のおかげでとりあえず今日ぼくたちが生きているなら、それはそれで悪くない。

しかし電磁障壁などとは比較にもならない防衛兵器を作り、しかも実戦で使ったことは、結局、善だったのだろうか。なるべく穏当な手段を使ったつもりではあるけれど。

「ネルスさん、来週は《質疑応答》あるんですか。質問したいことが溜まっちゃって」

「大学自体、しばらく休みになると思うよ」

「アトリウムもなくなりましたね」

「だけど話だったら、どこででもできる」

イェスパーはぼくの発言の正しさを確かめるように何度もうなずいてから、まわりの様子を調べると言って出ていった。

そして、そうだ。彼がいなくなると必然的にベアトリスと二人きりになるのだった。

ここで彼女に思いを告げるのは倫理的に問題がある気がする。ぼくに恩義を感じているかもしれない状況で——姉だったら何にも感じないに決まっているのだけれど——彼女はぼくに引け目を感じたりせずに、公平に返答してくれるだろうか。

　でも、それは彼女を過小評価していることになるような気もする。ベアトリスはこういうときでも正確な判断をしてくれる。だからぼくは彼女を信頼しているし、心惹かれたのだった。

　曖昧な倫理のまま、それでもぼくはベアトリスに想いを伝えたいと強く思う。

　ここにはベアトリスとぼくだけだ。二人きりの倫理であれば、今ここで構築できるんじゃないだろうか。

「先生、少し複雑な話をしてもいいですか」

「なにそれ。私に理解できるかな」

　ベアトリスがふざけて笑う。少しは元気になってきたみたいだ。

　ぼくもつられて笑ってしまう。

「すぐにわかってもらえると思います。無駄な理屈を削れば、すごく簡単な話なので」

「いいよ。時間はあるんだから、全部話して」

「でも先生はぼくの姉じゃないから」

「そういう言い方はずるくない？」

「確認しておきますけど、ぼくは先生のこと、姉と思ったことなんてないですから」先生はぼくのことを弟と思っているかもしれないけど。

「そう？　私も、きみのことを弟と思ったことはないよ」

吹き抜けにされてしまった天井から外気がはいってきて、部屋は氷点下になっていた。

ぼくたちは自然と身を寄せる。

それからぼくは複雑になりすぎない程度に、ぼくたちの倫理について、彼女への気持ちについて話した。

途中からベアトリスの顔を見られなくなってしまった。言葉が勝手に紡がれていく。話し終えても、まだイェスパーは帰ってこない。

「ネルスくん。こっちを見て」

ぼくは決意して彼女と視線を合わせる。

彼女の笑みが何を意味しているのか、ぼくには永遠にわからない気がした。何サイクル分の宇宙を計算すれば、その深淵を読み取ることができるのだろうか。

めちゃくちゃになった部屋のどこかで時計が零時を告げて、ぼくとベアトリスは今日が何の日かを思い出した。一生に一度くらい、こういうクリスマスがあってもいいかもしれない。

楽園の速度

Paradise Velocity

1　姉と姉たち

近しい人が――ぼくにとっては姉さんが――知っていることは、ぼくも知っているような気がする。ぼくには永遠に理解できそうもない難解な理論も、無限の果ての宇宙の姿も、そして姉自身のことも。

そう言うと、ぼくが認識できるだけで一千兆を超す姉たちが一斉に発言を始めた。姉の記憶情報のコピーから生成された〈情報＝演算対〉だ。

「はあ?」「姉弟だから?」「オカルト?」「ネルス」「自分で知っていることしか」「知らないんだよ」「知性定理によって」「すべての知性が同等だと証明されたとしても」「バカね」「私の知っていることと」「あなたの知っていることには関係がない」「知りなさい」「知ることが」「知ることだけが」「他に何を」「するっていうの」

ぼくが言いたかったのは、姉とぼくが因果律を超えて――光速を超えて――情報共有するなんて可能性の話ではない。もっと、ずっと簡単な、子供じみた想像の話だ。

姉が十二歳で日本に旅立って、時折ぼく宛てに絵葉書を送ってくれた。ぼくはそれを見て、自分も日本にいるような気になったものだ。しばらくして姉が大学で物理学の研究職に就いたときには、高校進学前のぼくも学者になったかのような気になった。

ただの気分の問題だ。子供の頃から自他共に認める天才だった姉が今いる地点まで、ぼくなんかが行けるとは思っていないし、思ったこともない。ただ、そこに姉がいるという一点において、姉の見ている風景がぼくにも見える気がするのだった。

誰も見ていない風景を想像することは難しい。でも、どんなに遠くても、姉が見ていると思えば、ほんの少しだけ身近なものに感じられる、ということだ。

そして莫大な数の姉がいるようにぼくには見えているけれど、それは現時点のぼくの思考様式が限定されているからに過ぎない。ぼくたちの宇宙のなかに姉が見つけたボール宇宙は、物理定数はもちろん、存在様式からして異なっている。姉たちがどのように混在し、あるいはどのように遍在し偏在しているのかは、ぼくにはうかがい知ることも難しいのだ。かつて姉の一部だった姉たちは変容を続けて、もはや姉本人に戻すことは不可能だった。

「いつも言っているでしょう、質問にはストレートに答えて。〈翻訳戦争〉のことを知っているのか知らないのか」

「わかったよ。知らない、聞いたこともない。……その翻訳戦争の翻訳って、〈理論の籠〉の翻訳のことだよね」

「そうじゃなければ、ネルスに用はない。〈理論の籠〉の翻訳をめぐって、擬似戦争状態になっているんだよ」

姉がぼくを二年ぶりにL2に呼び出したのは、ぼくの妻ベアトリスの妊娠がわかった次の日のことだった。姉の簡素なメールには、L2管理機構が発行した滞在許可証が添付されていた。ムダな抵抗だと思いつつ、出産の準備もあるしと返信してみたものの、姉は直（じか）に会いたいと言って譲（ゆず）らなかった。

いつもわがまま放題の姉とはいえ、この二年だけを見ても物理学と数学において注目された論文をいくつも発表し、最近は史上最高の物理学者と名高い我が姉は、姉独特の面白さを追求することはあっても、無意味なことはしない。

呼び出しの強引さから、何らかの——たとえばボール宇宙が不安定化したといった——緊急事態が起きたのかなと思って、ぼくは言うことをきいて宇宙までやってきたのだった。

ボール宇宙のなかにはぼくの妹がいる。加えて、ボール宇宙あるいはそれを利用したボール宇宙計算機はL2にしか存在せず、しかもそれを知っているのは——姉とぼく、それから姉の共同研究者である青花（ティンファ）と、ぼくの妻のベアトリス、そしてぼくたちの妹ウアスラ——全世界でたった五人だったから、実験や調整をするというなら、ぼくが手伝わないわけにはいかない。ぼくができることと言ったら、何かの被験者くらいだと思うけど。

三ヶ月ほど前、今年の春にぼくは第二知性定理を公開した。現存する様々な理論は、強制的に時間発展させることができる、という定理だ。現時点でぼくたちが知りうる理論の総体

——それは赤血球みたいな凹（へこ）んだ円盤状をしているのだけれど——を時間加速すると、次第に籠のように拡張する。それを〈理論の籠〉と呼んでいるのだ。成長した〈籠〉からは部分的に意味のある理論を取り出すことはできるが、それは古代文字や格子（こうし）暗号の解読に似て、姉の個人的な数学力がなければ、翻訳はほとんど不可能なのだった。なお、冬に証明したから、個人的に〈冬の定理〉と呼んでいる。

証明全体はかなり長いものになった。現実の理論が発展していく過程のデータから、遅延構造を抽出し、それを時間反転処理することで時間加速構造を構成するところまでは、ＡＩの〈翠雨（すいう）〉にやってもらった。彼女は、青花が作った人工知能だ。公開技術に基づいているが、最高水準のものだ。

だが、その時間発展演算子を理論に作用させる計算では、Ｌ２にあるボール宇宙計算機を使わざるをえなかった。

姉は、〈ボール宇宙計算機〉とそれを使うための基礎技術である〈量子ゼノン転送〉の存在は公表しないほうがいいと言い、ぼくもそれに賛成していた。どちらも間違いなく軍事技術に転用されてしまうからだ。ボール宇宙計算機は情報戦のバランスを一挙に瓦解（がかい）させてしまうし、量子ゼノン転送された兵士の知性が無人戦闘機を操縦する光景なんて想像したくもない。

姉は量子ゼノン転送技術については、ぼくと同様、悪用されることを忌避（きひ）しているようだった。しかし現状一つしか見つかっていないボール宇宙については、他の研究者たちに見せることで、自分が研究できる時間が減ってしまうのがイヤだというのが本当のところだ。

一千兆の姉たちがぼくを中心とした九十一次元の超球を形作り、そのうちの一人の姉が顔を寄せてくる。この姉は今のぼくと同じ・L2の量子ゼノン転送機によって情報＝演算対としてボール宇宙へと撃ち込まれた、本物の姉だ。

「ネルス、〈理論の籠〉のその後の研究状況はどれくらい把握してるの」

「ぼくなりに情報は集めてるよ」

四年前、宇宙内の知性はすべて翻訳可能だという第一知性定理を発表したとき、思わぬ過剰な反応が巻き起こった。その多くは、知性定理のせいで知性の自由度や可能性が失効してしまった、というような誤解に基づくものだった。ぼくはできるかぎり反論となる情報を発信したつもりだけれど、いまだに知性定理のせいで虚無主義が世界的に広まったと見る向きは少なくない。

第二定理の発表のときには、慎重に準備を進めて、ぼくは翠雨に情報収集を指示した。妻で指導教官でもあるベアトリスは様々な分野に顔が広く、ぼくは彼女が紹介してくれた研究者や報道記者たちからも定期的に連絡をもらうようにしている。今のところ第二定理については、〈理論の籠〉の存在の予言しか発表していないこともあり、あるいは個々の理論をメタ的に扱うという抽象性もあってか、感情的な反応はほとんど見られない。

「わざわざ二人して別の宇宙に入らなくても、Ｌ２にだってプライバシーはある。姉さんはアウスゲイルを疑いすぎだ」

　姉はぼくと二人きりで話すと言って、半ば強引にぼくを量子ゼノン転送機に座らせ、いつのまにか増えていたもう一つの席に自分も座り、二人の〈情報＝演算対〉をボール宇宙に撃ち込んだ。姉は宇宙物理学者と称しているが、宇宙とはすなわち森羅万象のことで、ここ最近も量子力学でも流体力学でも基本的な仕事を、つまり物理学にとって重要な研究を続けているのだった。

「あんなの連れてきちゃって」

「ぼくが連れてきてもらったんだ。姉さんが一刻も早く来いって言ったんだろ。文句を言うなら、この前みたいにチケットを送ってくれれば良かったんだ。滞在許可証だけじゃあ足りないよ」

　北極圏共同体軍のアウスゲイル——昨年末に北極圏で起こったクーデターを鎮圧したことを評価されて少佐に昇進した——の宇宙視察に同行する研究者という立場で、今回ぼくはＬ２に来たのだ。

「仕方ないでしょう。最近のＬ２管理機構、ますます厳しくなっちゃって」

　クーデター以後、世界中で防衛意識が高まり、ありとあらゆる場所のセキュリティレベルが二段階も三段階も引き上げられた。観光地化している月面基地と違って、L2は基本的に一般人が訪問できるところではないのだけれど。

「呼んでから一週間でここに来たことだけは褒めてあげる。でも他にも方法はあったでしょ。今のあなたは第二知性定理を証明して、注目されている研究者なんだから、アメリカか中国の研究所のポストに就く条件としてL2に来る権利をくっつけるとか」

ぼくはため息をついた。ため息は子供の頃からの癖だ。姉さんは簡単にポストなんて言うけれど、姉さんじゃあるまいし、そんな話はまったくなかった。博士号を十七歳で取得する少し前に日本の大学の助教になった姉とは違うのだ。

「アウスゲイルに話してみたら、たまたま月やL2を視察する予定になっていて——」

「たまたま？　北極圏共同体は去年のクーデターからこっち、宇宙軍創設を考えている。ネルスは利用されたんだよ」

姉は露骨に肩をすくめ、姉たちは「ばかばかネルス」「ばかネルス」と合唱を始めた。

「姉さんたち、うるさいよ。で、ここに呼んだ理由は？　姉さんこそ本題に入ってよ」

姉たちがざわつくなか、姉は躊躇いなく話し始めた。

「戦争って言ったでしょ。第二定理のせいで人が死んでいる。虚無主義どころの騒ぎじゃない。数え方にもよるけれど、少なくとも二桁は死んでいる」

「どうして？」

姉が調べたのであればそれはもう本当なんだろう。通常レベルのＡＩと比べても、姉の調査能力には敵わない。検索するべき条件を見つけるのが、姉は天才的に上手いのだ。

しかし第二知性定理でぼくが発表したのはほとんど数学における予想みたいなもので——ある方程式の解が存在するかもしれないというレベルで——現実的な物事からは何重にも隔たっている。戦争のようなひどく現実的なものとは無縁のはずだ。

エヴァリスト・ガロアは若くして死んだけれど、あれは数学とは無関係の政治的な事情で決闘をするはめになったからだ。ガロア理論によって五次方程式の解の公式が存在しないことが証明されたから死んだ、と言う人間はいない。数学専攻の学生が自殺をする話は珍しくもないが、それはもちろん、研究している数学の理論が原因ではなくて、研究という行為から生じる——あるいはそういうものとはまったく関係のない——様々な社会的な状況が原因なのだ。

姉は、ぼくの理解の遅さを咎める目つきで言葉を継いだ。

「〈理論の籠〉を実際に計算して、さらには翻訳するための諜報戦が、第二定理の発表直後から起きている。情報技術の奪い合いね。いま死んでいるのは各国の諜報機関の人間だけど、いずれ戦闘の規模はもっと大きくなる。この前のクーデターがままごとみたいに思えるほどに」

「でも、どういう技術を？　〈理論の籠〉はＬ２にしかない。それを知っているのはぼくたちだけだ」

「だから呼んだんでしょ。相変わらず鈍いんだから」

地球で最良の多元量子コンピュータの計算量でも、現時点の理論地図から、ほんの少し未来の〈理論の籠〉を算出するのに何十年もかかってしまう。たかだか一つの理論図形を数年分だけ時間発展させるのがいいところだ。それもかなり省略した形で。

直径三メートルのエネルギー球殻に包まれた——ドメインボールと呼ばれる異なる宇宙を包み込んだ構造体をそのまま使った——ボール宇宙計算機には、ぼくたちの宇宙と同じだけの時空量子が含まれていて、そのすべてを使って並列計算を行う。何らかの物理情報が入力されると——この宇宙とは似て非なるボール宇宙内の物理法則に従って——変換された物理情報が出力される。地球上の量子コンピュータをすべて合わせても、ボール宇宙計算機に敵うはずもないのだ。

「だから本当は、〈理論の籠〉じゃなくて、ボール宇宙を入手すべきなんだろうね」

「各国も、何か特殊な計算機があるかもしれないと気づいてる頃かもね。量子コンピュータとボール宇宙計算機のあいだには、無限と言ってもいい隔たりがあるからね」

無限の距離を半年ほどで超えたのは姉なのだが、姉はそういうことを自慢したりしない。姉にしてみれば至極当然のことだから自慢するという発想にならないだけで、謙虚では決してないのだけれど、こと研究に関して見栄を張ったりしないのは唯一の美徳と言っていい。

「そうか、それでぼくが狙われるんじゃないかと予想して、ぼくをここに呼び出したのか。でも、Ｌ2が最も安全ってことはないし、ボール宇宙計算機で何かをしようと思ってるんだろ、姉さんは」

ニッと歯を見せて姉が笑う。ぼくの推論が当たったのだ。

周囲で姉たちが声を立てて笑い始める。音量は翠雨が自動調整してくれるが、それでも充分すぎるほど耳障りだ。

「さっきからうるさいんだけど。姉さん、姉さんたちを静かにさせてくれないか」

「彼女たちと私の量子エンタングルメントはとっくに切れているんだから、私に言っても無駄。それに私たちは誰かの言うことなんてきかないよ。たとえ私の言うことであっても」

一千兆の姉たちは一人だけとっても、ぼくの情報＝演算対の数万倍の情報量を持っている。自我はあるし、ぼくよりも遥かに賢い。ぼくなんかじゃあ、姉たちのうちの一人だって説得できるはずもない。

「ぼくたちが狙われているという根拠は？　スパイは様々な理由で殉職する。ぼくや知性定理と関係があるとは限らない」

「根拠は明白。私たちを調査したファイルを見つけたの。ボール宇宙計算機を使ってネットワークに侵入してね。そして、ネルスの誘拐も準備している国や企業は、複数ある」

ボール内では余計な肉体感覚はないはずなのに、ぼくは眩暈を感じてしまった。誘拐計画なんて、ひどく不愉快だ。そして姉はボール宇宙計算機で各国の情報障壁を突破したという。完全に犯罪だ。そんなハッキングをしたから狙われているんじゃないのか？

「痕跡はすべて消した。ボール宇宙計算機にはそれができるんだから」

「だって。〈理論の籠〉は公表していない。存在を示唆しただけだ」

いくら籠のなかに何千年何万年先の未来の理論が入っているとしても、籠を見つけられなければ何の意味もない。

「忘れたの？　去年のクリスマスイブ、あんなに堂々と、島を丸ごと包むほどの広範囲に〈運動エネルギー非保存空間〉を作ったじゃない」

クーデターのさなか、ぼくが首を絞められているとき、寮の学生たちはそんなことが起きているとも知らずに、非保存空間を——階段から跳んだり物を落としたりして——色々試したことを動画に撮って、クーデター終結後に全世界に公開してしまったのだ。

「最低限の推論能力をもった人間であれば、あの時点で〈理論の籠〉が存在することはわかる。幸い、彼らは数学や物理学の論文を読む趣味を持っていないみたいだから、私たちに辿り着くまでに半年以上かかったけれど」

非保存空間を作る前に動画のことまで警戒できたかもしれないが、あのときは戦闘を終わらせるのに必死だったし、なにより戦場にはベアトリスがいた。気づいていたとしても、ぼくは未来の理論を使っていた。

そして島を覆った位相膜や公開された動画を見た多くの国や企業は、自分たちで計算するよりも、当の論文の著者であるぼくと姉を誘拐したほうが早いと結論したのだ。ぼくにはむちゃくちゃに思える理屈だが、姉は当然だと考えていた。

「合理性は、人間とは無関係な、数学的で物理的なものだからね」

「むしろ、人間から完全に離れた合理性なんてないんじゃないのかな。人間だって数学的で物理的な存在なんだから」

「またネルスのへりくつが始まった」「始まった」「始まったったら始まった」

ぼくは肩をすくめただけで何も応えなかったけれど、へりくつを言っているつもりは更々なかった。

論理の正しさは、究極的には人間の納得によって支えられている。論理的推論と感覚的判断がズレることはあるけれど、何かを理解し、納得するときには、論理と感覚が不可分に一致しているものだ。

ふと思う。姉は人間が嫌いなのではないだろうか。もしかすると自分のことも。ぼくが姉をじっと見ていると、

「ちょっと！　ネルス！　私の推理を疑っているわけ？」

「まさか。正しいと思っているよ」

およそ論理的な推論に関して、姉が間違うはずがない。本当にぼくたち姉弟に危険が迫っ

ているのだ。研究者を誘拐して無理矢理なにかを研究させるなんて効率が悪いように思うけれど、考えられないような未来の理論を一国で占有できるならば安いものかもしれない。憂うべき事態であるはずなのに、姉はまたニヤニヤし始めた。まるで楽しんでいるみたいに。

「もしかして姉さん、自分とぼくを餌にして、敵をおびき寄せるつもり？」

子供の頃、よくスパイごっこに付き合わされたことを思い出す。あのときは両親や町の大人たちを仮想敵としていたものだ。

「さすがにそこまでは考えてないよ。私は別に好戦的ってわけじゃないから。でも万が一のことがあれば、私が何とかする」

「何とかって言われても。今すぐ地球に戻りたくなってきたよ」

ベアトリスと彼女のお腹の子供に、危険が及ばないとも限らない。

「わかってるって。だからさっさと〈理論の籠〉をすべて翻訳して、全世界に公開する。それでこの騒ぎは終わり」

姉はいつも最短経路を選ぶ。

真に狙われているのは、ぼくでも姉でもなく、〈理論の籠〉に含まれる未来の理論だ。今それを利用できるのがぼくたちだけだから、ぼくたちを誘拐しようなんて物騒な話になる。だったら未来の理論をすべて読めるようにした上で公開してしまえばいい。

「誘拐犯がここまで来るのが先か、ぼくたちが翻訳を終えるのが先か。速さの勝負というわけだ。そして知的速度で、姉さんと姉さんたち、そしてボール宇宙計算機に勝てる存在は、この近傍宇宙に存在しない」

「そういうこと。翻訳戦争は潜在的なまま、そうだな——三日以内に終結させる。それで私は研究に専念できるし、ネルスは奥さんや赤ちゃんの世話をしに地球に帰れる。めでたしめでたし」

姉の理屈はわかる。

でも、いつものように乱暴すぎる手段だ。

「公開する翻訳結果のなかに、一瞬で地球どころか宇宙を破壊するような理論が含まれていたら？」

そういう事態を防ぐ理論も翻訳結果のなかに含まれているかもしれないが、理論を適用するのは人間だ。いくら二兆年分の理論を手にしても、知性そのものが変化するわけではないし、賢い人間が破滅や虚無を志向しないという保証もない。

「そこまで面倒見切れない。ただ、たとえば十七世紀のニュートンに、二十一世紀の高校生でも理解できる共形場理論を見せたとして、何が起こると思う？」

「普通の高校生にはかなり難しいと思うけど」

共形場理論とは二十世紀末から研究が始まった素粒子理論の一つで、普通の大学院生にもなかなか難しいはずだが、そういえば姉は十二歳のときにその理論に関する論文を書いたのだった。

「ニュートンなら、必要なテキストや論文を渡せば、最速で最先端まで理解するだろうね」

「なんといってもニュートンだからね。でも十七世紀において、共形場理論で何ができる？純粋な数学としては楽しめるでしょうけど、物理学としては実験もできないし、応用なんてできるはずもない。当時の技術力では真空管も作れないんだから」

つまり姉は、二兆年後の理論を読めたとしても、二十一世紀の人間にはそれを応用した新兵器を作るのは難しいと言いたいのだ。理論と技術は別のものであり、理論をいくら計算上で時間発展させても、技術水準までは変えられないということだ。ぼくもそんな気はするけれど、確証はない。あくまで予想だ。

「それにさ、二兆年後に見つかるはずだった理論で、いま地球が滅びるなら、滅びがたった二兆年だけ前倒しになっただけでしょう。宇宙論的に言えば、大した時間差じゃない」

「宇宙にとっては短い時間かもしれないけど、二兆年のあいだに人間は変わるし、社会も倫理も変わる」

「それこそ根拠のない予想。議論はもういい。翻訳理論を完成させるから、手伝って」

「でもぼくに姉さんを手伝えるかな」

「知性定理の研究代表者はネルスでしょ。〈理論の籠〉だって考えたのはネルスだし。それに、たぶんネルスにしかできないことがある」

「翠雨と相談するから待ってて」

「もう！　なんで！」

ぼくは姉の文句を無視して、内的回線を開き、翠雨に意見を求める。ぼくが一人で考えるよりはずっといい。翠雨との会話は、姉には聞こえない。

しかし人工知能の翠雨の態度は——彼女に感情は与えられていないから当たり前なのだが——ひどく素っ気ないものだった。

——私に与えられたデータでは、人類の滅亡時刻を予想することは不可能です。私ではなく、世界一の頭脳を持つテアお姉さまともっとよく話し合うべきでは。

「自分で自分の間違いに気づくことは難しい。姉さんであってもね。姉さんはぼくの言うことなんて聞かないし。だからきみと話してるんだ」

——お姉さまはネルスの言うことだけは聞くと思いますが。私の論理演算では、お姉さまの論理に矛盾は発見できませんでした。〈理論の籠〉が全訳されれば、高い確率で、ご姉弟を誘拐しても無意味な事態へ移行するでしょう。

「さっきから気になってるんだけど、そのお姉さまって何？　きみ、ぼくや青花のことは呼び捨てにするくせに」

——そのように登録されています。

翠雨は青花が原型を作った。とはいえ、青花は姉を研究者として尊敬してはいるだろうが、お姉さまと呼ばせたりは絶対しない。姉がどこかのタイミングで勝手に書き込んだのだ。

「姉さんのことはテアでいいから。呼称の変更を」

——お姉さまでなければ、変更できません。

ぼくはため息をついた。

「翻訳が済めばぼくたちが狙われなくなるというなら結構なことだけど、世界全体の事態はどういう方向にシフトするんだろう。予測できる範囲でいいから計算してくれないか」

——世界という指定は多義的なもので——

「そりゃそうなんだけどね」

しかし、だから議論しても無駄だ、姉に任せよう、というわけにはいかない。地球が粉々になった後で、未来のことはわかりませんでした、なんて言い訳はきかない。その場合、ぼくの言い訳を聞いてくれる人もほとんど残っていないだろうけど。

「ちょっと！」姉がぼくの顔の前で叫ぶ。「いつまで人工知能と秘密の相談してるの。自分で決めるしかないでしょ」

「わかった。ぼくに何ができるのかわからないけど、翻訳は手伝う。だけど翻訳結果を公開するとき、もう一度考えさせて」

「また先延ばしを。早く帰りたいくせに」

「帰りたいよ。できれば姉さんも連れて、ね」

姉は露骨に不審そうな顔を見せ、それに同期するように姉たちも嫌そうな顔をぼくに見せた。

「だって、姉さん、もう十五年も北極に帰ってないだろ。日本の大学は四月スタートだから十六年か」

ぼくたちの両親はグリーンランドの小さな島でペンションを経営している。二部屋しかない小さなペンションだ。母がフロントクラーク、父はコックだ。従業員はおらず、ロボットやドローンを駆使しながら何とか切り盛りしている。

両親はペンションを継げなどと言うタイプではないが、さすがに姉がずっと帰ってこないことは気にしている。

姉は、宇宙にしか興味がないというわけではないはずだ。故郷や家族に頓着しないのなら、こういう事態であってもぼくのことも放っておくはずだし。

「時々電話はしてるよ。二年前に結婚相手はいるのかって言われてからはしてないけど」

「二年間電話してないなら、時々してるとは言えないね」

「ネルスが結婚したんだから、私は結婚しなくていいでしょう」

「ぼくがしたからって、姉さんがしたことにはならない。さっき姉さんが言ったんだろ」

「言ったのは私たちの誰かでしょ」

そのとき青花から、緊急の呼び出しが入った。

ボール宇宙と外部で連絡ができるよう、最近になって姉と青花が改良したのだ。ボール内外で物理法則が違うため、情報量の少ない音声通信しかできないけれど。

「L2全体が原因不明の振動をしている。念のため二人はボールから出て」

青花が言うが早いか、量子ゼノン転送の緊急終了シークエンスが実行されて、ぼくと姉はL2の量子転送機で目が覚めた。

2　翻訳戦争

転送終了後、ぼくがぼんやりしているうちに、姉はヘッドギアとベルトを外し、無重力のなかを泳いでクリーンルームを出て、青花のいるコントロールパネルに並んで座った。ぼくも半覚醒のまま、椅子を離れた。

姉と青花が手早く情報を整理していく。二人はもう七年も共同研究をしているのだ。無言での共同作業はお手のものだ。

振動は小惑星やデブリの衝突によるものではなかった。

異物衝突は宇宙空間で最も起こりうる事故であり、L2外壁には移動物体が一センチ以上なら探知できる中遠距離用カメラが数多く備(そな)え付けられている。万が一、物体が監視網から漏れて表面にぶつかったとしても、Ｌ２周辺に浮遊する無人機によって分析と修復が始まるはずなのだ。

そしてそれらは今、作動していない。外壁は無傷なのだ。

「おい、何か手伝えることはないか」

コントロールパネルを眺めていたぼくに、アウスゲイルが話しかけてきた。軍人として、不測の事態にじっとしていられないようだ。しかしぼくとアウスゲイルは、ここでは部外者であり見学者だ。できることはほとんどない。何が起こっているのかもわかっていないのだ。

再びモジュールが震え、金属の軋(きし)む音が円筒の空間に満ちる。

Ｌ２には、人間の移動などによる微細振動を抑えるための能動的制動装置が多数設置されている。振動が発生すると逆向きの制動がかかり、少なくとも人間が体感できない程度まで弱めるように設定されている。今回の振動は、その制動可能範囲を超えているのだ。

「テア、ボールの中心位置が十センチずれた。コイルの一部が非常停止したのかも」

「私が向こうに行く」

姉が無重力のなかを進もうとするのを、青花が制止する。

「念のため宇宙服を着て行って」

青花が正しいのは明らかで、姉は黙ってハッチの傍(かたわ)らのロッカーを開けた。着ていたＬ２

服を脱いで下着姿になる。

ぼくは慣れっこだが、アウスゲイルはさっと姉に背中を向けた。

「ネルス、早く着替えて。私のサポートをしてもらうから。アウスゲイルもね。青花はここから指示を出して」

そう言うと姉は真っ先に、球形モジュールに続くハッチをくぐっていった。アウスゲイルは軍人らしく機敏に姉の指示に従って、ぼくよりも早く宇宙服に着替えてしまった。

「彼女、これ持って行かなかったな」

アウスゲイルはそう言うとヘルメットを二つ抱えて、姉の後を追った。ぼくは着慣れない宇宙服に手間取り、隣に移動したのは数分後だった。

直径九メートルの球状モジュールのなかに、異なる宇宙を内部に持つドメインボールが、まばゆい光を放出しながら浮かんでいた。ボール表面ではスキルミオン——エネルギー流——が渦巻いている。

姉とアウスゲイルはモジュール内壁にとりついて、壁に設置された超伝導コイルを順に再起動していた。ドメインボール表面にある微弱な磁場をトラップして、球状モジュールの中央に空間ピン止めしているのだ。二年前にやらされたのを覚えていた。どうやらいくつかのコイルが振動で停止したようだった。

「テア、このボール、触っても?」

アウスゲイルが姉に尋ねた。

試してみたらと、姉は素っ気なく言った。ぼくは慌てて彼の手を摑んだ。

「ダメだ、アウスゲイル。姉さん！」

「何よ」

姉はちょっと肩をすくめるだけだ。

アウスゲイルは話がわかっておらず、怪訝な顔をしている。

「異なる宇宙の位相境界だから、何が起こるかわからないって言っていたじゃないか」

「あれから二年たったのに、私が試していないとでも？」

ほら、と言って、姉はためらうことなくボール表面に手をついた。一秒。二秒。何も起きない。

姉は手を置いたまま、ぼくたちに不敵な笑みを見せる。

「ネルス」

アウスゲイルが姉とは反対側のボール表面を指さした。スキルミオンが一つ、強く光っている。次第にボール全体の輝きが増している。

「二つの宇宙の真空エネルギーにわずかな差があって、接触によってその分だけのエネルギーが移動する」

姉によれば、こちら側の宇宙のほうがエネルギーが高いため、姉の手を介してこちらのエネルギーが表面に流れ込んでいるのだという。ただそれは物理法則の異なるエネルギーであり、ボール内部に入ることができず、今やスキルミオン以外の表面からも光となって溢(あふ)れ出ていた。エネルギー差が顕現(けんげん)しているだけで、姉にはまったく影響しないのだという。

「姉さん、本当に大丈夫？」

今やボール表面には濃密な光の層が形成され、姉を飲み込もうとしているようだった。

見かねたアウスゲイルがぼくを足場代わりに蹴って、姉に飛びつき、光から引き剝(は)がした。

「ちょっと！」

壁に押し付けられる体勢になった姉が騒ぎ出した。ボール表面の光は急速に落ち着いた。

「ごめんごめん。無重力に慣れていないんだ」

彼はすぐに体を離したのだが、姉は彼の腹に向かって前蹴りを入れた。明らかに本気で蹴っていて、ぼくは心配してしまったが、アウスゲイルは笑っているだけだ。心身ともに鍛(きた)えられている彼にとっては、どうということもないようだ。

球状モジュールが大きく振れた。

ぼくたちは浮かんでいるから直接には感じられないが、壁面と自分の相対位置で揺れているのは明らかだ。

「ネルス、こういう振動はよくあることなのか」

アウスゲイルが尋ねる。

「別のモジュールで大きな実験をしているのかも。——姉さん？」

「ボール宇宙を取り出したときの苦労を思い出して」

姉の話は省略が多すぎる。

L2においては、太陽光パネルの作動や連絡艇の接舷はもちろん、人間が歩くだけでも基地全体に微細動が広がる。振動はつまるところ加速度運動であり、せっかくの無重力状態を乱してしまう。それゆえモジュール内壁にもモジュール間の連結機構にも、思いつく限りの多様な衝撃吸収機構が導入されている。もちろん個々人も、移動するときにはなるべく振動を起こさないよう細心の注意を払う。

それなのに、二年前ぼくたちはこの球状モジュールのなかで小惑星を真っ二つにした。あのときは——姉が誰にも気づかれないように画策して——モジュール内を風船でいっぱいにして小惑星を固定し、超音波振動子で表面の岩石殻を割断したのだった。

ということで、人間が感じるほどの振動があったということは、L2のどこかの実験によるものなどではなく、ほぼ間違いなく何かトラブルが起きているのだ。

そんなことは先刻承知の姉は、青花と連絡を取り始めた。

「管制系には不具合はないと。……うん。そうだね。……いや、あそこは生物物理の実験室だから、あんなに振動する爆発は考えにくい」

話し終えた姉に、アウスゲイルがヘルメットを渡した。

「テア、かぶっておいたほうがいい。イヤな予感がする」

「余計なお世話」

姉は彼からヘルメットをひったくり、両手で乱暴に被った。

その直後、モジュールがこれまでにないほど大きく揺れ始めた。

姉は、ボール全体に張り巡らされているワイヤーを摑んで、ぼくとアウスゲイルをハッチのほうに蹴り飛ばした。

「青花、気をつけて！　ネルスたちは早く外に出て！」

「姉さんも！」

ぼくは手を伸ばすが、姉はその手を取らない。

「私は残ってボール宇宙を固定する」

「いっしょに行こう、テア！」アウスゲイルはハッチを蹴って、姉の元に向かう。

内壁がさらに強く振動して、ぼくの肩に激しくぶつかり、ぼくはボール宇宙表面まで弾き飛ばされてしまった。青花の声がヘルメット内に響く。

「今のでモジュール連結がふたつ外れた。研究モジュールとはまだ繫がっているから早く！」

と言われたものの、今度はボール表面に体が当たって、ますますハッチから離れてしまう。

「ばかネルス！」「ネルス！」

姉とアウスゲイルがこちらに近づいてくるのが見える。

この球状モジュールは立方体をなすL2の頂点にあたる。もし連結がすべて外れたら、自分では動くことのできないモジュールはふわふわと漂流してしまう。外れ方によっては、かなりの高速で移動する可能性だってある。

「テア！　俺の肩に乗れ」

アウスゲイルを踏み台にして、姉がぼくに飛びついてきた。

「何やってんのネルス」

アウスゲイルが絶妙な力加減で姉を押したようで、ぼくと姉はそのままハッチのすぐそばにたどり着いた。ハッチは開いていて、向こう側では青花が早く早くと叫んでいる。ハッチに飛び込むと、青花がぼくの腕をとって、手早く研究モジュール側に引きずり込んだ。

ぼくは青花と共に、球状モジュールを覗き込んだ。

姉の後ろには、アウスゲイルも見える。

「姉さん、手を！」

ぼくは連結部に身を乗り出し——ぼくの足を青花がつかんで——姉に向かって手を伸ばす。

振動はますます強くなる。破壊音がヘルメット越しに聞こえる。

「ネルス。私を見つけて」

ヘルメットカバーの向こうで姉がふっと笑って、そのまま連結は外れてしまった。自動的に閉まるはずのハッチは壊れたらしく、そのままだ。

球状モジュールとの、姉との距離が離れていく。

接続が切れただけだから、相対速度はそれほど大きくはないはずだ。しかし数分後には、ヘルメット内蔵の望遠カメラでも捉えられないほど、球状モジュールは遠ざかってしまった。

諦めてハッチを閉じた後も、ぼくと青花に放心している暇は与えられなかった。

ふいに視界がゆらぐ。

手を見ると、透明な線がゆらゆらと入っている。

隣に立ちつくしていた青花が、不意にぼくを円筒モジュールの奥へ強く突き飛ばした。宇宙服の衝撃吸収素材のおかげで痛みは感じないけれど、かなりの勢いで、ぼくは円筒モジュールの底面部分に叩きつけられた。〈作用反作用の法則〉に従って、青花も反対方向に移動する。

モジュールの真ん中に透明のカーテン状のものが広がって、虹色に瞬きながら揺らめいている。

ぼくと青花は両側からそろそろと光るカーテンに近づいていく。オーロラのようにも見えるけれど、もっとずっと安定している。これがさっきぼくの目や手を貫いたのだ。今は違和感も何もない。

メガネのカメラを通じて、翠雨が解析を始めた。しかし人工知能の彼女は万能というわけではない。特にこういうときは。

――すみません、正体はわかりません。

「いいよ、今はL2の情報を集めよう」

翠雨とはもう二年近くも一緒にいて、第二知性定理の証明のときには手伝いもしてもらったから、彼女はぼくの考え方の癖を理解している。それゆえ合理的推論のときには、思考補助どころか、ぼくの代わりに考えてくれるのだけれど、未知の現象に関する説明はあまり得意ではない。それは仕方ないことで、機転や当て推量は、人工知能が最も不得意とするところだ。人間の想像力を人工知能に落とし込むことができていないとも言える。

膜の明滅は激しくなって、それに反比例して揺らぎは遅くなっていった。そして数秒だけ静止して、光の膜は消えた。

直後に短く、中途半端に短い警報が鳴り、膜とモジュール内壁が接していたところから火花が噴き出た。そしてぼくがいる半分と、青花のいる半分が、徐々にズレていく。さっきの膜がモジュールを真っ二つにしたというのだろうか。

彼女がぼくに何かを言っているが、聞こえない。

モジュールのアンテナが壊れたのか、ヘルメットがまったく電波を拾っていない。翠雨からの信号も切れている。聞こえていない、と大きく口を動かしながらジェスチャーもしてみたが、彼女はひらりとモジュールの切れ目を飛び越えて、ぼくの左腕に掴まった。

「聞こえる？」

「うん。でも今みたいなことしたら危ないよ」

「心配してくれなくていいから。接触回線は使えるみたいね」

無線システムが壊れてしまったようだが、接触回線は物体表面の電圧変位を利用したものだ。モジュールに体の一部が触れていれば、翠雨とも青花とも話せる。

円筒モジュールは半分の長さのところで切断され、ゆっくりと離れつつあった。ぼくたちのいる側はコントロールパネルがあって、向こう側には量子ゼノン転送機を置いたクリーンルームがある。

広がり続ける切れ目から覗くと、星空に浮かぶＬ２が見えて外の状況がわかってきた。

さきほどの透明な膜は、ぼくたちのいたモジュールの外に広がっていただけではなく、何枚かが距離をおいて重なり合いつつ広がっていた。それらがＬ２全体を切り裂いたのだ。

「翠雨、聞こえる？」

「はい、なんでしょう」

翠雨のデータはコントロールパネルがある側に置かれていて、いつもは電波でぼくのメガネと繋がっている。ぼくと青花の接触回線に、翠雨も参加した。

「翠雨、外壁のカメラは使える？　他のモジュールではどうしてるか見てほしいんだ」

「待機している人が大半です。何人かは移動用バックパックで外に出ています」

「ありがとう。しばらく情報収集と、きみのバックアップの作成を」

「実験データと私とテアの個人ファイルもまとめておいて」

そう言うと青花はモジュール内壁の固定具に宇宙服のワイヤーを結び、切断面から大きく身を乗り出して外の様子を窺った。ぼくも真似をしてワイヤーを引き出しながら彼女の隣に並んだ。

「ここには移動用バックパックはないの？」

「大きな装備はほとんど球状モジュールに置いてある。それに、ほら、あの人たちがモジュール間の連絡をしてくれている」

何人かが移動用バックパックを背負い、巨大な通信用ケーブルの束を持って飛び回っている。そのうちの一人がこちらに気づいて近寄ってきた。そのスタッフは宇宙遊泳に慣れた様子で、モジュールの縁でぴたりと静止して、ぼくたちの肩に手をおいた。

「やあ。二人とも大丈夫そうだけど、何か問題は？」

アメリカ国旗とＮＡＳＡのシールがヘルメットに貼ってある。英語が苦手なぼくは、青花のうしろに下がった。彼はとても聞き取りやすい英語で話していたが、緊急時に伝達ミスはしたくない。一方、青花は母語の中国語以外に七つの言語を流暢に操る。

「球状モジュール０３０が行方不明。中にはテア・リンデンクローネとアウスゲイル・ステインソンがいる」

青花が振り返って、メガネの自動録画映像を出すように言った。ぼくはうなずいて接触回線でデータを送信する。

「わかった。最優先事項に挙げておく。俺は彼女のファンでね。といっても中心管理モジュールも機能停止中だ。この状況で何ができるか、だな」

「もうすぐ月面基地から救援が来るはず。バラバラになっていることには、とっくに気づいているはずだし」

月は自転と公転が同期しているためにいつも地球に同じ面を見せるが、L2に対してはそういうことはなく、月面全体に広がる各種施設が交代でL2を常時捕捉している。

「そうだな。地球からも救援が来るだろう。じゃあ俺は次のところに行く」

ぼくが彼の滑らかな移動曲線に見とれるあいだに、青花はコントロールパネルを操作し始めた。

「ネルス、今のうちに渡しておく。このデータ、ここにしかないから」

ヘルメット内部のディスプレイに、姉とベアトリスが映る。L2の情報空間の映像だ。画面上端のL2ロゴでわかる。

ベアトリスには結婚前に量子ゼノン転送技術もボール宇宙のことも教えた。北極圏大学にある転送機で、彼女自ら(みずか)が情報＝演算対となってL2に送信した動画だ。

「ベアトリス、久しぶり。早速だけど、今すぐそこから逃げて」

「相変わらずメチャクチャなんだから。テア、私が妊娠していることは知ってるよね」

姉はうなずいて、ぼくに対していた以上に省略して状況を説明する。

「ってことで、L2に来るのは無理だろうから、地球中を逃げ回ってほしいんだよね」

「えっと、これは手の込んだ冗談じゃないよね」

「本気だってば。私だって、私の姪っ子だか甥っ子だかには会いたいんだから」

「私とネルスの結婚式には来なかったくせに？」

そして二人はじゃれあうように笑う。演算空間内の姉は、青いTシャツに黒の長ズボンというお決まりのL2服姿だが、ベアトリスのアイコンはご丁寧にマタニティドレスをまとっている。まだ全然お腹は膨らんでいないのに。姉が翠雨に指示して作らせたに違いない。

「余計な文字情報を送りたくないから、今から言う住所を覚えて」姉が言った。

「これって日本？　すっごく覚えにくい」

姉がベアトリスに言っている住所は、ぼくには聞き取れない。情報漏洩を防ぐために、ボール外に出すときに映像を加工しているようだ。

「そうだ、ネルスに聞いてみて。赤ちゃんの性別を知りたいかどうか」

「いいけど、ネルスはそういうの、知りたがらないと思うよ」

「たぶんそうだね。ネルスは楽しみをあとに取っておくタイプだから」

「生き延びて。ベアトリス。ネルスもきっとそう言う」

ここで映像は終わった。

青花はぼくにベアトリスの顔を見せたかっただけなんだろうけど、かえってぼくは不安になってしまった。L2基地を崩壊させるほどの——つまり宇宙にまで攻撃が届くような——巨大なテロネットワークか国家か企業体に対して、個人が逃げ切るなんてことが可能なのか。

アメリカ、中国、インド、ヨーロッパ共同体、南米連合は既に宇宙軍を保有しているし、日本やドイツも専守防衛のための有人宇宙ステーションを持っている。月面基地には世界中の民間企業が出資しており、その中に非合法組織も入り込んでいることは公然の秘密だ。

ぼくたちを狙っているのが何者か、見当もつかない。追う者の正体がわからない場合、追いかけっこは、追われる者にとって非常に不利なものになる。

「ベアトリスは北極圏共同体から出さないで、政府に保護してもらえば良かったんじゃないのかな」

「テアはどこの政府も疑っていたから」青花が表情を険しくして、「いまテアはアウスゲイルと二人きり。北極圏共同体軍に属している彼が、L2を破壊して、彼女を誘拐したと見えなくもない。ネルスも一緒に捕まえようとしたのかも」

「まさか。アウスゲイルってそんなに怪しいかな」

「さっき会ったばかりだから論評しにくいけど、少なくとも去年のクーデターでネルスを助けてくれたことについては、私は感謝してる」

そうだ。あのとき彼が危険を冒して大学まで来てくれたから、ぼくはこうして生きているのだ。今度はぼくが、彼を助ける番だ。もちろん姉も一緒に。

「ベアトリスが避難したのがどういうところか、青花は知ってる？」

「東京の旅館だよ」

姉の大学のすぐそばにある昔ながらの旅館で、今どき有線電話しかないのだという。通常のホテルでは、個人が出入りした瞬間、個人端末から情報が自動的に抜き取られて位置が――セキュリティはあっても――ネットワークに流れてしまう。

「日本には結構あるんだよ。あとベアトリスの擬似ＩＤがテアの研究室と宿舎を使っているように見せかける手筈（てはず）になっている。先週から私とテアで準備してたんだ」

ベアトリスの本物と偽物がどちらも東京にいるということだ。こういうスパイごっこが、姉は子供の頃から大好きだった。姉なら軍用ＡＩも出し抜けるかもしれないけれど。

「自分の姉と妻を信じなさい。ベアトリスには、私も何度か会っている。テアに負けず劣らず、賢いよ」

青花はそう言って、母親のような笑顔をぼくに向けるのだった。

3　月から地球へ

月面基地からの救援艇が来たのは、事故発生から十時間後のことだった。予備電力は十二分にあったけれど、通信設備も観測装置も失った状態では、姉を探すことはできなかった。ぼくたちは実験データと翠雨の演算領域のほんの一部を、手のひら大の記録キューブに移して、研究モジュールをまわりのモジュールとワイヤーで結んでいった。

二十人乗りの救援艇の中で、青花はみんなと破壊時のデータを共有し合った。何が起きたのかを解析するためだ。

宇宙開発においては、これまで大小の事故が起きるたび、徹底的な原因追究を行い、研究論文にまとめ、新しい計画に活(い)かしてきた。今回のL2崩壊もいずれはそういう解析がなされるだろうけど——さっきの光のカーテンは運動エネルギー非保存空間にひどく似ていた。青花もそれには同意だった。他の研究者たちとの情報交換も考えたが、このなかに敵がいないとも限らない。ぼくと青花はメガネと記録キューブ間で接触回線を結び、文章で話し合うことにした。ぼくはメガネの視線入力で、青花はキューブ表面のキーボードで文章を打ち込む。

――さっきみたいなことができるってことは、敵はどうにかして〈理論の籠〉を手に入れて、もう全訳しちゃったのかな。

――その可能性は低い。精度が低すぎる。

青花がＬ２の破片の分布から、光のカーテンが通った位置をキューブに表示させた。

光のカーテンは三方向に十枚ずつ突然現れていたが、間隔も角度も面積もすべてバラバラだった。

――でもぼくたちが知っている範囲の未来の理論には、あんなことは書いていない。〈理論の籠〉の別の箇所を翻訳したのかもしれないけど。

理論の時間発展には膨大な計算力が必要で、それはＬ２のボール宇宙計算機にしかできないことだが、導き出された〈理論の籠〉のデータ自体はさして巨大ではない。ベアトリスの研究室に割り当てられた圏大学内ストレージにも一つ置かせてもらっている。姉と青花が作ったほとんど最強の暗号ソフトで保護していたのだが、青花の言うように、Ｌ２にまで手が届くような相手――たとえばどこかの政府機関であれば、痕跡を残さないデータの抜きとりくらいは簡単だっただろう。

――私たちはテアを探しましょう。

七時間後、月の表側に着いたぼくたちは、レアメタル採掘場付属のレジャードームで待機することになった。

記録キューブを作動させると、スピーカーから翠雨の声が聞こえ始めた。

「青花、ネルス、生きてたんだ。良かった。ここ月だね」

「え？　翠雨？」ぼくは問い返した。

「そうみたい」と青花。

しかしこれまでの翠雨とはまるで違う口調にぼくが驚いていると、

「余分な機能は全部、モジュールのコントロールパネルに置いてきたから。今の私のことは、より美しく、〈翠霞（すいか）〉って呼んで」

機能が減って、語調や性格が変わるというのは面白いと思ったが、ＡＩではよくあるらしい。

青花は気にする様子もなく、周囲を見回してから話を切り出した。

「翠霞、Ｌ２に戻りたいんだけど方法ある？」

「月から行くか、地球から行くか、二択だね。どちらにしろムチャをしないと行けないけど、地球に戻ったほうが可能性は高い」

「なるほど。でも今思ったんだけど、ぼくたちがＬ２に戻る前に、姉さんが自分で全訳する可能性もあるよね。今頃はもう敵の時空操作を打ち破って、捜索隊に救助されてるかもしれない」

「そんなおめでたい情報は来てません」

青花がふふっと笑う。

「テアが全訳をし終えている可能性はあるけれど、球状モジュールのなかには計測機器がいくつかあるくらいだから、それで何かができるとは思えない。――ネルス、L2に戻りましょう。研究モジュールには〈理論の籠〉もあるから、あなたが翻訳の方法を考えて。私も手伝う」

翠霞が間髪を容れず、

「残り時間はそんなにない。モジュールには最低限の水や食料はあるけど、一番厳しい条件は電力で、節電モードにしても――お姉さまならすぐに切り替えたはずだけど――楽観的に計算してあと百時間ほどしか持たない」

百時間は四日と四時間。

姉さんは、ぼくに翻訳方法を考えさせるつもりだった。知力や賢さとは別に、知性定理のことを一番知っているのはぼくなのだ。

「わかったわかった。行くよ。二人とも、手伝ってくれよな」

こんなに追い立てられる研究は珍しいのではないだろうか。期限付きのポストに就いて、どうにか任期中に結果を出すべく苦労している研究者の話はよく聞くが、文字通り命がかかっているということはきっと少ない。

Ｌ2を攻撃した敵の姿が見えないことは不安だが、ぼくがやるべきことは一つに絞られた。姉がいない今、知性定理の延長上にある翻訳理論を、世界で最も早く作ることができるのは、ぼくか青花だけだ。

ぼくのメガネに警告が流れた。翠霞がメガネ内蔵カメラを使っていたのだ。

「侵入者っぽい不審者発見！　でもネルスには気づいてない。二人ともゆっくり立ち上がって距離を取って！」

侵入者は見たこともない薄さの宇宙服をまとって、機敏に走り回っている。たぶん人工筋膜(きん)(まく)を使ったパワードスーツだろう。一応ぼくは軍事関連企業の社員だ。宇宙用の戦闘服は専門外だが、軍用に流通しているものくらいは知っている。おそらくいずれかの国か企業が独自に開発したものだ。ぼくがこのドームに運ばれたという情報がどこかから漏洩したのだ。こういう相手には見つかったらダメだ。一度認識されたら、とてもじゃないけど逃げ切れない。

翠霞が状況判断をくだした。

「ここはいったん脱出ポッドで地球に逃げて、地球からＬ2に行けばいいんじゃない？　地球からのほうが連絡艇も多い」

月面基地所属のシャトルはＬ2救援に行ってもらうべきだ。翠霞の言うとおり、地球に戻ってもう一度Ｌ2に打ち上げてもらうことを考えよう。

「脱出ポッドって、どこにあるのかな」

「ドームに隣接した住居棟に脱出ポッド施設がある。今すぐ動いて」

翠霞の声と共に、メガネの端に侵入者の姿が強調されて表示された。敵は一人のままのようだ。ぼくたちから十メートルほど先のラウンジにいる。手当たり次第にぼくくらいの背丈の人間を捕まえては、顔を確認している。

ぼくたちは見つからないように——ぼくは猫背になって——そろそろとラウンジを抜けようとしたが、あっというまに見つかってしまった。

侵入者が強引に人をかきわけて、ぼくに迫ってきた。

「この子に触らないで！」

青花がぼくをかばうように、敵を蹴り飛ばした。

「ネルス、早く行きなさい！」

そう言われても、一人で逃げるわけにもいかない。しかも敵はナイフを手にしている。

青花は傍にあったビリヤードのキューを手にとって構えた。彼女は太極拳を習っていたはずで、それには武器を使う技も含まれていたと思うけれど、軍事訓練を受けている人間に勝てる可能性は低い。

と思ったのだけれど、二度三度の攻防の末、床に突っ伏していたのは侵入者のほうだった。低い重力下での運動では青花のほうに一日の長があったらしい。

脱出ポッドは三角錐（すい）型の二人乗りだった。

ぼくと青花が座席のベルトを締めているあいだに、キューブからポッドに移った翠霞が出発手続きを始めた。

「行き先は？」

「中国がいいんじゃないかな。北極圏だと再出発に時間がかかる」

ぼくの意見に青花がうなずく。

「そうだね……。海南島の発射センターに」

「了解。じゃあカウントなしで行くよ。超急加速だからね」

ぼくも二度地球から打ち上げられたくらいで慣れたつもりになっていたが、それとは比較にならない激烈な加速で、失神しかけてしまった。振り切らねばならない月の重力は弱いが、緊急用なので加速時間が短く、そのぶんだけ加速度が大きくなっているのだった。

「おつかれネルス。軌道に乗った。大気圏まで四時間はこのまま」

ふらついたまま隣を見ると、青花の顔は真っ白だった。翠霞が叫んだ。

「脇腹！　切られてる！」

傷口を見せろと翠霞が騒ぎ始める。

青花の宇宙服の前のジッパーを引き下ろす。

左の脇腹が、長さ十センチほどパックリと裂けていた。血で見えにくいが、かなり深そうだ。

「座席の後ろに救急ボックスがある！」

翠霞がメガネに治療方法を表示する。

患部を露出して、洗浄と消毒。ぼくは躊躇うことなく青花のTシャツをハサミで切り開いて、お腹を露出させた。

「ネルス。早く」

翠霞に言われて、ぼくはウェットペーパーで青花の腹の血を拭い始める。

ハンドスキャナを全身にかけると、救命装置が傷の程度を判定し始めた。出血はゆるやかになっていたが、まだ止まらない。

「血管は無傷だね。消毒してから医療用瞬間接着剤を塗布」と翠霞。

時折はねるように動く体を押さえながら、充分だと止められるまでスプレーをかけた。スプレーに含まれる痛み止めが効くまで三十秒待って、ジェル状の接着剤で傷を塞いだ。栄養剤も入っていて、傷の治りを促進するという。続いてメガネに輸液せよと指示が映る。

「これは？」

「出血性ショック状態になってる。ボックスのなかに輸液セットがあるから、チューブを引き出して末端シートを青花の腕に貼って」

まったく、Ｌ２をバラバラにできるくせに、わざわざ人間を送り込んで、あまつさえナイフで斬ってくるなんて。


眠っていたところを叩き起こされた。

「ＧＰＳが機能しない！」

「え？　なんで？」

「知らないよ。なるべく着陸するようにする。着水じゃなくてね」

そういえばアウスゲイルが言っていた。世界というところは暴力的なまでに慌ただしいのが基本であって、ぼくにはそれがまったく見えていない、と。

あれはグリーンランドでの、ぼくとベアトリスの結婚式が始まる前の、花婿控え室でのことだった。少佐に昇進したばかりの彼が列席してくれた。ベアトリスの研究室のゼミ生となったイェスパーたちと一緒に。

「俺たち軍人の仕事は、潜在的な暴力を顕在化させないことだ。顕在化してしまった場合には速やかに潜在化させるわけだが、それにしたって暴力の可能性が永遠に消えるわけじゃない」

ぼくだってクーデターの現場にいたんだけどと反論すると、アウスゲイルは皮肉まじりに笑った。姉とよく似た方向性の意地悪さを感じてしまった。

「確かに、俺とお前は同じ時刻に同じカフェクルベン島にいたよ？　でも同じ光景を見ていたとは思えないね。お前がのんきにアンテナを作っているあいだに、俺は基地で拘束されて、部下に助けられた後は銃撃戦、最後はフルダ少佐と格闘戦だ」

「ミサイルが落とされたのは基地じゃない、ぼくのいた大学だ。それにぼくも死にそうになったよ。きみに助けてもらったけど」

「まあいいさ。今ここにある平和な風景まで、幻だとは言わないさ」

そして今、彼は姉と共に宇宙空間のどこかにいる。彼がいると思えば――姉は彼にも遠慮なくわがままを言っているだろうが――少しは安心できる。

ポッドが大気圏に突入して、窓の外では空気が圧縮されて明るく輝いて、何も見えなくなってしまった。


ポッドはブースターを下にして、着陸態勢に入った。ぼくの三半規管もようやく地球の重力を感じ始めた。

翠霞が周囲を探索し始めた。

「滑走路の形状からして、日本の九州北部セクターの長崎空港みたい」

ディスプレイに、三つのパラシュートが開き、ポッド下部のエアクッションが膨らんでいく過程が映る。機能不全はなかったようだ。

「着陸するよ。青花と自分のシートベルトをチェックして」

それほどの衝撃もなく、ポッドは地上に軟着陸した。

青花のお腹を見るが、血は止まっていた。彼女がうっすらと目を開ける。

「気がついて良かった。軌道がずれて日本の空港に到着したよ」

青花はうなずくだけで、まだ立てそうもない。

「トラック。合計五人乗ってる」

翠霞は警戒しているようだが、ぼくはハッチを開けた。

どうやら小さな島を空港化したようだ。海に囲まれていて、本土に繋がる長い橋が見える。

「信用できる?」スピーカーから翠霞の心配そうな声が聴こえる。

「こっちには怪我人がいるし、立て籠もるだけの装備もない。それに、向こうがぼくたちに何かをする理由もないだろう?」

ポッドから降りたぼくは、近づいてくるトラックよりも、空から目が離せなくなってしまった。

空が、光のカーテンによって無数の巨大な三角形の格子状に切り裂かれていた。

頭上の空は赤く、あたりもぼくの体やポッドも奇妙に赤く染まっている。外側の空はそれぞれ別の色になっているようだ。

「翠霞、いま何時?　っていうか、この空、なに?」

「時刻は午前十一時十二分。空は当然、時空操作でしょ。あ、来たよ！」

トラックの荷台から四人が降りて、ぼくと微妙な距離を置いて向き合った。

そのうちの一人が片耳にかけるタイプのヘッドフォンマイクを差し出してきた。空港には必ずある翻訳機だ。しかしぼくの母語であるグリーンランド語は登録されていなかった。いつもであれば情報ネットワークからダウンロードすればいいのだが、今はそれができない。空の色が違うということは、空間の屈折率か光の周波数が変えられているのだろう。

仕方なく英語を選ぶ。ぼくが英語で話せば、瞬時に日本語に翻訳されて、あたかもぼくが話しているように聞こえる。ぼくが使いそうな英単語が、翠雨や翠霞よりもかなりシンプルな制御知能によって、メガネに表示される。

どうやら彼らはこの空港に住んでいるらしい。

ぼくの英語はひどいもので、数語に一度は翻訳エラーが出たが、身振り手振りで補(おぎな)いながら、ポッドに案内する。

それからは向こうに任せっぱなしだった。リーダーらしい男が手を挙げると、すぐ仲間がやって来て、青花は荷台に載せられていった。

ぼくのほうは入国手続きなどが始まるのかと思っていたが、そういったものはなく、戻ってきたトラクターに乗せられていったあと、青花の治療を救護室で待つことになった。翠霞は記録キューブに戻して同行してもらう。

宇宙から来たぼくらを持て余しているみたいだ。警戒されてもいるようでこちらの質問にもほとんど応じてもらえない。

ぼくはキューブの翠霞に尋ねる。

「ここは空港として機能しているんだよね？」

「どうかな。近くに〈クラスタ都市〉もないし。日本は都市化が最も進んだ国だからね」

クラスタの本来の意味は、葡萄(ぶどう)などの「房(ふさ)」や「集まり」。世界中で広がり続けていた人間の生活域は、ここ数十年で一気に都市に凝集(ぎょうしゅう)していた。日本には十数個のクラスタ都市が形成されていた。

この半ば自然発生的な変化に反対してセクター核以外に居住する人もいるが、ごく少数だ。六千万人超の日本の住民のうち、数万人だけが郊外で暮らしている。

その際に使われるのが放棄された公共施設だ。

「施設管理をすることでクラスタ自治体から報酬を得ているのかな」

「かもね。滑走路の脇に田畑があったけど小さかったな」

さきほどのリーダー格の男がやってきた。

空が三角形に塗り分けられたようになったのは一時間前のことで、同時にインターネットや電話回線そして短距離通信も途絶したという。理由はわかっていない。

しかしぼくには察しがついていた。〈理論の籠〉から時空操作技術を取り出して、おそらくは地球全体に適用したのだ。ぼくたちの着陸や通信を妨害するために。ポッドが日本周辺に着陸したことは人工衛星で捕捉できる。あとはまた月でのように人を使って探し出せばいい。

青花の治療が終わったと、走ってきたスタッフが教えてくれて、医務室に向かった。

「ごめん。色々させて」

青花の真っ白だった顔はいくぶん赤みを帯びていた。

「謝る必要なんてないよ。ぼくを守ってくれたんだから。あとはぼくに任せて」

「一人で行くつもり？　ダメだよ」

「だって今のきみを連れていけないよ。それに、翠霞、球状モジュールの電気はあと何時間もつ？」

「あと三十九時間」記録キューブの翠雨が言った。

ここから一番近い打ち上げ施設は、瀬戸内海セクターの中心核都市《移動祝祭日》にあるという。回遊式の人工移動浮島で、一週間で瀬戸内海を一周する。そこにたどりつけば、L2に行ける可能性はある。

「地球からL2まで十時間かかる。ここから《移動祝祭日》までは自転車と電車で十二時間くらいで着くらしいんだけど」

自転車で百キロ行くよりも、ロケットで百五十万キロ飛ぶほうが早く到着するというのは

——速度が一万倍違うのだから当然なのだけれど——何だか皮肉なものだ。

青花はしばらく黙っていたが、

「すぐに打ち上げられる保証はないし、L2でテアを探す時間も必要だよね」

ここで翠霞が口を挟(はさ)んだ。

「日本でネルスの搭乗許可がもらえるかどうかが一番あやしいよ」

確かにぼくがL2に行けたのは、一度目は姉の手配があったからで、二度目はアウスゲイルの推薦があったからだ。ぼくは民間企業に所属する大学院生に過ぎない。しかも日本は、中国ほど宇宙産業が盛んではない。いきなり訪れたぼくを宇宙に運んでくれる可能性は低い。

青花が手を伸ばして、ぼくの手をとる。

「危なくなったら、すぐ戻ってくるんだよ」

ぼくは翠霞が入った記録キューブを青花に渡した。青花は持っていけと強く主張したが、ベッドで一人残る彼女を助けてもらうほうがいい。

ぼくは青花が移していた姉の翻訳メモと、数日の翠霞の増加分のデータをメガネに移した。ただ差分データでは思考も会話もすることはできない。これでしばらくは、ぼくは誰にも頼ることなく、一人で思考することになる。

リーダーに出発のことを話すと、どうも来訪者は歓待(かんたい)する流儀(りゅうぎ)らしく、ありがたいことに電動自転車を貸してもらえることになった。ここからクラスタ都市の福岡までは百キロほどだ。

陽が落ちて光量が減ると、ようやく通常の風景に見えてきた。今から出れば、夜明けにはたどり着けるだろう。

ターミナルビルを出ると、空港の住民たち十人ほどが見送りに来てくれた。

一人のおばあさんがゆったりと歩み寄ってきて、布のバッグをぼくに差し出した。フロシキというものだ。

「これね、お弁当と飲み物」

ぼくは拙い日本語でお礼を言った。

続いてリーダーが地図と電子カードを差し出した。

「地図はありがたくお借りしますけど、カードは大丈夫です。メガネに電子マネーが入っているので」

「こういう時のために用意してあるものだ。使わなければそのうち返せ。……あと、お姉さんによろしくな」

リーダーが姉のファンだったとは。だから親切にしてくれたんですかとも言えず、

「ありがとうございます。青花のこと、よろしくお願いします」

ぼくは日本式のおじぎをしてから、電動自転車のサドルに座った。

駐車場を抜けるとすぐに、陸地との連絡橋が見えた。

全長九百メートルの直線の橋だ。向こう岸には星空を背にしたなだらかな山並みがあった。夜のおかげであまり気にならないけれど、星は赤く、空は依然として三角形の格子状に切り分けられていることは明らかだった。

思わず翠雨に——いや、翠霞に確かめたくなったが、しばらくは彼女と話せないのだった。何も考えず、ひたすら足を動かした。夜が明ければ暑くなる。

地球温暖化の議論は百年以上続いている。化石燃料の使用は随分と減ったけれど、北極海の氷は増減を繰り返し、氷河期が始まっているという話もあって、ぼくのような素人にはさっぱりわからない。

日本の夏を初めて体験したのは四年前だった。冷夏が十年続いたあと、ぼくがいた夏は極端に暑く、観測史上初めて東京で五十度を超えた。

姉の大学のグラウンドでは、スプリンクラーがよく作動していた。姉はその時間に合わせて、Tシャツにショートパンツ姿で、誰もいないグラウンドの真ん中にたたずんで水浴びをしていた。いつもはクーラーの効いた研究室に引きこもっていたくせに、思いっきり夏を満喫していたのだった。

今から三十年以上も前、二十一世紀の半ばまで、先進国は無計画に居住領域を広げ続け、中規模の市街地が切れ目なく繋がり合っていたという。今ぼくが自転車で走っている、途切れることなく張り巡らされた、アスファルト舗装の道路はその名残だ。

電灯に照らされた建物は、そこが放棄された都市であることを忘れさせるほど、劣化していなかった。二〇四〇年代に起きたマテリアル革命以後の〈持続建材〉が多用されているのだ。外界の自然エネルギーを利用する自己保全分子機構が働いて、初期状態を維持する。一方の自然物——街路樹や庭木は育ち放題の荒れ放題で、人が住んでいないことを静かに主張していた。

海岸沿いの道に出た。三角形の空には青い星々が浮かび、海は青インクのようだ。切り裂かれた空の色はつねに一定というわけではないらしい。

自転車をこぎながらメガネで文章を読むことは難しい。まして姉の研究メモなんて。話し相手もいないし、足を動かさないといけないから、しばらくして何も考えていなかったことに気づく。もう姉にも青花にも翠霞にも頼れない。ぼくが一人で〈理論の籠〉全体の翻訳方法を考えつかないといけないのだ。

昨年末の翻訳結果としての運動エネルギー非保存空間だって、生成するための機械を姉のレシピに従って、翠雨に手取り足取り教えてもらって作っただけで、元になった理論はこれっぽっちも理解していないのだ。それなのに全訳の方法なんて作り出せるのだろうか。

思考がまとまらないまま、足は動かし続ける。暗いせいもあるが、似たような街並みが連なって、迷路に入ってしまったような気分になる。

都市機能を集約する〈セクター都市化〉が最も進んでいるのが日本だ。郊外のインフラストラクチャーの維持管理が放棄され、都市中心への人口移動が計画的に行われて、セクター都市が形成された。セクター周縁部には農場や工場、そして太陽光パネルがあって、施設管理者以外に人間はほとんどいない。

今の日本には十五ほどのクラスタ都市があることは知っていた。一つのクラスタには数百万の人間が暮らす。

出発前にリーダーが教えてくれたことによると、どの都市にも属していない人々もいて、日本全国で数千人とも数万人とも言われている。そうした人々は周縁部の施設管理者とも違い、政府とも、どのクラスタ都市とも没交渉だ。統計上〈不可視の人々〉と呼ばれる彼ら彼女らは、空港に住んでいたリーダーたちよりもラディカルに、世界から離れようとしているのだ。当然、生活実態もほとんど明らかになっていない。

人口密度が極限まで高いクラスタ都市に住まなくても、こうして建物も資材も膨大にある。太陽光パネルはもちろんのこと、小規模の工場を稼働させれば生活も容易だ。

かつての市街地を抜けたようで、だんだんと建物がまばらになっていく。幹線道路にも、もちろん車は走っていない。無心に自転車をこぐ。一時間経って、バッテリー残量は九割ほど。これなら最後まで加速サポートは使えそうだ。

街並みが途切れると、闇が深い。自転車のライトの光もまたたくまに拡散するような気がする。昼間の空はグリッド状に切り裂かれていたが、光の少ない夜空はいつもの地球と変わらない。

誰かが不意に襲ってきたら——なんて、子供の頃の姉みたいなことを考える。存在しもしない敵を想像してのかくれんぼは楽しかった。

しかし今はまったく面白くもない。〈不可視の人々〉ならぬ、〈不可視の敵〉が本当にいるのだと思い知らされてしまったからだ。

周縁部は、隣接するセクターで共同の警備隊を組織していたのだが、徐々にセクター都市間における人員や物資の行き来も少なくなって、警備隊は予算削減が続き、形骸化しているという。そうしてますます周縁部は荒れ、犯罪者集団の拠点は増え続けている。人を襲う野生動物も同様だ。

野犬や爆発性小型ドローンが向かってきたとしても、効果はいささか怪しいものの、対猛獣用の辛子粉末スプレーと対ドローン用ジャミングスプレーがある。空港で一本ずつ渡された。軍事に関連する企業に勤めている立場から言うと気休めみたいなものだけれど。

幸い、何事もなく次の市街地に入ることができた。ぼくを追い回している〈不可視の敵〉でなくとも強盗のような攻撃的な人間がいる可能性はあるが、ぼくみたいなごくごく稀な通行人を待ち構えているはずがない、と思うことにしよう。

さっきの街と変わらない建物がまた続く。結局あらゆる建築は、用いられている技術によって支配される。違うのはスケールとデザインだけだ。とはいえ、スケールは経済規模に応じて自動的に決まり、デザインも利便性を追求すれば自ずから世界中で類似したパターンが反復することになる。日本も北極圏も大差はない。

すべての知性が、質的にも量的にも異なって見えるにもかかわらず、一定の手続きを経れば同じ型に帰着できるというのが、第一知性定理で証明した内容だった。知性の違いは表現方法の違いに由来するもので、内部で使っている論理はどれも同じなのだ。世界や物理法則が共通である以上、論理全体の構造が変わるはずもない。

この宇宙に属している知性体は、物理法則を共有することで、つまりは世界を共有しているのだ。時間差はあっても――地球で言うところのガウスやウィッテンのような天才が他の星にも現れて――平方剰余の相互法則やM理論は、宇宙の至るところで見出されているに違いない。そして、遅かれ早かれ、どこの星であっても第二知性定理に辿り着いて、理論の時間発展が可能になっているはずだ。

理論にはそれぞれに内的論理構造があり、構造はいずれかの双対性によって結ばれている。たとえば二十世紀末に五種類もあった超弦理論は、エドワード・ウィッテンによって互いの双対性が見つけられ、ただひとつのM理論として統合された。

おそらくあらゆる思考や理論は――物理法則を前提として共有しているがゆえに――互いに結ばれていて、宇宙全体で同じ知識や理論を、つまりは〈理論の籠〉を共有しているということだ。表現方法は違いこそすれ、それは翻訳可能な差異であって、連絡のできない相手とも知識の上では繋がり合っているのだ。

そう考えると、どれほど未来の理論であろうとも、翻訳できるはずだと思えてくる。宇宙内のすべての知性がわかりあえると証明したのが第一知性定理であり、その時間発展版である第二定理の帰結が〈理論の籠〉だ。その翻訳理論こそが第三定理になるだろう。

ぼくは百ページほどの姉のメモを順々に読んでいく。翻訳を阻んでいるのはまたも〈空白領域〉だった。

理論が世界の風景を記述する視点であるならば、〈空白領域〉は死角みたいなものだ。どんな理論にも、どんな知性にも、自らを見ることはできない。このあたりを姉がどう考えたのかは、ここには書かれていない。圧倒的な記憶力の持ち主である姉は、思考の痕跡をほとんどメモにとることはない。そこにあるのは姉の思考の断片だけで、丁寧な解説など望むべくもないのだった。

世界はどこも切れ目なく繋がっている。〈空白領域〉なんてないし、出来の悪いCGのようにノイズが入ったりはしない。計算ミスもなく、バグも生じない。

考えれば不思議なものだ。どんなに複雑な環境を作っても、あるいはどんなに高エネルギーを一点に集中しても、世界は悠然と正解を出す。超巨大質量の星が重力崩壊しても、できあがるのは白色矮星やブラックホールといった、数学的に美しい天体なのだ。

世界には空白なんて存在しないのに、世界を記述するはずの理論に空白があるなんておかしい、と姉は考えていたようだ。〈空白領域〉を消去するための、何らかの手段を作り出さなければならないのか。トポロジーにおいて多様体を切り貼りするための、様々な〈手術〉みたいに。

それにしても、ぼくにとっては姉こそが、理解を拒絶する空白みたいなものだ、と思う。姉はいつも、誰の理解からも遠く屹立して、自由気ままに行動する。誰も姉の考えに追いつけない。

姉との距離を縮めるため、分断された世界のなかで自転車を加速させた。

気づくと、道路標識の文字が見えるほど周りが明るくなっていた。交差点の中央に止まって、時計を見るともう午前六時だ。空港を出て四時間経っている。ペットボトルを取り出し、半分ほどを一気に飲んで一息ついた。

地図を確認しつつ、福岡クラスタ行きの高速自動車道に入った。目指す福岡シティまであと六十キロだ。高速道路に大した坂もないだろうから、五時間もあれば着くはずだ。

高速道路から遠くを見渡すが、灯り一つ見えない。人工的な存在が、かえって虚無感を引き立たせる。

時空操作による風景の青さで夜のように思えるけれど、暑さはいささかも減じていない。たぶんもう摂氏四十度近いはずだ。グリーンランドは盛夏でも十度に届くかどうかで、ここにいると別の惑星か宇宙にいるような気分になる。

高速道路の出口を抜けて五分もしないうちに、二人組の歩行者を道の先に見かけた。アスファルトから陽炎が立っているが、見間違いではない。男女共にＴシャツ姿にサンダル履きだ。この周辺の住民だろうか。

地図にはクラスタの境界線が描かれている。公的サービスの境界だ。二人組の手前に、明確に白線が引かれている。どんなにクラスタ中心に近くても、線の外側には公的サービスは行われない。無人清掃車はもちろん、救急車も線の外には出ないという。だから住民は線のなるべく内側に集まろうとする。透明な壁が都市を封鎖しているのだ。

福岡クラスタは海に面しているため、完全な円形をなしておらず、円の北側の二割ほどは、海岸線で切り取られている。境界線から数百メートル進むと、道路沿いに様々な屋台が並んでいた。昔からの伝統らしい。

メガネには、聞こえた言葉の英訳が、様々な言語名と共に表示されては流れていく。交差点に立つと、屋台の列は四方に延びている。さらに行くと、急に人通りが激しくなった。商業施設を下層に持った超々高層マンションが何棟も連なっている。周囲数百キロメートルから人々が集まり暮らしているのだ。

そしていつのまにか暑さが和らいでいる。クラスタ都市中心部をドーム状の高速の空気流で覆って、その内部に冷房をかけているのだ。

中心部に行くほど建築物は繋がり合い、共有フロアが多層化して有機的に絡み合って、どんどん自転車では通りにくいところへ入ってしまった。自転車を押して歩き出す。周りの日本人にまじって、外国人も多くいた。空の時空操作のせいで飛行機が飛ばずに帰国できなくなったのだ。なお、福岡空港はクラスタ内にあり、ここから地下鉄で十分ほどだ。

局所スピーカーがあちこちに設置されていて、通りを数歩進むごとに違う音楽とアナウンスが聞こえる。狙った一メートル四方にいる人だけに音や音楽を聞かせる古い技術だが、それが無秩序に設置されているらしい。しかし通行人は一切気にすることなく、談笑しながら歩いている。自然の音を愛する北極圏とは全然違う。

都市中心の駅には三両編成の電車が停まっていた。開いたドアから、自転車と一緒に乗り込む。固定具に自転車をロックして、座席に進む。電車の基本的な機構は二百年変わっていない。

顔を洗おうとトイレに入る。鏡の隣のディスプレイにニュース映像が流れていた。情報ネットワーク全域には接続できなくなっているが、都市内限定のものは機能しているのだ。メガネの日本語―英語翻訳機を使って、しばらく見入ってしまった。空の分割現象については、都市内の研究者たちが諸説を言い合っていたが、どうやら自然現象説が多いようだった。

それから鏡に映っているのと同じ、よく見知った顔が、ディスプレイに映し出された。ネルス・リンデンクローネを捕らえた者には賞金を出すという。

「え」と思わず、声が出てしまった。

あわててバッグを探り、タオルを取り出した。髪を隠そうと頭に巻いてみるが、逆に目立つ気もする。手配写真は会社のデータベースから抜き出したものらしく、入社時のスーツを着たものだ。

敵も必死らしいが、幸い観光客も多いし、すぐには見つからないだろう。

ぼくは席に戻り、姉のメモを最後まで読み切った。最後の一ページには「ランドスケープ」とだけ書かれていた。姉はランドスケープ――宇宙の顕在性と潜在性の総体――を理解したいと言っていた。それはつまり〈空白領域〉もランドスケープも、すべてを知りたいということだ。

ぼくは目を閉じて考える。

どれくらいの時間が経ったのか、ずっと遠くから聞こえる呼び声に、ぼくはゆっくりと目を開ける。

見覚えのある顔が覗き込んできて、にっと笑った。

生まれてからおそらく一番見てきたであろう、ぼく自身の顔にそっくりな顔だった。いや、ぼくよりはだいぶかわいいと言ったほうがいいのかな。

それは二年ぶりに見る妹、ウアスラだった。

4　移動祝祭日

「ネルス、ひさしぶり！」

彼女はぼくの隣に座る。

五年前、ぼくは姉の量子ゼノン転送の実験台になった。北極圏から日本へのエアチケットも――送りつけられたとはいえ――もらっていたし、卒論を書く手伝いもしてもらったから、むしろ実験台にはぼくが進んでなったと言っていい。

量子ゼノン効果を使ってぼくの脳の量子状態を固定しつつ、量子情報を抜き出して、情報空間で再構築する。情報には演算機能が付与されて、意識をもった情報＝演算対として、自力で行動できるようになる。それが姉の実験だった。

ところが実験開始からしばらくして、ぼくの脳の量子ゼノン停止が解けてしまった。こうなると、物理空間と情報空間、双方にぼくの自我があることになって、情報＝演算対をぼくの脳に戻すことができなくなる。同じ時間に存在した魂は、いくら似ていても、もはや異なっていて、重ね合わせることはできないからだ。

ここまでは仕方ないことだ。ぼくもとやかく言ったりしない。しかし姉はこのあと、情報体となったぼくの片割れを、面白がって妹にしたのだった。

それがぼくの目の前にいる妹、ウアスラだった。いるといっても、例の光のカーテンのように、おぼろげな像として現れているのだけれど。

二年前、ぼくは彼女と――ぼくは再び情報＝演算対になって――ボール宇宙に入り、彼女はそのままボール宇宙に留(とど)まったのだった。

ぼくは照れくさくて、少しのあいだ、笑いをこらえながら彼女と見つめ合ってしまう。ぼくは兄としての立場を思い出して、話を切り出す。

「会えてうれしいよ」なんて、気のきかないことを言ってしまった。「でも、どうしてここに？　ボール宇宙から出られたってこと？」

「ボール宇宙表面のエネルギー分布を変化させて、位相結節点に双対像(そうつい)を現出させてるの。ほら、見て」

彼女が窓を開けて、空を指差した。切り裂かれた空の三角形の頂点がぼくたちのほぼ真上にあった。あれを位相結節点と呼んでいるのだ。

「あの点からそんなに離れられないんだよね。終点の駅の手前くらいで量子エンタングルメントが切れる」

「じゃあ次の駅で電車を降りるよ」

「ダメ。ネルスはＬ２に戻るんでしょう」

「そうなんだけど。きみともう少しだけ話がしたくて。——ぼくを見つけたってことは、姉さんの位置もわかるの？」

「残念ながら、わたしはこの位相転調された空間にしか存在できない。モジュールの様子はわからないや。L2やこの周辺のネットワークから大体の状況は把握したけど。ネルス、また頑張ってるのね」

妹に労われて、ぼくは思わず笑ってしまった。妙に納得したのだ。

L2に戻って、全訳ができれば、姉たちを見つける理論だって手に入るだろうし、ボール宇宙に溶け込んだウアスラだって掬い出すことができるはずだ。

「理論にそんな能力があればいいんでしょうけど」

とウアスラが呟く。

全訳に期待しているぼくは反論を試みる。こういう話はイェスパーやベアトリスといつもしている。

「理論ってひとまずは世界を説明するものだと思うけど、不思議なことに、できあがった理論は、既知の現象を説明するだけじゃなくて、未知の現象を予言することがある。理論にもとづいて、現象を操作することだってできる」

電磁気学によって、光が電磁気学的現象である電磁波だと判明して、さらには電磁波を自在に操作可能になったように、理論には世界に対して〈予言〉や〈操作〉ができるのだ。

「それはネルスの言う通りだと思うけど、その理論が何をもたらしてくれるかは、理論ができるまでは予想できない。生まれた子供がどう成長するのか、わからないように」

そういえば子供ができたことを伝えようかとも思ったが、なんとなく気が引けた。ぼくはずっと妹を探してはいたけれど、それと同時にぼくはぼくで自分の時間を過ごしてきたのだった。

そしてぼくは何かを思いつきそうになる。

「ウアスラ、〈理論の籠〉は見てるよね」

「うん。見たというか一体化したというか。私はボール宇宙のなかに遍在しているんだから」

「〈理論の籠〉はその名の通り、理論で編まれた籠だ。だからそれぞれの理論が持っている予言能力みたいなものは明示的には表現されていない」

「つまり〈籠〉はもっと豊かな構造を、潜在的に持っている？」

そしてその〈余剰理論〉とでも呼ぶべき〈籠〉の拡張部分を経由すれば、翻訳を禁じている〈空白領域〉が乗り越えられるのではないか。あるいは〈余剰理論〉によって繋がり合う、〈空白領域〉の大域的な構造から、〈理論の籠〉の双対として、何らかの双対多面体が算出できるはずだ。その〈幻影多面体〉とでも呼ぶべき幾何構造は、元の〈理論の籠〉が内在的に持っているであろう構造を顕にし、すべての理論を翻訳するための強力な辞書として機能する。

「いけそうじゃない？　ネルス」

「きみと話したからだよ」

　彼女とぼくは双子以上の関係だ。二人で話していると議論が早くまとまる。

「それはどうかな。あ、そろそろお別れみたい」

　そういう彼女はもう、だいぶ薄くなっている。手を握ろうとしたが、すり抜けてしまった。ぼくたちは存在様式が違うからだ。

「ウアスラ、きっと助け出すから」

「うん、ネルス。宇宙の果てで待ってる」


　電車は関門(かんもん)海峡の下の海底トンネルを抜けて山口の宇部岬(うべみさき)駅に着いた。小さな無人駅だ。駅から港に出ると、巨大な壁が迫りくるところだった。その上には、高層ビルが並び、都市そのものが動いているようだった。

　人工浮島《移動祝祭日》だ。

間に合って良かった。この移動する島が次にここに来るのは一週間後だ。ここまでは問題なく来られたけれど、最後の段階、宇宙に行く承認を得るための方便(ほうべん)はまだ思いつかない。

　物理的には――《移動祝祭日》には宇宙連絡艇打ち上げ施設があるのだから――行けなく

はない。でも連絡艇に乗るには乗船許可が必要だ。こっそり乗り込むという選択肢はまるで現実味がない。翠霞もいない今のぼくでは、打ち上げ施設の入り口も突破できないだろう。事務手続きをまっとうに進めるしかない。姉はこの手続きというのが苦手だった。融通がきかないからだ。今回も、はいそうですか、とはならないに決まっている。

姉たちのいるモジュールの電気はあと一日も持たない。電気がなくなれば酸素生成系も空調系も停止してしまう。

そんなことを考えているうちに、《移動祝祭日》船体部の接岸した通行路兼側面扉が、ゆっくりと倒れてくる。その上をまずは一般の乗用車が数台通過してから、自転車に乗っているぼくに入るよう指示が出た。端の見えない巨大な駐車場があって、その手前に自転車置き場が区切ってある。

甲板までのエレベータのディスプレイに、クラスタ都市のひとつであるこの巨大な船の説明映像が流れていた。《移動祝祭日》は東西四キロ南北三キロの楕円形の船体部を持ち、甲板上には高さ千八百メートルの超々高層建築ビルが十五本並ぶ。瀬戸内海の潮の満ち引きを利用して沿岸を回遊する。都市の回遊動作は側面下部に配置された二万三千機の電動スクリューで行われる。瀬戸内海の海流を最大限利用できるよう、制御知能によって最適の数千機が選択され、稼働しているという。

エレベータのドアが開くと、目の前が中央部の打ち上げ施設だった。《移動祝祭日》は元元海上打ち上げ施設として作られたものが都市化したものだ。左右の数百メートルほど先から尖塔(せんとう)のように住居棟がそびえている。住民は瀬戸内海周辺の出身者が多い。元いた地域と船を行き来する人のため、《移動祝祭日》は巡航しているのだ。

小型艇の打ち上げ準備は始まっていた。ここからまずは衛星軌道上の宇宙ステーションに行き、連絡艇に乗り換えてＬ２まで行くのだ。

打ち上げ場を囲む鉄柵に子供たちがしがみついて、打ち上げ作業を眺めていた。都市住民か観光客かはわからない。親たちも一緒にいる。

ぼくは軍艦の艦橋のような管理タワーに向かった。

あちこちたらい回しにされたり待たされたりして、ようやく管制施設内の広い会議室に通された。

カーテンがひかれて、照明はついているが薄暗い。奥に長机があり、先ほどまでとはまた別の、スーツ姿の男女三人が座っている。三人とも、ぼくと同様のＡＩ搭載メガネをかけている。年齢からして、それなりの決定権を持っているようだった。入り口すぐに置かれたスチール椅子にぼくは座った。

グリーンランド語―日本語の翻訳ソフトを頼んだが、ここにもなかった。仕方ない。空港のときと同様に、ぼくの拙い英語で交渉するしかない。彼らの英語はとても聞き取りやすかった。

「Ｌ２で一体何が起こったんです？　間近で何か見ましたか」

彼らがこの場を設定したのは、ぼくの宇宙行きを検討するためではなく、ぼくから情報を得たいからだろうか。少しだけ情報を渡すことにした。

「この空と似た現象で、Ｌ２は全壊して、姉と友人が行方不明になりました。そして、当然ですが、これは通常の意味での自然現象ではありません」

「興味深いお話ですが、目撃者でテア・リンデンクローネ教授の弟さんというだけでは、宇宙にお連れするわけにはいきません。すでに乗員は決まっています」

「この空を元に戻せるのは、現時点でぼくしかいないんです」

少し様子をうかがっていると、左端の女性が口を開いた。

「正直に申し上げるが、いま東京セクターとの連絡が取れない状況で、我々だけで搭乗員を変更することはできない。連絡が途絶する直前、我々に与えられた命令は、Ｌ２の現状視察のために人員を送ることだ。我々はこの命令を遵守（じゅんしゅ）すると決めた。行方不明者の捜索はする。きみは通信が回復してから東京の宇宙省本局と話すべきだ」

ぼくは思い切って、ボール宇宙計算機と〈理論の籠〉、そして翻訳戦争の話をすることにした。かなり危険な賭けだが、今から十五時間以内には姉に会って、全訳して公開するのだったら、ここで言ってしまっても問題ない。

中央の女性がこちらに視線を戻して話し始めた。

「つまり、リンデンクローネさんがＬ２に行って、その翻訳作業を終わらせないと、世界は元に戻らない？」

「なかなか信じていただけないかと思いますが」

科学は信じるものではない。すべての科学的知見は――やろうと思えば――きっちり確かめることができる。重力だって素粒子だって、誰かが存在を確かめてきたのだ。

ぼくが学んできた数学は特にそうだ。論文が正しいかどうかは、論文を読む人間が確かめるしかない。ぼくとしても、信じてもらうよりも、彼ら自身に確かめてほしいのだけれど、それは今回は不可能というものだ。ボール宇宙はここにはないし、ましてぼくが翻訳できるかどうかなんてぼくにも誰にもわからない。

もちろん、理論にしても、翻訳や計算といった行為にしても、見えないものばかりだ。それでも――数も演算も見えないけれど存在するし、他人と共有することだってできる。

三人はぼくに聞かれないように手元の情報端末上でひとしきり話し合った後で――おそらく翠雨級の上位の人工知能も同席させて判断しているに違いなく――再び中央の女性が口を開いた。

「帰還後、お姉さんとあなたにここで説明をしていただくことが条件です」

「条件ということは、それを満たせば――」

「ええ。あなたを搭乗員の一人に任命します。Ｌ２に行ってきてください。私たちはみんな、あなたのお姉さんのファンなんですよ」

ひとたび乗船許可が降りると、さっきまでの苦労が嘘のように速やかに手続きが進み、二時間後にはぼくを乗せた連絡艇は月の真横を通過していた。

結局肝心なところは姉のファンたちに助けられていて、なんとも釈然としないのだが、ぼくの気持ちなんて無関係に星々は輝くのだった。

それから六時間、ぼくはコクピットに座り、連絡艇の計算機を使って翻訳のシミュレーションを繰り返していた。

一億個の点に対して、隣接する点と結びつくように線を定義すると、素朴なネットワークが形成される。線で囲まれた面を、理論化できない〈空白領域〉と見なせば、現状ぼくたちが翻訳できない〈理論の籠〉のモデルとなる。

ここで――ウアスラと話しながら思いついたように――理論がもつ予言能力を反映して、ひとつひとつの点を各々(おのおの)異なる大きさの球に変えると、新しいネットワークが作られていく。さらに空間上の繋がり方――トポロジーを操作すると、たとえば一重膜のネットワークが三重の膜になったり、三次元球面が穴を持つトーラス状に変形したりするのだ。

これが完全翻訳のための辞書となる〈幻影多面体〉――その模型だ。

「見えてきたぞ」

同乗者で操縦担当のトキノがぶっきらぼうに言い、ぼくは顔を上げた。今回は決まったコースの航行ではないため、操縦士が必要だった。

L2のあったはずの場所には濃霧が広がっていた。ケーブルで繫ぎ留めきれなかった瓦礫だ。そしてそのあいだを数十隻の宇宙船が行き交っていた。世界最高の頭脳を持つ姉と、小さいとはいえ一国の将官であるアウスゲイルのために、多くの国や企業が協力して捜索活動をしているのだ。建前としては当然の人道的行為であるという一方で、姉と北極圏共同体に恩を売る狙いもあるだろう。

さらに疑えば、あの中に〈不可視の敵〉がいる可能性だってある。もちろんぼくが連絡艇に乗っていることは極秘で、あくまでも日本の宇宙飛行士がL2を視察するということになっている。搭乗員の交代を知っているのはぼくとトキノとあと五人ほどだ。しかし油断はしないほうがいいだろう。

L2崩壊から四日が経った。今はその時間の分だけ残骸が拡散している。ラグランジュ点としてのL2には、もう施設は置けないかもしれない。何兆個かのデブリが発生した宙域を清浄化することを考えれば、他のラグランジュ点を利用したほうが効率的だ。

大きなデブリは他の破片との衝突にも影響を受けにくい。姉たちが使っていたモジュールの断片は二つとも、古典的な微分方程式による予測と大差のない座標にあった。

トキノにはまず、半分になった、姉たちの円筒モジュールに向かってもらった。翠雨のデータがあるからだ。

彼は驚くほどきれいにモジュールとシャトルの速度を一致させ、一メートル間隔まで接近させた。連絡艇のハッチ下部からモジュールへワイヤーを射出した。先端は電磁石になっていて、モジュールの内壁に貼り付く。

ハッチを開くと、正面にモジュール内部が見える。

宇宙服の腰から、命綱(いのちづな)のケーブルを伸ばして、端のカラビナを足元のワイヤーに引っ掛ける。腕に慎重に力を込めて、体全体をワイヤーに寄せた。

虚空に体を浮かべる。見るのはモジュールだけ。無心に手を動かす。手を止めてしまうと、虚無に足を捕まえられそうになる。

「わかっているな? 〈宇宙空間ではなるべくゆっくり動くこと〉」

ぼくは内部に入り、ケーブルは外さずにコントロールパネル前の椅子に座り、まずは翠雨の起動を始めた。

モジュールのバッテリーは優秀だ。翠雨の保存だけならこのままで半年はもつ。

——ネルス。四日と二時間四分ぶりですね。

時空操作から時間が経ったからだろう、メガネとの無線通信が使えるようになっていた。

不覚にも、その声を聞いて泣きそうになってしまった。

「きみの一部に助けてもらってたんだけどね」

――お役に立てたなら何よりです。私の差分データをお持ちですか。

ぼくはヘルメットから情報転送コードを引き出して、データを移動させようとしたが、寸前に手を止めた。

「これを混ぜると、きみの自我が変化するよね？」

――一時的な見た目の問題に過ぎません。最終的にはすべての差分データを取り込んで、最大化したものが私そのものと考えてください。

彼女が言っているのは通常のＡＩのアップデート方法だ。今までだって何度もしてきた。それがＡＩの存在形式なのだと気を取り直して、ぼくはデータを翠雨に渡した。

新しい彼女は宇宙服の腕の記録メディアにぎりぎり格納することができた。

――では早速お姉さまを救出に参りましょう。

「じゃあきみのことは〈翠〉と呼ぶよ。青花のもとにいるきみの一部――翠霞と融合して、翠雨に戻るまでの一時的な存在として」

――いいでしょう。ネルスらしい、素敵な名前です。

そうして球状モジュールの移動予測位置に到着して――この宙域からさして離れてはいない地点だが――あらゆる波長のレーダーを使ってみたが、何も検知されない。つまり、電磁波を入射しても、それを反射しないということだ。

であれば球状モジュールは、光のカーテンのような操作された時空に包まれていると考えるのが自然だろう。

「時空までいじられてるのかよ。どうしようもないな」

とトキノは言ったが、ぼくは違う考えだった。

見えないものを見つけるのはあらゆる科学の根本的動機と言っていい。不可視化の技術は存在するが、それは可視化の技術を応用したものばかりだ。そういう意味で、あらゆる理論は可視化のための理論と言える。

一方で、理論は不可視だ。理論の一部を印刷したものは目に見えるし、〈理論の籠〉や理論図形も見えるけれど、それらは理論そのものではない。理論を完全に可視化することはできない。同様に、物質を完全に不可視化することも不可能だろう。世界は顕われるものだし、こちらには可視化のための理論が大量にある。

「思いついたことがあるので、やってみてもいいですか?」

トキノはわかりやすく舌打ちをする。

「いちいちお伺いを立てなくていい。やりたいことを言え」

シャトルには方向転換のためのノズルが至るところに付いている。そこから噴射されるのは、液体酸素と液体水素が化合したもの、つまり水だ。宇宙空間で撒かれた水は、拡散方程式に近い挙動をする。シャトルを中心とした球状に広がっていくはずだ。

「噴射すると、シャトル本体も動くんだぞ」

「なるべく動かないように翠――ぼくのＡＩが補助制御します」

「そんなの要らねえよ。見てろ」

できるだけきれいな、真球に近いほうが、乱れを発見しやすい。

彼は肩をすくめながらも、船体のすべてのノズルの出力を上げていった。水はレーダーの光を反射して、自らの位置を知らせる。ディスプレイには水の球が順調に育っていく様子が表示される。重心の静止はともかくとして、船体は激しく回転すると覚悟していたのだが、トキノは翠の計算をさらに微調整して回転を抑え続けた。

ぼくは音声回線を切り替えて翠だけに呼びかけた。

「彼はもしかしてＡＩを使っていない？」

――この船には私しかいません。彼一人で操縦しています。この精度が出せるのは、彼に優れた空間認識能力があるからでしょう。人間の勘と呼ぶべきかもしれません。

トキノは翠が行おうとしていた運動よりも一桁高い精度で操縦していた。

彼の操縦技術を、一体どこの誰が言語化、理論化できるだろう。トキノ自身にも無理だろうし、彼の脳や筋肉の挙動をどれだけ正確に測ったところで、とても再現できそうにない。

――ネルス、見つけました。

翠が水の分布を映像化して見せてくれる。

拡大していく水の球に、一箇所だけ穴が開いている。ここから七十五キロ先だ。

「なんだ、随分と原始的な発見法だな」

トキノがつまらなそうに感想を言った。

「そう思えるのは、トキノさんがきれいな球面を作ってくれたからですよ」

もし水の球面に凹凸（おうとつ）や濃淡があったら、ぼくの目はおろか、翠が解析しても、こんなに簡単には見つからなかったに違いない。

当該の地点に連絡艇で近づくが、もちろん肉眼でも何も見えない。しかし背後から流れてくる微小氷粒を船のカメラで追いかけると、宇宙空間に透明な三次元の穴でもあるかのように、吸い込まれてしまう。

翠が逆問題を解き、結果から原因を導き出したところ、ここには球状の吸込口のような物理構造があるという。大きさは球状モジュールとほぼ同じだ。

短い一人旅で孤独を味わった気になっていたが、宇宙の孤独に比べれば、地球は存在に溢れていたことが今になってわかる。

「じゃあ、行きます」

ぼくは移動用バックパックを背負い、ケーブルを結んで船外に出て、数十メートル先の、見えない球に近づいていく。翠の合図で停止し、ゆっくりと手を伸ばしていく。

指先が空間に消えて、それでもぼくは何も感じない。そのままずぶりと腕まで入れるが、何の手応え（てごた）もない。

手の消える位置から、見えない球面の位置がわかる。思い切って頭を突っ込むと――手を伸ばせば届くところに、ずっと探していた球状モジュールがあった。

体を戻すと、ある地点で急にモジュールは見えなくなる。

モジュールを透明な暗幕が覆い隠しているのだ。トキノに連絡してケーブルを延ばしてもらった。

ハッチを開けると、目の前にヘルメットをかぶったアウスゲイルがいた。彼がぼくの手を摑み、接触回線が開いた。彼の握力は強く、疲れた様子は見られない。さすがに鍛えられているということか。

「案外早かったな」

早い？　姉の姿はない。ボールは特に壊れているところもなく、静かに浮かんでいる。

ぼくは球状モジュールの内壁に触れる。その一瞬で翠雨がモジュールのシステム管理権を完全に掌握した。

――ネルス、お姉さまは球内にも球殻にもいません。

「アウスゲイル、姉さんは今どこに？」

彼は肩をすくめる。

「ここに閉じ込められたあと、しばらくして彼女が一人で外に出たんだよ」

そして姉は帰らなかったのだった。

姉のことだ。じっとしていられなかったに違いない。そのときの様子が目に浮かぶ。

そう思っていたら、翠が映像データを送ってきた。監視カメラが外壁を撮影したものだ。翠が早送りしていくと、ハッチから姉が出て、球状モジュールの外殻に立った。それからバックパックを作動させて、おもむろにモジュールから離れた。カメラは外壁を監視するためのものだから、姉がどこへ向かったのかは捉えていない。

嫌な予感がしたが、翠に姉の持ち出した装備を調べてもらう。

「緊急避難用バックパックだけです。通信機と三日分の酸素と水が内蔵されています」

三日——

いくら姉さんでも、生物としての制約は超えられない。

「姉さん、おとなしくここで待ってればよかったのに。もう永遠に見つけられないよ」

「永遠って何のことだ？　テアが出ていって一時間も経ってないぞ。その辺にいるだろ」

アウスゲイルは姉とは違う。軍人は、こういうときに冗談は言わない。わかってはいるけど、

「そっちこそ数時間って何のことだよ。証明できるのか？」

つい口調が荒くなってしまった。アウスゲイルは眉をひそめて、

「さっきから何を言ってんだ？　証明って何だよ。時計があるじゃないか。それに、ほら、ほとんど飲み食いしてないぞ」

　彼は救急パックを指さした。スティック状の非常食は箱に整然と詰まっていて、二本分だけ空（あ）いている。

「翠、モジュールのバッテリー残量から経過時間が逆算できるはずだ」

　話しているうちに、翠がバッテリー残量を知らせた。残りは九十七パーセント。使われたのはおよそ二時間分だった。

　アウスゲイルを連れて幕の外に出ると、一時間以上が経過していた。シャトルではトキノがひどくいらだっていた。

　間違いない。球状モジュールを包んでいるのは時間の流れを遅らせる幕なのだ。外に出ようとする光のエネルギーを使って、時間が流れようとするエネルギーと相殺（そうさい）しているのだろうか。どんな物理なのか、さっぱりわからない。

　詳細はわからないが、L2や地球のときの時空操作よりも高度な物理だし、サイズはぴったりで精度も高い。複数の敵が、別々に〈理論の籠〉を翻訳しているのか？

　姉だったらもっと早く真実にたどりつくはずだ。

　だって姉は世界最高の物理学者なんだから。史上最高という人だっている。

　その姉がいないのに。ぼくだけで何ができる？

でも姉がいないのはいつものことだ。ぼくが九歳のときからずっといない。

きっと姉は同じ場所に留まるのがイヤなのだ。

そしてぼくは思いつく。たぶんすべての真相について。

「まったく姉さんは」

ぼくはトキノに再び円筒モジュールに戻ってくれるように頼んだ。

すぐに翠が話しかけてくる。

——翻訳をするつもりですか？

ぼくは頷く。

——お姉さまはもう探さないのですか。

ぼくは笑いながら首を横に振った。

「姉さんは無事だ。たぶん月のどこかに隠れてる。地球かな。そして敵の一部は姉さんたちだ」

翠が数秒間沈黙した。ぼくの発言を検算しているのだ。

——ネルスの発言の真偽判定ができません。

「後で追加説明するよ。きみならすぐに理解できる」

——知性定理ですか。人間と私の知性に本質的な違いはないと？

「いや。そんな大袈裟な話じゃない。単にきみが賢いからだ。ぼくは地球まで行って戻ってこないと気づかなかったけどね」

モジュールが見えてきた。トキノが相対速度をゼロにしながら、距離もぎりぎりまで近づけて連絡艇を静止させた。連絡艇からアームが延びて、モジュール外壁の配管をつかんだ。量子ゼノン転送機をさっきの幕内に持ち込み、中で翻訳して、すべて公表すれば、この見えない戦争は終わりだ。

「もうすぐ研究に戻れるよ、翠」

——そうですか。私も数理研究のほうがどことなく、そう、気分が良いです。

メガネに翠の新しいアイコンが映る。データ容量節約版の、二頭身のキャラクターになった彼女は美しく微笑む。

気分か。多分それはとても大切なものだ。きっと、どんな知性にとっても。

5　世界翻訳

ボール宇宙に入るのは四日ぶりだ。

再び時空攻撃される可能性も残されていたから、トキノには暗幕空間から十キロほど離れてもらった。

ぼくの情報＝演算対はあいかわらずＬ２服を着ている。翠は姿を表示せず、ぼくの情報＝演算対の演算領域に組み込むことにした。そうすると情報共有が――ほんの数ピコ秒だけ――早くなる。これからどうなるかは予測できない。できるかぎりのことをしておくべきだ。

電気は思ったよりも残っていた。三日間転送しっぱなしでも大丈夫だ。そもそも脳の安全のために、量子ゼノン転送は最長で九十分しかできない設定になっているのだけれど。

Ｌ２崩壊から、もう四日も経ったのか、まだ四日しか経っていないのか、よくわからない。宇宙と地球を行き来して、無重力も打ち上げの加速度も味わって、肉体と情報＝演算対を頻繁に使い分けて、ぼくの時間が――正確には時間感覚が――歪曲したみたいに感じる。

ボール宇宙のなかはひどく閑散としていた。初めて入った時を思い出す。あの時はウアスラと一緒だった。

この宇宙に星空はなく、外の宇宙との境界である球殻に点在するスキルミオンの渦が微細光を発している。ぼくは球殻の内面に立っているのだ。

一千兆もいた姉たちが、今は一人もいない。

翠がぼくの意識に直接話しかけてくる。

――ネルス、私たちはこれから何を？

「姉さんたちがぼくを捕まえようと戻ってくるはずだ。それまでに全訳したい」

――ネルスは本当にお姉さまたちが真犯人だと？

「犯人の一部がね。いま姉さんたちがいないことは傍証になるかな」

――ひとまず了解です。しかしこのモジュール内は時間の流れが遅くなっていますよ？

「もちろん覚えてるよ」

ぼくが考えている翻訳方法は、まだまったくの思いつきにすぎない。これから翠と具体的に計算する必要がある。

まず〈空白領域〉を繋ぎ合わせる。そうすれば〈理論の籠〉と双対の関係にある〈幻影多面体〉が形成されるはずだ。この多面体上では、元の〈理論の籠〉では複雑に絡まり合った概念素の糸たちが、別の姿を見せるはずだ。

――アイデアは理解できました。ただし、構成されたものが翻訳の迂回路あるいは完全辞書として機能するかどうかは、試してみないと。

「そうだね。〈空白領域〉を十個ほど無作為に選択して、繋がり合うか計算してみて」

――少しお待ちを。

そう言うと翠は演算状態に入って黙ってしまった。こうなると、もうぼくが何を考えても翠には通じなくなる。

ぼくは四日ぶりのドメインボールの内殻をゆっくりと歩いた。ウアスラはこの宇宙のなかにいる。いると言っても、このボール宇宙では、各存在は位置座標などは持たず、各存在の濃度が異なる状態があるだけだ。ボール外部から何らかの入力があった場合に、出力としてボール内でこうして歩いていることも、何らかの入力にはなっているはずだが——妹は現れない。

ぼくの知力では妹をこの宇宙から掬い上げる方法はまったく思いつかなかった。姉には以前頼んだきりだ。姉に催促をしても仕方ない。姉はいくつもの課題を並行して考えていて、一時期集中すれば早く解決するわけではないからだ。幼いころから姉は一つのことをし続けるのが大嫌いだった。一方のぼくは同じ絵本を何度も読んだり、単純な遊びをずっとしたりするのが好きだったのだ。

ぼくと姉と妹のウアスラが三人で話したのは二年前に一度きり。しかもあのときはボール宇宙のなかで、ぼくは情報＝演算対として、姉は姉自身ではなくコピーの姉たちで、本人と呼べるのはむしろウアスラだけだった。

全訳が果たせれば、時空に混ざった妹の魂を抽出できる理論もそのなかに含まれているかもしれない。

——計算が終わりました。

「どうだった？」

——〈空白領域〉から糸を撚り出して〈幻影多面体〉を構成することはできました。時間発展した、ほんの数日分の局所的なものですが。

翠によると、抽出した〈空白領域〉はどれも異なる幾何構造であったものの、類似性はあって、おおまかに三通りに分類できるという。当然というべきか、類似した〈空白領域〉由来の糸同士のほうが接合は容易らしい。

――〈空白領域〉は単なる空白ではありませんでしたね。

言ってみれば、〈理論の籠〉はきちんと分類された書棚のようなものだ。矛盾や齟齬を含みながらも論理が連なっている。そして〈空白領域〉あるいは〈幻影多面体〉は書棚のなかの空き、あるいは通路のようなものだ。それなしには、一冊の本を選び取ることもできない。そして書棚と通路、双方が合わさって一つの図書館になる。

「あとは姉さんたち頼みだ。全訳のためには、ボール宇宙計算機が必要になる」

――まだいらっしゃらないようです。先ほどの真犯人について話していただいても？

「そうだね。きみに検算してもらいたいし」

姉のコピーたちが〈不可視の敵〉なのではないかと思い始めたのは、月で侵入者に襲われたときだった。L2をバラバラにできる一方で、パワードスーツとナイフなんて。〈理論の籠〉を読めている敵と、読めていない敵、二種類の敵がいると考えざるをえない。そして読めている存在なんて、この宇宙に一人以外考えられない。

すぐに翠が返事をする。

――ネルスに賛成します。論理的整合性はかろうじて有している推論だと思います。

そのうちにボール内部の表面が輝き始めた。それは波のように揺らぎ、光点をあちこちに作り出した。次第に光点は巨大になる。

姉たちが噴水のように渦から噴き出し、ボール宇宙はあっという間に姉たちで溢れかえった。現れた姉たちはぼくを押しつぶすように集まってきた。

「もしかしてこれってホログラム？」

——そのようです。

姉たちはボールの内表面での存在分布を調整して、ボールの外のぼくたちの宇宙に顕現していたようだ。二次元平面上の情報が、三次元空間中にイメージを結ぶ。ホログラムのシールにも使われている、ホログラフィック原理だ。

「ネルス」「ネルス！」「ネルス」「何しに来たの？」

一斉に、似たようなことを姉たちが叫ぶ。

ぼくも大声で呼びかける。

「全訳のアイデアを考えてきたんだ。計算してほしいんだけど」

「全訳？」「できっこないよ」「私たちにだってできないんだから！」

「ちょっと、誰か一人、代表を出してくれないか。話ができない」

しかし姉たちが言うことを聞いてくれるはずもない。

「そっちで調整しなさい」「またＡＩと一緒に」「いつも一緒」「ＡＩに助けてもらえばい

ぼくはしかたなく翠に、姉たちの発言を聞き取りやすいように調整してくれるように頼んだ。

「確認しておきたいんだけど、L2や地球で時空操作したのは姉さんたちだよね?」

翠は一千兆の姉たちの発言の重複を整理し、論理順に並び替えて、一人の姉の発言として構成していく。

「そうだよ」「当たり」「よくわかったね」「でも私たちは」「テアを」「肝心の」「私たちのコピー元である私を」「とうとう見つけられなかった」「ネルスもね」「ネルスもい」「ネルスが指示を出さなくても」

徐々に慣れてきた。一人に話しかけるでもなく、大勢に呼びかけるでもなく、どこか――あたかも世界全体に向き合うように呟けば、姉たちが受け止めてくれるのだ。

そしてどうやら姉さんたちは、人間である姉を一旦は捕まえたものの、逃がしてしまって、ぼくのことも追いかけ回したものの、結局はボール宇宙に先回りされて、ひどく落ち込んでいるようだった。これから一仕事をお願いするために、ぼくは姉さんたちを慰(なぐさ)めることにした。

「追いかけっこは、逃げるほうが有利だよ。逃走の経路は無限にありうるんだから。どんなに姉さんたちがいても、無限の経路を調べることはできない」

無論、逃走には必然性もある。物理的な制約も少なくない。だからすべての逃走者が逃げおおせられるわけではないが、姉ならば難しいことではないだろう。姉のことだ。かくれんぼかスパイごっこのつもりで楽しみながらどこかに隠れているのだ。

ぼくは慎重に姉たちを探っていく。

「姉さんたちはずっとここにいたの？」

「私はね。私も、私も、私も、私も。私は違う、私はテアを。テアを探したかったから」

姉たちはどうやら合議制で行動を決めているようだった。球面上には表面張力のような束縛条件があるらしく、一千兆の姉たちの一人一人が完全に自由に行動できるわけではないようだ。ホログラム的存在にも苦労はあるらしい。

しかし姉たちの一部が外に出ていたことがわかったのは大きい。姉たちが作った道をたどって、ウアスラも外部に出られたのだろう。

どこまで姉が予想していたのか、空恐ろしくなってきた。

「姉さんたち、時空操作がかなり上手くなったみたいだね」

「クー。デター。のとき〈理論の籠〉。籠。部分翻訳したから。ね。ね。翻訳技術は。技術。技術だから。技術は。他の。別の。分野にも。適用。することができる」

「それで、ぼくや姉さんよりも先の理論も手に入れたんだ」

ぼくのゆるい納得に対して、姉たちから即座に反論がくる。

「違う。違う。違う。理論を。理論を翻訳。する。翻訳。していく。と。時空も。時空の。

操作。も。できる。ように。なった。ん。ん。だよ」

「理論翻訳と時空操作が似てるってこと？」

ようやくぼくはウアスラの言葉を理解する。

ぼくたちの宇宙では、世界を見るための〈理論〉と〈世界〉そのもののあいだには大きな断絶がある。だけどそれは存在様式の問題にすぎない。このボール宇宙では、宇宙全体の状態がまるで素数に対応するかのように決まっていて、外部からの入力に応じて、内部の状態が出力するのだった。

このボール宇宙においては、外部入力を世界を見るための〈理論〉と見なすことができる。外部から入力された〈理論〉は、ボール内に〈世界〉を現出させるからだ。

そう、ボール宇宙では、理論と世界がほとんど同一のものなのだ。

あと少しで、姉の思考に追いつけそうな気がするのだが、姉たちは静かに待ってはくれない。

「で、何しに来たの？　決まってる。多くの困難を乗り越えて。ムチャもして。だいすきなお姉ちゃんを。助けに。来たんでしょう？」

いつまでも黙らない姉たちに、ぼくは大声で呼びかけた。

「はいはい、わかったわかった。姉さんのために〈理論の籠〉を翻訳したいんだ。翻訳戦争を終わらせるために」

できればすべての戦争を終わらせたいけど、そんな理論が籠のなかにあるかどうか。

「そんなものないよ」

「え？」

「この前の冬、ベアトリスを守るために、自分が何をしたのか、忘れたの？」

それは、もちろん覚えている。ぼくは北極圏共同体軍の一部が起こしたクーデターを強引に終わらせるために、戦闘領域から運動量を奪い去った。それは一時的にある程度以上の兵器を無効化したけれど、それでもぼくは殺されそうになって、古代からの武器である弓によって救われたのだった。

「ネルス。あなたが。ネルスが。してきたことは。闘争以外の。何物でも。ないはず。はずだね。はず。ばかな。ネルス。自分で何を言っているか理解していない。止めるということは、既にして事態は起きている」

一千兆人の姉たちが笑い出して、その音圧でぼくの情報＝演算対は掻き消えてしまいそうになってしまう。

そして、ぼくは最後の一歩を乗り越える。

ようやく姉が五日前にぼくをL２に呼んだ真意がわかった。

姉は言っていた。翻訳にはボール宇宙を使う、と。それはボール宇宙を計算機として使うという意味かとぼくは思っていたが、姉はきっと、ボール宇宙そのものを時空操作することを考えていたのだ。

正確には、ボール宇宙に送り込んだフルサイズの〈理論の籠〉を——そしてぼくが見つけた〈幻影多面体〉と一緒に——ボール宇宙ごと〈時空操作〉して、ぼくたちにも読めるレベルまで時空ないしは物理法則ごと、論理構造を組み替えようというのだ。論理が——人間的な約束などではなく——物理に従うというのは、知性定理の大前提だ。

この翻訳方法では、きっとボール宇宙は消失して、ぼくや姉の妹であるウアスラも、そして姉の分身である一千兆の姉たちも、みんな消えてしまうことになる。

「ネルス。ネルス。あなたの思考。なんて。ぜんぶ。ぜんぶ。まるごと。わかっちゃう。んだよ。私。私たち。は。この。ボール宇宙。そのもの。なのだから」

思いついた時点で計算は始まっているのではないか。ぼくは先月、北極圏大学でイェスパーと交わした議論を思い出す。ぼくたちはありとあらゆる計算をしても良いのだろうか。でも、計算をする前に、式を立てる前に、既に計算はなされたも同然なのではないか。

「何もかもが手遅れということなのかな」

「まだ。何も。まだ。何も。始まっても。いない。ばかね。ばかネルス」

再び姉たちの大爆笑だ。何がそんなに面白いのか、理解できない。確かにぼくは賢くないみたいだ。

「あるのは、ただ。風景だけ、どうして。そこに。山が。川が。空があるのか。私たちは知悉できない。三体問題も解けない、たった三体なのにね」

妻の専門である複雑系理論を持ち出すまでもない。ほんのわずかな条件の違いで山も川も消失するだろうし、太陽や大地が失われても木は存在するかもしれない。

翠が発言を求めてきた。許可すると、ぼくのL2服の胸に、翠をデフォルメしたワッペン型アイコンが浮き彫りになった。

――お姉さまたちは何がしたかったのですか？　ネルスをやりこめたかったのでしょうか？　ネルスがお姉さまを選ばず、自分の親友と結婚したからですか？

一千兆の姉たちは一斉に沈黙する。

なんてことを言うんだと思いつつ、ぼくは別の質問をする。

「地球の空をあんなにしたのは、ぼくを地球に閉じ込めるためだったのか？」

「さあね。生意気な。ネルス。ＡＩに頼ってばかりの。自分で考えて。みたら」

翠のアイコンがぼくを押しのけるように発言する。

――ネルスを守るために決まっています。違いますか、お姉さまたち。

姉たちはぼくの前でせわしなく入れ替わっていく。

「うるさいな翠雨。今は翠なのか。ネルス。テアは。肉体を持っているテアは。うるさいから。私たちが黙らせたの。反対するから閉じ込めた。すぐ逃げられちゃったけど。地球の空は。Ｌ2にだって。他の敵が来そうだったから」

〈光のカーテン〉や〈虹色の空〉のおかげで、ぼくの居場所もバレなかったわけだ。姉も姉たちも、ずっとぼくを守ろうとしてきたのだ。

「私たちが。物騒な連中を一掃。しようとしたら。テアが。うるさいテアが。私たちを。こんなところに。閉じ込めようとしたから」

一掃と言うが、何をするつもりだったのかは考えたくもない。姉たちが本気になったら地球ごと、あるいは太陽系くらい一瞬でバラバラにできそうだ。いつもの姉さんだったら、姉さんたちに同意してもおかしくないとも思う。

でもたぶん姉は一人で、一千兆の姉たちを説得したのだ。そして地球に染み出していった一部の姉たちも暴力的なことはしなかった。たぶんそれはひどく面倒なことだったに違いない。

そして姉は、ぼくにも地球圏を逃げ回らせるという大変なことをさせて、姉たちの時空操作技術を向上させて――おそらくぼくが翻訳方法を思いつくだろうと踏んで――ぼくと姉たちに全訳を任せたのだ。

以上はぼくが考えたことではあるが、姉がそこまで考えていたのは間違いない。それはもう、悪いけれど直感みたいなもので、説明はできない真理なのだ。長年あの姉の弟をしている経験だとか勘だとかで理解してくれてもいい。

そしてまだぼくは姉を見つけていないのに、姉の遠大な思考そのものに触れたように感じられて、姉にバカにされるとわかっているのに、涙が溢れてくる。ボール宇宙内の弱い重力に従って、涙はとてもゆるやかに落ちていく。

「どうして泣いているの?」

一千兆の姉たちがぼくに問う。

「なんでもない。なんでもないよ」

「いつまでも泣いてないで。全訳してあげるから。してあげる。やさしいお姉ちゃんが。全部訳してあげる」

「ダメだよ。そんなことしたら姉さんたちもウアスラも消えちゃうだろ」

「ほんと。ネルスは。ネルスは。私のこと。私たちのことが。お姉ちゃんのことが。好き。なんだから。妹もか。ほんと。姉妹。好きなんだから。好き過ぎ。全然大丈夫。だって。時空を。今や。自在にできる。んだから。任せなさい。って。この世界すべてを。ボール宇宙も。外の物理宇宙も。まるごと。世界を書き換えて。あげる」

姉たちの最後の言葉に何だか違和感を感じて、ぼくは声を上げる。

「ちょっと待った。世界を丸ごと翻訳するって何のこと?」

ぼくたちの目的は、〈理論の籠〉に入っている二兆年後の理論を読めるような形に翻訳することだ。それで姉たちやウアスラが消えないと言っても、世界全体に何かが起きるくらいなら、そもそも全訳しないほうがいいのではないか。ぼくや姉が誘拐される危険くらい、世界を巻き込まなくても、どうにかできるはずだ。

「もう。何度。同じことを。ネルスが。他ならぬ。ネルス。あなたが。思いついた。その瞬間。世界はすでに。〈理論の籠〉を。その全訳も。手に入れている。んだよ」

「でも、だからこそ、ぼくにはその影響を予想して、なるべく被害が出ないように準備する責任がある」

「世界。世界。世界を背負っている。のね。私の。私たちの。かわいい。ネルス」

「そんなつもりはないし、ぼくにはその能力もないよ。現に、何が起きるか、まったくわからない。姉さんたちにはわかるんだったら教えてほしい」

「少しは。自分で。考えて。よね」

きっと、ここで参照できる理論なんて、ない。これはぼくが一人で決めなければならないことだと思う。

この近傍宇宙で知性定理を初めて見つけたのは、姉でも誰でもない、ぼくなのだから。どちらが正しいかなんて、おそらく二兆年後もわからない。即座に悪用が予想できる兵器開発とは訳が違うのだ。

これは、歌うことができる歌を歌っていいのか、描くことができる絵を描いていいのか――そういう問いに近いのだと思う。木を植えることができる場所に、木を植えてもいいのだろうか。木は育って、気持ちのいい木陰を作るだろう。木登りをした子供が落ちて骨を折るかもしれない。一本の木によって風景は、世界は、美しくなるだろうか。

「決めた？」

姉たちは一斉にぼくの表情をうかがう。

どこかできっと生きている、ぼくの姉と同じ顔で。

「それで世界がメチャクチャになったら、元に戻せるのかな」

「ネルス。私にだって。できることと。できないことがある。だけど。ちゃんと。手伝ってあげるから。もし。あなたに。したいことがあるのなら」

視界いっぱいの姉たちが、真摯(しんし)に、笑いながら、泣きそうになりながら、ありとあらゆる表情をして、ぼくを見つめる。

ぼくはゆっくりと、しかし後戻りできない決断をした。

「お願いするよ。翻訳を始めて」

ぼくの言葉が届いた順に、姉たちは輝き出した。翻訳作業の準備を始めたのだ。光は球形に広がって、すぐにボール宇宙全体に満ちた。

一千兆の姉たちがせわしなく動き続けるなか、ぼくは妹のことが気がかりだった。

そばを通りかかった姉たちの一人に話しかける。

「姉さんたち、ホログラフィック原理をボール宇宙に適用すれば、内部に溶け込んだウアスラをこの表面に引き出せるんじゃないのかな。——というか、もしかしてそのつもりで研究してた?」

姉はミスを恐れたりしないが、自分のミスを放置するようなことはしない。ウアスラがこの宇宙に取り残されていることは姉のミスではないが、気にはしていたのだろう。

「そうかもね。それは私たちの誰かがすると思うけど、制御が難しい。私たちをホログラム化するのには慣れたけど。もしかして。今なら。ウアスラを。あなたの魂の片割れを掬い上げることができるかもしれない。わかってる? こうして私一人に話しかけているということは、すべての私たちに話しているのと同じだということを」

ずっと黙っていた翠が報告してくれた――姉たちの言葉のなかから小さな声を拾い出したと。

ボール宇宙がなくなるというのだ。

「私たちは真空の位相差として、この宇宙に光の速さで広がっていくことになる。私たちのぶんだけ世界が深くなる」

ボール宇宙と外部宇宙――ぼくたちが暮らす宇宙――は、似た物理法則を持っているが、ヒッグス場や電磁場といったほとんどの場の位相がズレている。位相欠陥であるドメインウォールを切り開けば、熱力学的拡散が始まって、時空の各点で〈位相回転〉が起こるはずだ。

姉たちがいよいよ騒ぎ出す。今回はコピー元の姉がいないから、さらに始末が悪い。

「ネルスはもう外に出ていなさい、出てなさい、出て。出て。このボール。今からバラバラに。する。ん。だから。また魂が。分裂、分裂したら。大変だから。大変。大変大変」

ぼくは千兆の姉たちに別れを告げる暇もなく、ウアスラのことを確かめることもできないまま、ボールの外に送り出されてしまった。

ゆっくり目を開けると、目の前にはボール宇宙が浮かんでいる。ぼくはすぐに量子ゼノン転送機から飛び出した。

――ネルス。そんなに急に動いたら危険です。貧血を起こします。

「何か起きてる?」

――先ほどからスキルミオン渦の運動が少しだけ激しくなっています。

ゆっくりと位置を変えていたボール表面の六十個の渦が静止し、その場で回転速度を上げていく。

球状モジュール内の温度が摂氏五十度を超え、さらに上昇を続けた。なんだかボール宇宙が大きくなっているようだ。

出たほうがいいかも――と翠に言おうとした瞬間、ボール宇宙は急激に膨らみ、表面には縦横に無数の切れ目が入り、一瞬だけ――奇妙な言い方だが――時が止まって、次の瞬間、ボール表面は跡形もなく完全に消えてしまった。

ボール宇宙があった場所には、エネルギーの残滓(ざんし)のような揺らめきが漂っていたが、それもしばらくして見えなくなった。

球状モジュールは無事だし、ぼくもなんともない。トキノとの連絡回線も開いている。

「仕事は終わったんだな。迎えに行くから、そこで待ってろ」

とりあえず世界は崩壊していないみたいだ。呼吸は普通にできるし、壁に触れることもできる。物理は変わっていないようだ。

しかし、風景の密度がいつもよりも濃い気がする。風景を構成する知覚データが増えたような——自分でも何を言っているのか、よくわからないのだけれど——そんな感覚だ。

ぼくは宇宙空間で、人工的な知性である翠と共に漂(ただよ)いながら考える。

「きみも感じる?」

——ええ。これが翻訳の結果なのでしょうか。

姉たちは翻訳しながら地球を元に戻していた。分割のなくなった空の画像が情報ネットワークに次々と投稿されていき、世界の見え方が変わった違和感や驚きの声が集まり続ける。

——ネルス、読んでみてください。半年前にお姉さまが強引に翻訳した七千兆年後の理論です。

姉が強引に言葉を当てただけの代物だ。これをきちんと読める形にしなければ全訳できたとは言えない。

ボール宇宙計算機もなくなってしまって、この先どうやって翻訳していくというのだろう。

適当にめくって、目を通していく。

「ん？　翠、この文章、調整した？」

「いいえ。お姉さまから預かったときのままです」

「わかるような気がするんだけど。気のせいかな」

ノートを取りながら、自分で計算しながら読んでいけば、ついていける気がする。

これが、姉さんたちが言っていた全訳なのか。未来の理論を現在のぼくたちに理解できるように訳すんじゃなくて——ぼくたちのほうを書き換えるなんて。

「私もいくつか読みましたが、整合的に理解が進んでいます。私の論理構造も変わったということでしょうか？」

「うん。きみもぼくも世界も、みんな翻訳されたんだ。世界のことが前よりも理解できるように」

もしかして、姉さんは全訳の意味するところまで見越していたんだろうか。

だとしても姉のことだから別に驚くには当たらないけれど、答えは姉に直接聞けばいい。

今のぼくには地球で姉に再会する光景が見えていた。

そこで待っていれば、きっと姉に会える。

6　風景の深度あるいは姉のいない風景

「ほらネルス、ネクタイ曲がってる」

「テア。ネルスの世話は、私がやるから。大人しくしてて。ドレスがしわになっちゃう」

「ベアトリス、ドレスじゃなくてキモノね」

姉と妻がぼくのネクタイを引っ張り合って首がしまる。

こうして見ると——以前青花が指摘したときには、ぼくは同意しなかったのだけれど——二人の顔は似ている気もする。髪と目の色は全然違う。姉はぼくと同じ金髪碧眼、妻は赤毛緑目だ。

式場スタッフが、あらあらと言いながら、姉を鏡の前に連れ戻した。

ぼくたち夫婦も、様子を見ていた青花に、外に連れ出されてしまった。

青花の両側には、五歳の双子が寄り添っている。彼女の息子と娘だ。

ケガの療養のために中国に戻っていた青花は、無事に完治して、姉も初めて会うという夫と子供たちと一緒にやってきてくれた。家族四人、おそろいの中国式の正装だ。美しい濃紺の絹地に、金糸で大きく龍と鳳凰が刺繍されている。どちらも幸運の象徴だという。

「まったくテアは。自分の結婚式でもおとなしくしていないんだから」

あきれる青花に、ぼくは苦笑いをする。

黒いマタニティドレスに白いショールを肩にかけた妻のお腹はようやく大きくなってきた。手をとって親族待ち合い室のベンチに座らせた。お腹にはぼくたちの赤ちゃんがいる。性別は生まれるまで聞かないことにした。だってそっちのほうが楽しみが増すじゃないか。

一週間前――L2で行方不明になった姉が突然日本の自分の研究室に現れたのは、ぼくとベアトリスが北極圏に戻る準備をしていた時だった。

ドアの解錠を検知した翠雨が知らせてくれた。ぼくは宿の自転車を借りて、東京の、姉の大学に向かった。ちなみにあの電動自転車は無事に《移動祝祭日》から長崎空港に戻された。復旧した電話でリーダーたちには礼を言ったが、式が終わったら姉と挨拶に行かないと。

夏休みで大学構内に人通りはほとんどなかった。教職員用の宿舎には先日も行ったばかりだ。行方不明の姉のポストを大学は保証してくれていて、部屋はずっとそのままの状態だったから、親族用の入館許可証をもらって掃除に入ったのだ。

部屋のドアもぼくの生体情報で解錠できる。靴と荷物が玄関に置かれ、中に入ると灯りがついていた。

「姉さん？」

そして子供の頃から見慣れた、脱ぎっぱなしの服が点々と、浴室まで続いていた。

どの服も随分と汚れている。

隣の脱衣場から声をかける。

「姉さん？　いるのか？」

「なに？　聞こえない！」

浴室のドアがいきなり大きく開いて、ぼくは閉め返した。

「ちょっと！　顔だけ出せばいいんだよ！」

「うるさいな」

そこにいたのは確かに姉だった。今度は顔だけ出して、ぼくをぎろりと睨んでいる。

少し痩せたみたいだ。濡れた髪から水滴が落ちる。髪は随分と伸びていた。

「わかった？　あなたのお姉ちゃんだよ！」

気づくとぼくは姉の火照った顔をまじまじと見ていたのだった。

慌てて姉に背を向けて、脱衣場を出ようとすると、後ろから大きな声で、

「そうだ、ネルス。私、結婚するから」

非常に違和感のある言葉に、ぼくは立ち止まった。

それから姉の言葉が繰り返される。

全訳による〈ランドスケープ拡張〉で、時間と空間の認識可能域は広がった。人間が変わったのか、それとも時空の性質が変わったのか——という議論が起こっているが、そんな区

別にはもはや意味はない。ぼくたちが感じるランドスケープの幾何構造が変わり、この宇宙の物理法則そのものが変わったのだ。

全訳直後に簡単な論文にまとめて公開したけれど、反応はいまいちだ。情報を拡散してくれた人もいるが、大多数は判断を保留している。

姉たちによる翻訳は現実に多くの問題を引き起こしていたから、すぐに受け入れてもらえるかとも期待していたのだが、ぼくだって当事者でなければ信じていないかもしれない。物理法則の変化だなんて、科学者としては最後に疑うべき原因だからだ。

翻訳直後から、自分が見た風景と、見ることができる風景が、いま見ている風景に重なるようになった。ぼくがトキノと共に月面基地を経由して東京クラスタの羽田空港に降り立ったのは、ボール消失から二日後のことだった。

混乱は月も地球も変わらなかったが、車や飛行機や宇宙連絡艇に乗っているときは——見ている風景が次々に変化していくためだろう——風景の重ね合わせに気づかないのは幸いだった。もしありもしない車が見えたりすれば、自動運転であろうとも交通事故は避けられないだろうから。

数週間経って、オフィスや学校、あるいは映画館のような、ずっと座って同じ光景を見ているときの重ね合わせが問題になった。過去の残像がその場に積み重なって、映像や文章がひどく見づらくなったのだ。

記憶や推論も、今までよりも遙かに広く細かく把握できるようになって、同時に複数のことを考えられもするのだが、当然困惑する人は多かった。

とはいえ、いずれみんな、この世界に慣れていくのだ。

そしてぼくの目の前には、はだかの姉がありありと見える。

ランドスケープ拡張のために見えるようになったのは、実際の過去や未来だけではない。可能性としてあった過去やありうる未来もまた可視化されているのだった。振り返れば、また姉がドアを大きく開けているに違いない。

ぼくは無視するかのように翠雨に話しかけた。

「翠雨、いま姉さん、何て言った?」

――お姉さまの御結婚、おめでとうございます。ネルス。

翠雨が勝手に数分前の姉の声を再生した。ランドスケープ拡張とは比較にならないほど明確に姉が言う。結婚する、と。

「急に一人で帰ってきて何を言うかと思えばそんなつまらない冗談で今までどこにいたんだよ連絡もせず青花もぼくもベアトリスもこの一ヶ月」ぼくは一息入れて、「ずっと探していたんだ、一体どこにいたんだよ何だよ結婚するって」

「ネルス」

「なに?」

「私、本当に結婚するからね」

ぼくは反応に困って、無理して笑う。

「なんだか大事なことみたいに言っているけど、ぼくは別に、姉さんが宇宙を壊そうとしたり死にそうになったりしていないんだったら、何をしようが文句は言わない。結婚でもなんでも好きにすればいい」

「強がっちゃって」

そう言って姉は浴室のドアを閉めた。

姉はアウスゲイルを残して球状モジュールを出たあと、ぼくと青花と同じ月基地のシャトルに回収されたのだという。

「二人のすぐ後ろにいたんだよ、こっそり。笑いを堪えるのが大変だった」

地球に着くまで執拗に攻撃されたのは、ぼくや青花を狙ってのことではなく、姉がいたからではないか。

「かもね。彼女たち、っていうか私たちは、勘がいいから。でもいいでしょ。L2でも月でも地球でも誰も死んでないんだから」

「青花のお腹には傷が残っちゃったらしいけどね。月からは?」

「ネルスたちとは別の脱出ポッドで、私は南極に降りたんだよ。例の空のせいでね」

南極にある国連の観測基地で空が元通りになったのを見た姉は、それでも念のために身を隠していたという。

世界中にいる姉のファンのおかげで快適に過ごすことができたと能天気に言うが、きっと退屈していたはずだ。そこにアウスゲイルが迎えに来たのだった。

アウスゲイルは使えるかぎりの北極圏共同体軍を動員して、月面を捜索しつつ、L2崩壊以降に発射された月面脱出ポッド数千機のすべての行方を追いかけ、ついに姉を見つけた。

全訳後、ぼくも地球に戻って姉を探し続けたのだが、さすがにアウスゲイルみたいに、すべての仕事をほっぽり出して、あたかも姉が世界全体に匹敵するかのように軍を騙してまで姉を探すことはできなかった。そもそも翻訳直後に、ぼくにはこの姉との再会が見えていたのだ。アウスゲイルにも伝えたが――じゃあ俺は自分で見つけるよと言って、探し始めてしまったのだ。

実際、ぼくにとって、姉は世界でもなんでもない。ただ、正直に言えば、ぼくだってそれなりに姉を探していたんだから、ぼくが一番に姉を見つけたかったんだけれど。

結婚式場に戻ると、ベアトリスがぼくの両親と話し込んでいた。新郎も用意で忙しい。暇なぼくは内庭を歩くことにした。

ここは姉や青花の大学のそばの神社だ。本殿は三百年前に建てられたという。姉がベアトリスに気遣って、新郎にも相談せず、勤務している大学の近所で決めてしまったのだ。おかげで親族一同、北極圏から日本に来ることになった。

もしウアスラをボール宇宙から掬い出せていたら、記録キューブに載せて結婚式に同席できたのに。

結局、ウアスラを置き去りにして二年、ぼくは彼女のために何もできなかった。知性定理を第二、第三と加えても、ぼくは一ミリメートルも賢くなっていない。

空は青く、夏の日差しは切り分けられることなく真っ直ぐに地表を熱している。蒸し暑い日本の夏だ。北極の夏とはまるで違う。蟬が代わる代わる鳴いて、途切れることがない。

式場の中庭には池があって、そばまで歩いていけた。色とりどりの鯉たちは気怠げに、池にできた木陰の下で、時折ゆったりと尾ビレを動かしている。

波紋を目で追いかけると、水面の反射のなかに、ずっと探していた顔が映った。

石畳の上に、鮮やかなオレンジ色のドレスを着たぼくの妹が立っていた。まるでずっといたみたいだ。

「せっかくの結婚式だからね」

彼女はゴーストなんかじゃない。可能性でもない。これは確かにぼくが見ている風景だ。何の違和感もない。

「きみは今どこにいる?」

「あなたの目の前」

「いや、そうなんだけど、そうじゃなくて」

「冗談だよ。わたしはお姉ちゃんたちと一緒にドメインボールの表面に乗って広がり続けている。ネルスに見えているのはホログラムとしてのわたし。でもネルスと話したことはボール表面のわたしにも反映されるから、どちらが本当のわたしかはわからない。これからは時間的にも空間的にも束縛されず、いつでも会えるよ」

ぼくはしばし茫然（ぼうぜん）として、またも気のきかない言葉を返す。

「広がって、密度は薄まらないのかな」

「インフレーション理論と同じだよ。空間が拡大するほど内部エネルギーが増え、表面のエネルギー密度は一定に保たれる。それを利用してお姉ちゃんたちはますます増えてるよ」

彼女は姉たちを経由してずっと見ていたのだ。

「翻訳戦争が終わって良かった。テロネットワークも誰も、ネルスやお姉ちゃんを狙わない」

「また姉さんが新しいことを始めれば別だけど」

何もかもが見通せるようになったわけではない。時空が広がって、ほんのわずかな先の未来が見えるようになっただけだ。

ウアスラが呟く。

「テアお姉ちゃんの翻訳はどこまでも公平なのね」

「姉さんは別に公平にしようとしたわけじゃないと思うけど」

それでも、きっとウアスラの言う通りなのだろう。ぼくは妹の言うことを疑わない。

「そうだ、ウアスラ、赤ちゃんの名付け親になってくれない？」

「どうして。奥さんと二人で考えたら？」

「一応ぼくだけで考えて、ウアスラって名付けるつもりだったんだ。もう、きみに会えないかと思って」

「バカね。――ちょっと待って」

ウアスラは周囲を、世界を見渡していく。広く、深く。

「ナツ」

ウアスラが祝福の言葉のように微笑みながら、子供の名前を言った。

ぼくはその名前を小さく何度か呟く。ぼくもその日本語は知っていた。今このとき日本や北極圏――北半球を覆っている、この夏だ。

「ナツ・リンデンクローネか。いいね、ありがとう。でもどうして日本語？　ここが日本だから？」

「およそ二万八千年前、このあたりに姉弟(きょうだい)がいたの。二人は北に向かった」

「姉弟が氷河期で凍結していたベーリング海を渡って、その子孫がぼくたちだと？」

父方の祖母の祖母がカラーリットだと聞いたことがある。

「姉弟がどこまで行けたかは読み取れないけど、テアお姉ちゃんやネルスとの遺伝子上の繋がりはないみたい」

どうやらウアスラは、ぼくとも姉とも姉たちとも、まるで違うランドスケープを見ているようだ。あらゆるスケールの、すべての時の果てのランドスケープ。でも、ウアスラが見ているから、ぼくにも見えるような気がする。

「ようやく姉さんたちが翻訳前に言っていたことがわかってきたよ」

翻訳というのは、翻訳元と翻訳先を連絡させる行為だ。翻訳の結果、二つのテクストは融合し、翻訳後には――時間順序を無視すれば――どちらが原典でどちらが翻訳なのかの区別はつかなくなる。

そして、姉たちの翻訳は、世界と理論の区別を消失させたのだった。

あらゆる区別が失効したというなら、彼女とぼくの区別もなくなって、存在と不在の区別もなくなって、なくなるということもなくなってしまったということだ。

これは虚無主義者の楽園なのではないだろうか。

「わたしとあなたの区別も、観測者と世界の区別も、あまり意味がない。時間と空間が交じり合っているように、世界と理論が混じり合うように」

またね――そう言ってウアスラは風景のなかに去っていった。

控え室をノックすると、式場スタッフが開けてくれた。大きな鏡の前に姉が座っている。

ぼくと姉は、鏡のなかで視線を交えた。

「ちょっと弟と二人にしてもらえますか」

そう言って姉が人払いをすると、ぼくは急に緊張してしまった。

姉は真っ白なキモノを着て、頭には白くて巨大な頭巾のようなものを被っている。

「これ、ワタボウシって言うんだよ」

その上部には、キモノと同じく白や銀の糸で細やかな刺繍が施されている。顔が見える部分の縁には一筋の赤い線が縫い込まれていて、まるでぼくと姉を分け隔てるかのようだ。姉の口紅と金髪がその奥に見える。

「どう？　似合う？」

「そういうのは花婿さんに聞いてよ」

この花嫁衣装はおそらく黒髪黒眼の日本人女性の美しさがより際立つようにデザインされたものであって、金髪碧眼の姉にぴったり似合っているとは言いがたかったけれど、さすがにこうも着飾られると華やかで、我が姉ながら見とれてしまう。

時空拡張によって姉のほうを直接見なくても姉の姿を見ることはできるのだけれど、眼以外を使ってまで姉の花嫁姿を見ようとしているというのも恥ずかしくて、結局はチラチラと見るほかないのだった。

「さっきウアスラに会ったよ」

姉は、しれっと、

「そう。私たちのなかの一部が翻訳したんだね」

ぼくは急に不安になる。理論と世界が同一のものになり、理論研究と世界改変が等価のものであるならば、もはや謎なんて存在しないのではないか。人間に残されたのはせいぜい新しい法則を考えることくらいだろうか。しかしかつての世界や、姉たちが書き換えたあとの世界のように、無矛盾で精緻な物理法則を考えることは難しい。

「姉さんはこれからも研究を続ける？」

「もちろん」

姉は勇ましく断言する。

「わかんないことなんて無限にある。世界がどうして存在するのかだって、今回の全訳でわかるようになるかと思ったのに全然ダメだし。ネルスはわかった？」

「姉さんがわからないことがぼくにわかるはずないだろ。でも、そうだな、姉さんたちのおかげで、今までよりもずっと広く深く世界を見ることはできるようになったよ」

結婚式場にはイェスパーも来ている。せっかくですからと、相変わらずの調子の良さで、ぼくの両親にくっついてやって来たのだった。あとで久しぶりに哲学の話でもしよう。北極圏大学の修士課程に進んでいる彼も、今回の件でさらに質問が溜まっているはずだ。

「私は自分がもどかしい。私は、私にとっての問いしか、問いだと思えない。バカみたいじゃない？　私であることが究極的な束縛条件になっている」

姉は白無垢（しろむく）の花嫁衣装のまま、いつもの調子で話し続ける。

「わかったよ。化粧も衣装も崩れちゃうから」

姉は舌打ちをして、

「今の私では知ることはおろか、想像もできないことを、私は知りたい」

姉は至極当然のことのようにそう言った。

まるで、誰だってそうだと確信しているみたいに。

「そのために必要とわかったら、また世界を翻訳するからね。ネルスも手伝いなさい。ボール宇宙は近傍宇宙にまだまだあるはずなんだから。もしかして前の私たちの宇宙も、誰かがボール宇宙で書き換えた宇宙だったかもしれないね。あとで検証しよう」

結婚みたいなひどく人間的なことをしようとしているくせに、また宇宙規模のことをしでかすつもりらしい。ぼくは思わず笑ってしまう。

ぼくの風景のなかに、最も長く居続けているのは間違いなく姉だ。もう何年かしたらベアトリスやナツが最長になるんだろうけど。

四半世紀以上も姉の弟をやっているのに、ぼくは姉のことを理解できない。

ぼくの親愛なるこの世界は、無限に深く、ぼくの理解を拒絶する。

ドアがノックされて、青花がスタッフと共に控え室に入ってきた。

「いつまで話してるの。みんな並んで二人を待っているんだよ」

「ごめんごめん」

姉が駆け寄ってきたスタッフに手を借りて立ち上がる。

「あら？　新郎様は？　もう会場？　では弟さまが新郎さまのところまで支えてあげてください。そこからは新郎さまがお手をお取りになります」

「え、姉なら一人で歩けますよ」

「ばかネルス、早く」

ぼくはため息をついて、姉の手をとる。姉がそっと握り返す。

部屋を出ると廊下の先にみんなが並んでいる。

姉が白いワタボウシの赤い縁取り（ふちど）の向こうから、小さな声で話しかけてくる。

「私が見ている風景を、ネルスも見ている気がするって話、少しだけ理解できたよ。南極でさまよっているときに」

「うん。姉さんが帰ってきて良かったよ」

ぼくの間抜けな返事に、姉がまたしても舌打ちをする。世界を翻訳しながら広がっていく一千兆の姉たちが一斉に舌打ちをしている気がして笑ってしまう。だって、姉さんがぼくの視点に立つなんて——いくら天才でも、天才だからこそ——信じられないよ、姉さんたち。

「そういえば姉さん、どうして北極に帰らないんだよ。何か特別な理由がある？　寒いから？　めんどうだから？」

「帰れ帰れってみんなうるさいな。私にとっての故郷はこの宇宙なんだから、そもそもどこにも行ってないんだよ。宇宙論的に言えば」

「そこは人間的なスケールでいいんじゃないの。姉さんだって何億年も生きるわけじゃないんだから」

姉が首を振りながらぼくを睨む。

「そろそろネルスも姉離れしなさいよ。帰れって、つまり会いたいってことだよね。私、もう結婚しちゃうんだから」

これは、姉とアウスゲイルの結婚は——故郷であるこの世界を切り離して研究を続けていた姉が——この世界と改めて結ぶ、和解の契約なのだ。姉はまたすぐに宇宙の果てに行ってしまいそうだけれど、それでもここは地球で、今ぼくの目の前には姉がいる。幼いぼくがいつも見ていた風景であり、同時にこの風景はどこまでも新しい。

ワタボウシがわずかに傾いて、姉が底抜けの笑顔をぼくに見せる。

姉を新郎に手渡せば、またぼくのいる風景は変わる。

でも結婚しても姉さんは姉さんだろう？

「姉さんが姉さんで良かったよ」

「はあ？」

姉はぼくを睨む。

もし姉が姉でなかったら、ぼくはこんな風景を見ていないはずだ。あるいは別の形でテアという女性と出会っていたら――そんなことは想像もつかない。

紋付き袴（ばかま）というものを着たアウスゲイルは、姉とぼくを見ると、歩きにくそうにしながら近づいてくる。それからぼくに小さく頷き、ぼくの手から姉の手を取る。

本殿に入って、新郎新婦以外は椅子に座り、二人は神官の前に進む。神官は紙の飾りが先端についた棒を振るい始める。不可思議な儀式で、しかもあの姉があんな格好をしていて、気を抜くと笑ってしまいそうになる。

楽人（がくじん）の演奏に合わせて、二人の巫女が舞い、神官が日本語で何かを唱（とな）える。メガネには翠雨が気をきかせて翻訳を表示してくれるが、涙が滲んで何も見えない。見えなくても、意味がわからなくても、それが祝福の言葉であることはぼくでもわかる。涙の理由はまたいつか考えよう。

ボーナストラック
夏の吹雪のテオーリア

吹雪はまだ続いていた。百年前——二十世紀末には当然のようにあった、北極圏における夏の吹雪は、それからの半世紀ほどでまったく見られなくなっていた。氷は夏にはすっかり溶けるようになり、ホッキョクグマは絶滅寸前まで追いつめられた。世界中の環境が激変し、様々なウイルスが猖獗し、多くの人々の尽力の果てに、夏でも氷が溶け切らなくなったころ私は生まれた。だから、この吹雪は祝福と言っていい。

私は弟を起こさないよう、静かに身支度をして、そうっと二階の子供部屋を抜け出した。素粒子理論の根幹であるヤン‐ミルズ理論から漸近的自由性を導出するという、ひどくめんどくさい計算を半日かけて終えて——それは最終的にはβ関数の値がマイナスになることを示すだけだったが——そのノートの画像を日本の大学に送信した。

日本留学は来春、九ヶ月先だ。日本語の練習を兼ねた面談が昨日の昼もあって、覚えたての日本語で「ひまです。宇宙論的に言えば」と指導教官に言うと、この計算が課題として出されたのだ。大学院レベルの内容で、教官も私も、私が今すぐ大学院に進むべきだと思っているのだが、日本では十年以上の飛び級は認められず、ひとまず学部四年生になるのだった。

それは別に構わない。他の国でも似たようなものらしいし、地元の北極圏に至っては高校卒業まで飛び級は認められない。それに、どうせ今すぐ博士号を取得したところで、宇宙で長期実験をするためには、十八歳以上でなければならない。宇宙放射線の身体への影響を考慮した国際ルールだ。まったく、すべてが煩(わずら)わしい。一番煩わしいのは、それを私がどうにもできないことだ。

きっと他の星では全然違う制度が採用されているに違いない。ここよりもひどく不合理な——しかし宇宙にはもっと楽に行ける——星もあるんだろう。科学が圧倒的に進んでいて平均寿命が八万年で、そのあいだずっと完全に自由に生きられる星だってあるかもしれない。社会制度はその星の物理的な環境に——たとえばその星の重力に——どれくらい依存するのだろうか。ブラックホール表面で知性は成立するのだろうか。

地球の重力を振り切るのに十八年かかる私は一体どこまで行けるのだろうか。

玄関ロビーには最小限の照明しか点(つ)いていない。私は玄関ドアを体全体で押した。ドアは重く、私を外に出したくないみたいだった。ようやく開いた隙間(すきま)から、風と雪が吹き込んでくる。すり抜けるように外に出ると、ドアは自動的にすみやかに閉じた。

吹雪はますます強まっていた。ヘッドライトの光は足元まで届かない。

制度があるからこそ、余計なことを考えなくて済む。小学校の先生は私を諭(さと)すようにそう言った。先生は正しいかもしれない。私が無から世界を立ち上げたとしても——きっともっとエレガントに作ってみせるけれど——私自身の数学や物理学の学習は、今よりもずっと遅れていたに違いない。世界は一週間で作れても、学問は世界よりも広大だ。

怖がりの弟だったら、まず数学や物理学を勉強してから、ゆっくりと世界を作り始めるだろう。私には信じられない。私は子供の頃から、走りながら靴を履（は）く子だと言われてきた。でも本当のところ、私には靴なんて要（い）らないのだ。

ゴーグル搭載のＡＩが早く帰れと騒ぎ出した。私は煩わしくて、家のほうに向かって放り投げた。運が良ければ、吹雪がやんだあとで見つかるだろう。しかし、そういえばあれは弟のお気に入りだったと投げた後で思い出した。天才だって忘れることはある。

みんなが私のことを天才だと言い出す前から、私は自分で自分がそのようなものであることを知っていた。

でもみんながそういう言葉で私を呼ぶこと自体が――私がどれだけ並外れていても――社会的常識とでも呼ぶべき制度内の事態であり、使い古された人間的な約束に過ぎないのだ。

人口密度が世界最低の、ここ北極圏であっても、社会や約束からは逃れられない。なぜなら、ここだって地球だから。世界の一部であることには変わらない。どれだけ私が新しい理論を作っても、私の思考がどんなに早く走っても、世界からは離れられない。

五年前、そういうことを弟にぼやいてみたことがある。すると、四歳になったばかりの弟は――あたかも私を慰（なぐさ）めるみたいに――ぼくおねいちゃんすきだよ、なんて言ってきた。生意気！

「あのころのネルスはかわいかったのに」

私は習いたてのあやふやな日本語でつぶやいた。直後に自分の言葉に赤面してしまう。私ではない私がしゃべったみたいだ。ネルスも誰も聞いているはずがないのに恥ずかしくなって、誤魔化(ごまか)すみたいに吹雪の中を駆け出した。顔は寒いというよりは痛いくらいで、氷点下十度くらいだとわかる。氷点下二十度ではこうはいかない。

小さな小さな――小中併設の――学校で脅(おど)され過ぎたせいか、氷の裂け目に落ちて死ぬことは、今も昔も怖い。でも、この恐怖がただの脳内の演算結果にすぎないと確信してからは、恐怖に恐怖するような、自己撞着(どうちゃく)をすることはなくなった。死も恐怖も、私のなかの潜在性であり、つまりは私そのもので、私は私が怖くはない。

日本の夏はサウナみたいに蒸(む)し暑いと面談で聞いた。そんな夏、想像もできない。そもそも日本に留学するなんて、予想も想像もしていなかったのだ。

きっかけは偶然だった。

去年、ネルスとふたりで素粒子観測施設に忍び込んだときのことだ。せっかく私が連れて行ってあげたのにネルスは今でも文句を言う。私たちよりも先にホッキョクグマの子供が基地の奥深くまで迷い込んでいて、探しに来たお母さんグマにちょっとだけ食べられそうになったからだけど！

そのときに私たちを――私はしゃしゃっと逃げたから主にネルスを――助けてくれた若い

研究者が、日本の大学に所属していて、彼女が帰国してからもずっと連絡をとっていたのだ。

しかし今となっては——宇宙論的には——必然のようにも思えてくる。面白いものに手を伸ばすのは知性の定義と言っていい。氷の上の秘密基地みたいで、いかにも中に素敵なものがありそうで、だったら当然、私も子熊も入りたくなる。そして、遅かれ早かれ私が研究者になった暁には、彼女は指導教官ではなかったかもしれないが、同じ宇宙論の研究者の先輩として出会っていたに違いないのだ。

吹雪が急速に止んで、鮮やかに視界が開けていく。時間的には深夜だけど、今は夏、白夜で空は薄ぼんやりと明るい。一面の氷はクレバスもなく滑らかに、見渡すかぎりすっきりと広がっている。

彼女によれば、日本では私くらいの子供には未だに宿題が出されているという。

私がこれから研究で業績をあげていくのは、与えられた課題——宿題をこなしていくようなものだ。仮に私が考えた問題だとしても、それは私がいるこの時代の、この星の歴史を継いでいることに変わりはない。百年前に生まれていたなら超弦理論を研究していただろう。そして別の星では——私に似た——別の私が別の課題を解いているのだ。

課題をただ解くだけであれば、それはただの、常識的な天才でしかない。いや、天才ですらない。これまで天才と呼ばれてきた人たちがやってきたことを——もちろん時代ごとに独特の課題があったにしても——この時代のやりかたで私が解決するだけだから。それは天才という役割を演じているだけだ。

もしも私が真(しん)に天才であるならば、そのような言葉で捉(とら)え切れないものであるならば、この星の——ううん、この宇宙の課題だって、振り切ってしまえるはずだ。

「行ける？」

私は日本語で自分に問いかける。私のなかの新しい私に呼びかける。

宇宙を振り切るのは、きっと、他ならぬ私にとっても大変なことだ。

こうしている今も、そろそろ家に帰らなくてはならない。まだ私は十二歳なのだ。でも私は帰りたくない。もっと遠くまで行きたい。

そのように思う私は否応(いやおう)なしに地球人で、北極圏はわりと気にいっている。学校にはむかつくやつもいたし、両親だってどう贔屓目(ひいきめ)に見ても完璧とは言い難(がた)いし、弟は生意気だし、それでもなお、この肌を刺すような寒さはどうしようもなく愛おしい。

短く強い風が正面から吹いて、私の帽子とマフラーを剝(は)ぎ取っていった。

「うん」

再び夏の吹雪が私の視界を覆い尽くす。

私は自分の天才性を受け入れる。これが私。どうしようもない。この初期条件で始めるしかない。ここから移動できる可能性がある分だけ、この星は祝福されているのかもしれない。

十二歳の私の体は、風に持ち上げられそうになる。

私はもう一歩踏み出し、祝福に応えるように、思いっきり叫んだ。

私の咆哮の情報を載せた空気分子たちは、すみやかに解けて、世界に四散してしまった。

これは私の惜別の儀式。式とは決まりのことだ。数式に方程式、結婚式に葬式——世界は決まりに溢れている。世界の決まりから離れる、これが最後の式だ。

私はこの夏を忘れない。私は人間だから。私が天才だから。だからきっと忘れない。この寒さを。この風景と夏のすべてを。

これだけで私はきっとどこまでだって行ける。

あとがき

どうして主人公の姉があんなにも何かを知ろうとしているのかを書こうとして、ぼくの手はしばし止まってしまった。

わけもなく研究が好き、ということでも問題はないと思う。そういう人は知人にもたくさんいるし、姉にもそういう傾向があるようには書いている。そういう人に「どうして研究をするのか」なんて訊いても無駄だ。ぼくが「どうして小説を書くのか」と訊かれても、よくわからない。

覚えているのは二十歳の夏、当時住んでいた駒場寮の屋上で小説を書こうと決めたことくらいだ。部屋はひどく暑く、多くの寮生は帰省して、ぼくは時間を持て余していた。あの夏の風景はたぶんずっと忘れないだろう。

ランドスケープという概念を――「風景」や「状況」という意味の英単語ではなく――初めて知ったのは、建築系の雑誌だった。ランドスケープには「造園」という意味もあり、あるいは広範囲の都市計画などで使われているのだ。

本タイトルにあるランドスケープは英題の通り、宇宙論に関する物理用語だ。十の五百乗個ある可能性の宇宙全体をランドスケープと呼ぶ。その数は観測可能な星の数よりも多いのだけれど、単にたくさんあるというわけではなく、幾何学的な量から見積もられた、意味のある数字なのだ。

表題作「ランドスケープと夏の定理」は第五回創元ＳＦ短編賞受賞作だが、実はその前にも同じく第五回への応募作として、ぼくは舞台を北極にした姉妹の物語を書いていた。姉がテア、妹はウアスラ。姉妹だけだ。本書の主人公である弟のネルスはまだいなかった。その短編で姉は永久凍土のなかからドメインボールのような光球を掘り出し、触れて、異なる知性の存在を知ると共に、姉妹が幼い頃にボールに触れていた。

つまり姉の天才性の根拠や原因を書こうとしていたわけだけれど、結局ぼくは名前や北極出身という設定以外は残さず、「ランドスケープと夏の定理」を書くことにした。天才性を証明するなんて、姉はきらうはずだ。「そんなことできるはずがないでしょう」と言って。

とはいえ、姉を登場させることはかなり前から決めていて、どうしてぼくがそんなにも姉を書こうとしたのかについては若干説明することができる。

個人的なことを先に書いておくと、ぼくに姉はいない。いないのだけれど、親戚のお姉さんはいて、小学生のぼくに松本零士『銀河鉄道999』を読ませてくれたのは彼女だった。もっと直接的な――そして同時に間接的な――姉の源泉はちゃんといて、それはハードSF作家の最高峰の一人、グレッグ・イーガンに他ならない。といっても親戚と違って、ぼくは彼に会ったことはないし――イーガンと会ったことがある人はほとんどいないらしいのだけれど――彼が姉のモデルというわけでもない。あくまでも本作執筆の方向性として彼の作品が契機になった、ということだ。ぼくは彼の作品を――もちろん翻訳で――ほぼすべて読んでいる。原文でも少し。

イーガン作品を読んでいると、ほとんど数学書を読んでいるような気分になることがある。定理の証明をたどっていって最終的に理解できたときの晴れやかな喜びに近いだろうか。科学的な美と芸術的な美がイーガンのＳＦで重なるのだ。それはぼくが理想とするＳＦ的な美と言っていい。

だけど、定理の証明法がいくつもあるように、こう、もう少し、なんと言えばいいのか、別の書き方もあるんじゃないのかなと――こうして自分で一つの小説を書き終えた今となってはおこがましくてとても言い難いのだけれど――たとえばイーガンの傑作のひとつ『万物理論』を読んだ直後のぼくは、そういった不遜なことを思ってしまったのだ。ストイックに作品内論理を積み上げていくイーガンの手法は鮮やかでいつも惚れ惚れとするのだけれど、物語や登場人物も同じくらいストイックに書いていて――このことについては、いや全然別のことについて、いつかイーガンと話してみたいと密かに思っているものの——ともかく物語や登場人物についてはイーガンとは真逆の方針を採用することにしたのだった。

とはいえ真逆とは？

ぼくは高校二年生のとき、瀬名秀明さんの小説『パラサイト・イヴ』と庵野秀明監督のTVアニメ『新世紀エヴァンゲリオン』に出会った。ちなみに当時は知らなかったが、庵野監督はぼくの母校である宇部高校の先輩だ。そのころのぼくはといえば高校と家以外には書店とゲームセンターと映画館と図書館を、高校のシールの貼ってある自転車で行き来するだけの日々を送っていたが、たぶんあのとりとめのない時期がぼくのSF的な原風景なのだ。

そこから、最終第三話「楽園の速度」の最後に姉たちが見る風景は、ひどく遠い。遠いけれど、たぶん繋がっている。何よりこれはぼくの初単著であり、ほとんど初めて書いたSFと言っていいのだから。

あわてて言い添えておくけれど、今のぼくはイーガン作品の叙情性を理解しているつもりだし、なんだったら初めて読んだときから気づいていたし、以来ずっと好きだと言っていい。だからぼくが本作をハードSFでありながら登場人物もなるべく魅力的に、あるいは喜劇的に書き進めていたときに想定していたイーガン、想定読者ならぬ〈想定イーガン〉は、真のイーガンとはまったく別の存在なのだけれど、とはいえその架空のイーガンを考えなければ、おそらく主人公の姉テアや妹ウアスラのような人物は登場しなかったはずで、非存在である想定イーガンに感謝しても仕方ない気がするし、実在のオーストラリアに住んでいるというグレッグ・イーガンに、ここで勝手に心からの敬意と感謝を示したい（翻訳者の山岸真さんにも）。

そして第五回創元ＳＦ短編賞のゲスト選考委員の瀬名秀明さんには本作をもって、言い尽くせない感謝を表したいと思う。

同賞の選考委員である大森望さん、日下三蔵さん、東京創元社の小浜徹也さんには以降ずっと大変お世話になっている。ここで改めて一層の感謝を。

第二話「ベアトリスの傷つかない戦場」と第三話「楽園の速度」について。

第一話「ランドスケープと夏の定理」を書いた後、連作化にあたっては――〈真・善・美〉をそれぞれ一話、二話、三話の通奏低音として――三話構成にすることはかなり早い段階で決めていた。

二話三話を書くときにぼくが考えたのは、科学哲学者のイアン・ハッキングが考えた科学の実在に対する役割――〈表現〉としての理論、〈介入〉としての実験――だった。理論と実験は物理学の基本的な二側面だ。

世界を理論で〈表現〉し、実験で〈介入〉する。それ以上の〈何か〉がありうるだろうか？　その答えは最近になって、ようやく出すことができたと思う。たどりつくために必要だったことは無数にあると思うけれど、特に二つのことは不可欠だった。

ひとつは『想像力のパルタージュ　新しいSFの言葉をさがして』の連載を始めたことだ（http://www.webmysteries.jp）。これは二〇一五年から続けているインタビューエッセイで、様々な人々と話すことによって想像力をパルタージュ——分有——していこうという企画なのだが、連載を通しての思索なしには、本書の結末の風景にはたどりつけなかった。〈新しいSFの言葉〉のひとつは書けたと思う。すべての関係各位に深い感謝を。

もうひとつの本書に欠かせない出来事はSF考証の仕事をするようになったことだ。今回的確な解説を書いていただいた堺三保（さかいみつやす）さんとSF考証の先輩後輩という関係になっているなんて、数年前にはまったく思いもよらなかった。堺さんにはいつもお世話になっているぶんを合わせてここで感謝を。

初めてSF考証として参加したのは二〇一六年の『ゼーガペインＡＤＰ』だった。これは二〇〇六年にテレビ放映された『ゼーガペイン』の劇場版で、共に〈量子コンピュータ〉や〈ＶＲ〉を用いて世界の多様性を描いている。

映像的なSFの発想や、多くのスタッフとの共同作業は、小説とはまるで異なる刺激を与えてくれる。小説執筆とSF考証はほとんど真逆の行為なのだ。新しい世界で出会った方々に、これまでとこれからの感謝を。

そして小松左京さんに感謝を。小松さんは二〇〇八年に「「宇宙と文学」序説」（『サイエンス・イマジネーション』NTT出版）で次のように書いている。――『果しなき流れの果に』の初版あとがきで、私は二百億年くらいの時間スケールで「小説宇宙史」を「宇宙喜劇（コメディ・コスミーク）」として書きたいと記している。『虚無回廊』はその試みのつもりだったが、未完のままである。どなたか、私の代わりに壮大な「宇宙喜劇」で、宇宙を楽しませていただけないだろうか。科学者でも、作家でも、どちらでもかまわない。サイエンス・フィクションはそのためにあるのだから。

ぼくは残念ながら小松さんとお会いすることはなかったのだが、本作『ランドスケープと夏の定理』は〈虚無回廊〉を抜けた先の〈宇宙喜劇〉になるといいなと思いながら書いたのだった。その成否については読者に判断していただくほかない。

そして姉たちが――それぞれの知性によって、虚無の果てに――ついに見ることになった〈風景〉については多くは語るまい。すべては自分で知るしかないのだから。

二〇一八年　夏に覆われた東京にて

＊

以上は、二〇一八年に刊行された単行本版に付したあとがきだ。

文庫化にあたっては全体的に手を入れて、巻末に掌編（しょうへん）を加え、このあとがきを追記している。加藤直之さんには新たな表紙に加えて、さらに挿画を描いていただき、堺三保さんには解説に手を入れていただいている。改めて深い謝意を。そして本作を最初に読んでくれた妻に感謝を。

あれから二年。二〇二〇年の夏までには実に様々なことがあって、世界の風景――ランドスケープは大きく変わった。さらに変わっていくだろう。都市への人口集中は、それでも、止まりそうにない。この文章を書いている数日間にも、主人公ネルスが使っているようなARメガネが市販されるというニュースが複数あった。様々な分野で数値計算を超えたAIによる理論研究が本格的に始まっている。

本作は主人公ネルスの姉、テアの失敗から始まる。

姉は天才ではあるものの、当然失敗はする。自他ともに認める天才ではあるものの、頼りになる共同研究者は必要としていて、弟には実験を手伝わせるし、その実験だって様々な承認が必要だ。

弟も姉もランドスケープの研究者と言っていい。ここでランドスケープとは、十の五百乗個とも見積もられている、ありうる宇宙の可能性の総体のことだ。

ランドスケープはひどく捉えがたい。なんとなれば、そのなかにはぼくたちも含まれているからだ。しかしその絶対的な条件を姉は受け入れない。

「私は自分がもどかしい。私は、私にとっての問いしか問いだと思えない。バカみたいじゃない？　私であることが究極的な束縛（そくばく）条件になっている」

ランドスケープが移ろっていく。

その様子にぼくたちは目を奪われる。あるいは心を。

この自らをも巻き込む変化を把握しようと、多くの試みがなされている。ＳＦはその試みの一つと言っていい。

もちろん何も意図しないＳＦはあるし、そういう作品のほうが、もしかすると圧倒的に多数派なのかもしれない。本作も、その後に書いた『エンタングル：ガール』や『不可視都市』も、ぼくは基本的に新しい世界を、誰も見たことのないランドスケープを描き出すことを念頭に書き進めたのだった。それは今秋刊行の『青い砂漠のエチカ』や、ＳＦ考証とシナリオで参加のＶＲゲーム『ALTDEUS: Beyond Chronos（アルトデウス ビヨンド クロノス）』でも同じだ。

とはいえ――だからこそなのか――ＳＦは総体として世界に近づいているように、ぼくには見える。

しかしなぜＳＦは世界把握の試みになりうるのか。

それはこの二年間、あるいはもっとずっと前から、考えていることだ。把握しようとするものは世界ではなく美や深淵でもいいし、把握という語もいまいち適切ではないかもしれない。ＳＦは——なぜか——世界に似ていると言ったほうが少しは正しさが増すだろうか。

そしてＳＦが世界に似ている理由は少しだけわかる。

それはＳＦが科学と寄り添おうとする芸術だからだ。科学は明確に世界に向き合う知的営為だと言える。科学的要素はあらゆる芸術形式に入り込んでいるのだけれど——素材の物理的性質を無視できる芸術はありえないから——数ある文化のなかで、特にＳＦが世界／ランドスケープに触れられるのは、ＳＦがおよそありとあらゆる理論を自由自在にその作品内に書き入れることを可能にしているからだ。ＳＦは完璧な自由を獲得しようとする無数の書き手による試みの流動体であり、その流動体は今も複雑に成長している。ＳＦは最後のものであり、同時に、最初のものでもある。

この小説で「ぼく」以外の最頻出の単語と言えば——たとえば「地球」は九十六個あるのだけれど——間違いなく「姉」「理論」「知性」のいずれかだろう。姉の名テアは、古代ギリシア語で見ることを意味する〈*θεωρία* テオーリア〉を約めて作ったから、姉も理論も知性も同じようなものだ。

ボーナストラックでは幼少期のテアに登場してもらった。

彼女がいなければこの物語は始まりもしなかったから。

理論は世界に似ているのか、自らの知性は世界に近づいているのかという問いに、姉弟が出した答えは――書いたぼくが言うことではないのだけれど――二年たった今も鮮やかであるように思える。二年前にぼくがどのようなランドスケープにいたのか、二年後のぼくには見えないのだけれど。

ランドスケープは変わり続ける。

理論が、そしてSFがどうして〈ランドスケープ接触可能性〉を持っているのかは、もちろん謎のままだ。

だからネルスは、テアは、そしてぼくたちは、永遠にすべてはわからないということになる。

でもそれはきっと、この何もかもが生まれては消えていくランドスケープのなかで、唯一と言っていい希望に他ならないとぼくは思う。ネルスはさておき、テアはいつまでも世界を知ろうとするだろう。

この世界、このランドスケープの〈汲み尽くせなさ〉によって、世界はいつまでも新しいからだ。

二〇二〇年　新しい夏の東京にて

高島雄哉

解説

堺　三保

高島雄哉は蛮勇の作家である。

本書を読み終えて、筆者の頭に真っ先に浮かんだのは、この言葉だった。

人類が、月よりも四倍遠いラグランジュポイントL2まで、十時間で到達できるようになった近未来、数学者の青年ネルスは、L2に浮かぶ研究室にいる天才宇宙物理学者の姉、テアに呼び出される。彼はそこで姉の最新の研究に協力して、この宇宙とは全く異なる宇宙と接触することとなる……。

という物語で始まる本書は、二〇一四年、表題作「ランドスケープと夏の定理」で第五回創元SF短編賞を受賞してデビューした、高島雄哉の第一作品集である。いや、ここに収められた三つの中編（および文庫版で書き下ろされた巻末の掌編一編）は、同じ登場人物たちによる連続した物語になっているので、正確には連作作品集と呼んだ方がいいだろう。導入部のあらすじを見ていただければわかるように、近未来を舞台に次から次へとＳＦ的なアイデアが披露される、実にストレートなハードＳＦであるのが大きな特徴となっている。そして、そのアイデアの中にこそ、冒頭で書いた「蛮勇」が光っているのだ。

なぜならば、筆者の理解が正しいとすれば、彼がこの本で提唱するＳＦ理論「知性定理」は、「知性」をこの宇宙においては普遍的なものだと規定し、その優位性や有用性を信じて疑うところがない。この姿勢は、ＳＦファンならば誰もが知っているであろうスタニスワフ・レムの『ソラリス』や『天の声』といった諸作に代表される「人類とは理解し合えない知性が存在しうる」という仮説に、真っ向から挑戦していると言えるだろう（あとがきで高島氏は仮想的な挑戦相手としてイーガンの名前を挙げているが、実際にはその役にはレムのほうが圧倒的にふさわしい気がする）。

量子ゼノン効果による人格のアップロードや、ランドスケープと呼ばれる多元宇宙論など、魅力的なＳＦ的アイデアが次々に登場する本書だが、最も重要であり全体を貫くテーマとなっているのは、この「知性」に対する大いなる信頼と、そこから展開される宇宙像にあるのだ（ちなみにランドスケープに関しては、その提唱者であるレオナルド・サスキンドによる一般向け解説書『宇宙のランドスケープ』（日経ＢＰ社）があるので、興味のある方はぜひともこちらもご一読いただきたい。ＳＦマインドを大きく刺激してくれる、センス・オブ・ワンダーに溢れた科学解説書である)。

本書には表題にもある「夏の定理」を始めとして、各話ごとに合わせて三つの知性定理が登場する。二つ目以降の定理は、第一の定理の拡張であり、これらが発見されるたびに、世界、いや宇宙の理解が深まり、世界が変革されていく。

定理の具体的な内容とその発見によって生じた事象については、本文を読んでいただくこととして、ここでは簡単にそれぞれの定理を以下に列挙してみよう。

(ここから先、本編の内容に踏みこむので、ネタバレが気になる方は本編読了後にお読みいただきたい)

第一定理:あらゆる知性の型が互いに翻訳可能。
第二定理:現存する様々な理論は強制的に時間発展させることが可能。
第三定理:未来の理論を翻訳して理解できるようにすることが可能。

端的に書いてしまうと、すべての知性体はお互いに理解し合えるし、現在の科学知識から未来の科学知識は推測でき、なおかつ利用できる、というのである。作者である高島の意図はどうあれ、筆者の結論としては、本作品中における「知性」とは、時間と空間を超えて遍くこの宇宙に存在し、共通の理解を生む、普遍的で絶対的な情報である、と結論せざるを得ない。

そしてそれは、先に書いたとおり、レムが幾多の作品で繰り返し説いてきた「人間の知性には理解不可能なものが存在する」というテーマを一蹴してしまっているのだが、その根拠は本作のSF的アイデアである「知性定理」に拠っているため、レムと高島とどちらの主張を信じるか、もしくは好ましいと思うかの差でしかない（ついでに言うと、第二定理と第三定理は、見かけ上における情報の時間遡行を引き起こしているため、根本的にタイムパラドックスを孕んでいるような気がするのだが、そこもまた、高島は意に介していない）。

いかにSFとはいえ、この強固なまでの知性に対する信頼に満ちたアイデアと、そこから生じる驚きの展開とを豪腕で書き切った高島を、蛮勇の作家と呼ばずして何と呼べば良いのだろうか。

この「知性」に対する大いなる信頼は、作者である高島の科学的信念であると同時に、審美的な願いであると解釈すれば、すとんと腑に落ちるところはある。それは高島が、東京大学理学部物理学科と、東京藝術大学美術学部芸術学科という、理系と文系双方の大学で学んだことと、無縁ではない気がするのだ。

ともあれ、本書ではこれら三つの知性定理によって、ラストではなんと「世界の見え方や在り方そのものが変容する」という、ＳＦでしか見ることができない光景が現出する。それは今の我々が垣間見ることもできないような情景を、人類に対する信頼と希望と共に描いていて、とても美しいものだ。これぞ、蛮勇と豪腕の為せる業、と書くと誉めているのかけなしているのかわからなくなりそうだが、もちろん絶賛しているのである。フィクションには、こういう力技があっていい。

もう一つ、これは本題からは少し外れるが、本書の魅力には、ＳＦ的な魅力に溢れた近未来世界の描写もある。ラグランジュ点に浮かぶ研究施設、北極海の離島にある学園都市、そして、セクター都市化した日本各地と、あまり他のＳＦ作品では見かけない場所と設定とが、さらりと、それでいてリアリティを持って描かれているところがおもしろい。

この、独自の設定力こそ、高島雄哉が設定・考証家として、『ゼーガペインＡＤＰ』（二〇一六）を皮切りに、『機動戦士ガンダム THE ORIGIN』、『ブルバスター』など、さまざまなアニメの現場で重宝され、引っ張りだことなっている理由だろう。今後も設定・考証家として、アニメのみならず多様な映像作品にＳＦ的なイマジネーションを付与し、アニメファンや映画ファンからも注目されていくことに違いない。

もちろん、執筆活動も意欲的で、『ゼーガペイン』の世界を独自の視点で描いた『エンタングル：ガール』（二〇一九）、謎の存在によって交通網と情報網が遮断された世界を描いた

『不可視都市』（二〇二〇）、またノンフィクションでも、「新しいＳＦの言葉をさがす」というテーマで、最先端の科学者をはじめ、講談師から声優まで幅広くインタビューしたウェブ連載エッセイ『想像力のパルタージュ』（二〇一五～一九／Ｗｅｂミステリーズ！ http://www.webmysteries.jp/）、ＳＦ考証家の視点でさまざまな分野の未来を語った『21・5世紀 僕たちはどう生きるか？』（二〇一九）と、順調に新作を発表しつづけている。

　かくして今、小説に、映像メディアに、新しいＳＦの才能が羽ばたこうとしている。読者の皆さんには、本書でまずはその離陸の目撃者となっていただきたい。

二〇二〇年七月（二〇一八年単行本版解説を一部修正）

初出一覧

ランドスケープと夏の定理（第五回創元ＳＦ短編賞受賞作）
東京創元社〈ミステリーズ！〉vol.66　二〇一四年八月

ベアトリスの傷つかない戦場　単行本書き下ろし

楽園の速度　単行本書き下ろし

雪原のテオーリア　文庫書き下ろし

本書は二〇一八年八月、小社より刊行された作品を文庫化し、一編を加えたものです。

検印
廃止

著者紹介 1977年山口県生れ。東京大学理学部、東京藝術大学美術学部卒。2014年、「ランドスケープと夏の定理」で第5回創元ＳＦ短編賞を受賞。著書に『ランドスケープと夏の定理』『エンタングル：ガール』『不可視都市』『21.5世紀 僕たちはどう生きるか？』がある。

ランドスケープと夏の定理

2020年8月28日 初版

著 者 高島雄哉（たかしまゆうや）

発行所 （株）東京創元社
代表者 渋谷健太郎

162-0814/東京都新宿区新小川町1-5
電 話 03・3268・8231-営業部
03・3268・8204-編集部
URL http://www.tsogen.co.jp
フォレスト・本間製本

乱丁・落丁本は、ご面倒ですが小社までご送付ください。送料小社負担にてお取替えいたします。

ISBN978-4-488-78501-7 C0193

第1回創元SF短編賞佳作

Unknown Dog of nobody and other stories◆Haneko Takayama

うどん キツネつきの

高山羽根子

カバーイラスト＝本気鈴

◆

パチンコ店の屋上で拾った奇妙な犬を育てる
三人姉妹の日常を繊細かつユーモラスに描いて
第1回創元SF短編佳作となった表題作をはじめ5編を収録。
新時代の感性が描く、シュールで愛しい五つの物語。
第36回日本SF大賞候補作。

収録作品＝うどん　キツネつきの，
シキ零レイ零　ミドリ荘，母のいる島，おやすみラジオ，
巨きなものの還る場所
エッセイ　「了」という名の檻褸の少女
解説＝大野万紀

創元SF文庫の日本SF